今昔ばけもの奇譚

五代目晴明と五代目頼光、宇治にて怪事変事に挑むこと

峰守ひろかず

ポプラ文庫ピュアフル

平等院を建立した藤原頼通をはじめ、代々の藤原氏の嫡流が権力と財力にまかせて集めたのであろう、その宝蔵には最高級の諸宝物が収蔵されていた。（中略）余人のうかがい知ることのできないその秘庫は、かぎりなく人々の想像力をかきたてる所でありつづけたらしい。

そこには、とほうもない宝物が蔵されていると。名のみ知られて見ることのかなわない書籍は、楽器は、その他の珍物は、実は平等院の宝蔵にならあると。はては、もはや伝存しないもの、実存しえないものが、すべてその秘庫に眠ることになった。平安朝末から室町時代まで、そのことが語られ記されて絶えることがなかったのは、中世人たちの、みずからの文化に決定的に欠落した部分があるという痛切な自覚、それゆえ失われた王朝文化に対してますます肥大する幻想によるであろう。

（「日本文学発掘」より）

目次

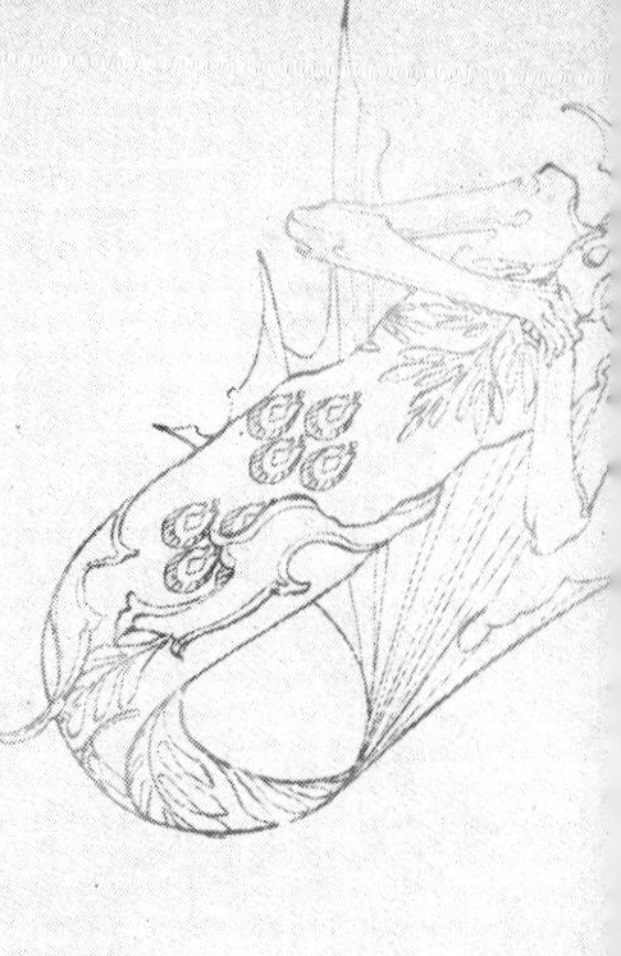

第一話　人魚を食った橋姫

近江國の司、便、啓して曰く「蒲生河に物有り、其の形は人の如くにして人に非ず、魚の如くにして魚に非ず」。太子、左右に謂りて曰はく「禍此れより始まる。夫れ人魚は瑞物（注一）にあらず。今、飛菟（注二）なくして人魚出ずるは、是、國の禍と為す。汝等、之を識れ」

※注一　瑞物……めでたいもの。
※注二　飛兎……賢人の名。転じて、優れた人材のこと。

（「聖徳太子伝暦」より。引用に際して送り仮名等を補った）

源頼政が京に呼ばれて宇治行きを命じられたのは、天治二年（一一二五年）の文月（七月）、鈴虫や松虫が鳴き始めた頃のことであった。

「う、宇治へ……でございますか？」

「はい」

意外な命令に困惑する頼政の正面で、当代の関白にして、この屋敷の主である藤原忠通は穏やかに首肯した。忠通の年齢は二十九。二十歳の頼政とは十も違わないのに、その佇まいや物言いは礼儀正しく凜々しく、そしてどこにも隙がなかった。

後世には平安時代末期や院政期と呼ばれるようになるこの時代、政治的な実権は京都の朝廷から鳥羽の法皇へと移っていた。とは言え朝廷の仕組み自体は健在であり、その中で実質的に国を動かしてきた摂関家こと藤原一族の威信もまた、失われてはいなかった。

さすがは藤原一門を背負って立つ人物、若いのになんと堂々としていることか。初めて見えた忠通を前に、頼政はしみじみと感服し、ぼんやりしていて頼りない自分とは大違いであるなあ、とも思った。

武人の血筋のおかげか、体こそ人並み以上に大きいものの、顔つきにはしまりがなく、迫力もなければ凄みもない。後に保元の乱や平治の乱で活躍し、妖怪「鵺」を退治した伝説でも知られることになる頼政だが、この時はまだ自分に自信の持てない一介の若者でしかなかった。おとなしい馬か、あるいは大型の老犬を思わせる容貌の若者は、相手を見下ろす形にならないように首を低くし、おずおずと口を開いた。

「拙者はてっきり、父や祖父と同じように内裏の護衛を拝命するものとばかり」

「私もそれをお願いするつもりでありました。ですが先日、宇治に隠棲した父から、最近治安が乱れているので頼れる武士を送ってほしいと文が届きましてね」

「お父上……忠実様からでございますか？」

気の抜けたような相槌を打つ頼政である。摂津から出てきたばかりの身であるが、忠通の父である先代関白の忠実が法皇との政争に敗れて宇治に引っ込んだという話くらいは知っている。つまり、その人の護衛と宇治の治安維持のために出向しろということか。頼政は緊張した面持ちで「かしこまりました」と一礼し、顔を上げて尋ねた。

「それで、いかほど連れて行けば……？」

「いかほど？　ああ、軍勢の規模ですか。そんなものは不要です。お一人で行っていただければ」

「はっ？」

思わず大きな声が出た。これは一体何の冗談だ。きょとんと目を丸くした頼政だったが、忠通は大真面目な顔で念を押すようにうなずいた。どうやら本気らしい。

「し、しかし……拙者が一人で行ったところで何の役にも……。あ、いや、無論、拝命した以上手を抜くつもりはございません、ございませんがいやしかし」

「落ち着いてください。近年、寺院の強訴や兵の反乱が相次いでいることはご存じでしょう？　交通の要所たる宇治に大軍勢を送り込むと、地方の勢力を刺激しかねません。そもそも宇治は古くより、神仏に祈りを捧げ、心を落ち着かせるための離俗の里。そんなところに武装した軍勢を送り込むのは無粋ではありませんか」

「それは仰る通りでございますが……いや、しかしですね？　武勇に優れた荒武者とその一党ならともかく、拙者一人がのこのこ出向いたところで何の脅しになるものかと」

「なりますとも。貴公はかの源頼光殿の血を引く武者ではありませんか」

青ざめる頼政の反論を忠通の声がすかさず遮る。その自信に満ちた断言に、頼政ははっと黙り込み、心の中でだけ大きな溜息を漏らした。

またそれか、と、頼政の胸の内にげんなりした声が響いた。

源頼光。今から百年ほど昔、平安文化が華やかなりし時代、藤原道長に仕えた武人であり、頼政にとっては祖父の祖父にあたる。勇猛果敢な武者だったそうで、酒呑童子という強大な鬼とその一党を頼光たちが見事に退治した伝説は宮中では有名だ。そのことについては特に異論もないし、先祖を尊敬する気持ちも勿論あるのだが……と頼政は思った。

そもそも頼光以来の源家は、藤原家に直属し、内裏の警備を務めてきた一族である。ずっと貴族と交わってきたおかげで祖父や父は武人というより歌人だし、そんな家で育った頼政が勇ましい武人に仕上がるはずもない。武芸もたしなんではいるが、自分は弓や刀を手にするより和歌を詠んでいる方が好きで、当然鬼と戦ったこともない。「あの英雄の子孫なのか」と感心された直後に「その割には弱そうだな」と呆れられた経験は数知れず、今ではもう頼光の名を出されるだけで辟易するようになってしまっており、そもそも頼光公と拙者は別人なのですが、云々。声に出せずに心中でぼやく頼政の前で、忠通は上品な微笑を湛えたまま言葉を重ねる。

「頼光殿といえばその名を知らぬものはいない無敵の英雄。その頼光殿の玄孫が来たとなれば、不埒な連中は震え上がるに違いありません。期待していますよ」

「え――あ、は、はい……」

鷹揚ながら有無を言わせぬ忠通の物言いに、頼政はようやく理解した。事を荒立てたくない忠通としては「要請に応じて誰かを派遣した」という既成事実さえ作れればいいのだ。であれば、下手に実績のある武士とその郎党などよりも、高名な先祖を持つ――それ以外に何の取り柄もない――若造あたりが丁度いい、ということだろう。

先に忠通も言った通り、宇治は寺院と別業（別荘）の多い、政治とは無縁の離俗の地だ。そんなところに一人で行けというのは平たく言えば閑職への左遷である。隠居した老人ならまだしも若者が受けるような任務ではなく、噂好きの都人に知られれば笑い物になるのは間違いない。いや、この屋敷に大勢が仕え、あるいは出入りしていることを思うと、もう既に笑い物になっている可能性もある。

都で初めて受けた命令がこれとは、何と情けないことか……。心の中で憂いつつ、「拙者を何だと思っておられるのです?」と反論できない自分の気の弱さに呆れつつ、頼政は姿勢を正して再度頭を下げた。

「……承りました。関白様直々のご指名、この頼政、ありがたく拝命いたします」

「お願いします。父の我儘に付き合わせるようで申し訳ありませんが、今すぐ対応せねばならぬ問題が起きているわけでもなし、骨休めのつもりで行っていただければ」

「もったいないお言葉を……。されど拝命した以上、気を抜くことなく、誠心誠意努めさせていただく所存です」

「助かります。宇治――こと平等院には、もしものことがあってはいけませんから」

「は? 平等院でございますか?」

「ええ。我が藤原家の先祖が作った大事な寺院ですし、あそこの蔵には、朝廷にとっても藤原家にとっても、大事なものが色々と収めてありますのでね」

穏やかな笑みを湛えたまま忠通が語る。「なるほど」と相槌を打ちながら、頼政は以前に聞いた噂を思い出していた。

平等院といえば宇治を代表する大寺院であるが、元は藤原家の別業であったこの施設の宝蔵には、古今東西の貴重な文物のみならず、神仏や鬼神に由来する秘宝までもが保管されているとか、いないとか、そんな噂である。

その真偽はともかくとして、そこまで言われる宝蔵なら、機会があれば中を見学したいものだ。そんなことを思う頼政の前で、忠通は姿勢を正して続けた。

「あちらでは父の屋敷にお住まいください。父への文は改めて源氏のお屋敷にお届けします。では、本日はわざわざ足をお運びいただき、ありがとうございました」

張りのある声が広々とした応接の間に響く。聞いた者全てが従いたくなるようなその声に、頼政は改めて自分との格の違いを痛感して退室し、屋敷で働く者たちや次の面会者らの嘲笑の声を屏風越しに聞きながら、関白の屋敷を後にしたのだった。

＊　＊　＊

忠通との面会の翌日の朝早く、頼政は早速京を発った。

家族や屋敷の者は従者を付けるよう言ってくれたが、頼政は断った。遠国まで危険な旅をするならともかく、京から宇治までの所要時間は山を越える陸路でおおよそ三時（約六時間）、遠回りの水路を使っても五時（約十時間）ほど。健脚な人間なら明るいうちに往復できるほど近い。

それに前関白の居宅であれば使用人は間違いなくいるから、わざわざ人手を連れて行く必要はないし、第一、忠通には一人で行けと言われているわけで、だったら一人で行った方がいいだろうと思ったのである。頼政にはこういう馬鹿正直なところがあった。

というわけで頼政はわずかな私物を担ぎ、単身で宇治へと向かった。愛用の折烏帽子を被って弓を背負い、小袖に簡素な藍色の直垂を重ね、下半身は歩きやすいように裾を絞った大口袴。もちろん腰には太刀を佩いている。

「宇治と言えば、『我が庵は都のたつみしかぞすむ、世を宇治山と人はいふなり』だな」

六歌仙の一人、喜撰法師の歌が口からこぼれる。閑静な山里の生活を詠んだ、宇治を扱った和歌の代表格だ。それを思い出したのをきっかけに、頼政は改めて考えた。

昨日は左遷されたと落ち込んでしまったが、案外悪い話でもないのかもしれない。宇治橋を始めとした宇治の光景は和歌では定番のお題だし、かの地は紫式部が著した名作「源氏物語」の最終章、通称「宇治十帖」の舞台でもある。和歌や物語の愛好者としては悪くない任地だ。骨休めのつもりで行けと言うのならそうすればいいではないか。古来文人が好んだ風情のある景色の中で、ゆっくり和歌を捻るのも悪くない。

「うむ、そうだな。悪い方にばかり考えていても仕方ない」

自分で自分に言い聞かせてみると、気持ちが切り替わったのか、街道を進む足が少しだけだが軽くなる。頼政は現金な己に苦笑しつつ歩を進め、特に何事もないまま昼前に宇治に到着した。

「ほほう……これはまた……」

宇治川のほとりで足を止め、頼政はしげしげとあたりを見回した。

どうも思っていたのとは違うぞ。それが頼政が受けた第一印象だった。

緑豊かで風情があって閑静な土地だと思っていたが、実際の宇治は意外に活気に満ちていた。勢いよく流れる大河・宇治川には荷を満載した船が行き交い、川辺の広場で開かれている市からは値引き交渉の声が響いている。

それに建物の数も多い。川と山の間に細長く延びる平地には大小さまざまな規模の京風の屋敷がそびえ、その周囲には土地の者の暮らす簡素な家や田畑が広がっていた。立派な屋敷の大半は貴族の別業のようで、人が暮らしている気配は薄い。

「これはまた、何ともちぐはぐな町であるなあ。賑やかでもあり、静かでもあり……」

川辺の道を物珍しげに歩きつつ、住み込み先である忠実の屋敷を探しつつ、独り言ちる頼政である。

意外と言えば、宇治橋が損壊していたのもまた予想外であった。歌や物語の世界では宇治と言えば宇治橋だ。古来あれだけ歌に詠まれているのだからさぞ堅牢で立派な橋なのだろうと思いこんでいたが、行ってみれば、残っているのは橋脚と袂の一部だけだったのだ。通りかかった土地の者が言うには「大水の度に流されておりますからね。その都度直されたり直されなかったりで、ちゃんと架かっている時の方が珍しいくらいで」とのことで、それを聞いた頼政はかなり落ち込んだ。

橋の——正確には「橋だったもの」の——袂では、鍔の広い市女笠を被り、ゆったりとした袿を纏った女が、二十人ほどに囲まれて何事かを説いていた。

十歳前後の女児を連れ、傍らには二尺（約六十センチメートル）ほどの長さの木箱が置かれている。集まっているのは粗末な身なりの農民や、寺や屋敷の使用人などで、大半は女性である。いずれも両手をすり合わせ、市女笠の女を拝んでいる。道端で説法をする宗教者は京や摂津でも見たが、女というのは珍しい。

「格好からして尼僧というわけでもなさそうだが……」

そんなことをつぶやいた後、頼政は改めてあたりをぐるりと見回した。いつまでも物見遊山しているわけにはいかないが、何せ初めて来た町なので土地勘がない。

と、ちょうどその時、立派な文箱を手にした白髪の老人が頼政の前を通りかかった。着古した麻の着物に擦り切れた笠という粗末な身なりではあるけれど、手にした文箱からすると格のある屋敷か寺に仕えているようだ。そう判断した頼政は、通り過ぎようとした老人を呼び止めた。藤原忠実殿の屋敷はどこだろうかと尋ねると、気の良さそうな老人は「藤原?」と首を捻ったが、すぐに「ああ」と声を発した。

「富家殿(ふけどの)でございますな」

「ふけどの?」

「富の家と書いて『富家(ふけ)』と読むのでございます。平等院にも並ぶ立派で壮麗なお屋敷でございますれば、宇治の者は皆そう呼んでおりまして、あのお屋敷の主様も富家殿と呼ばれております。近くですのでご案内いたしましょう」

そう言って老人は踵(きびす)を返し、頼政を先導しながら歩き出した。頼政は「すまぬな」と礼を言い、老人の後に続いた。


老人に案内されてたどり着いた藤原忠実の屋敷、通称「富家殿」は、宇治川の北岸、川幅が広くなるあたりにそびえる大邸宅であった。最近改築したようで、屋根も塀も壁も皆新しく立派である。

屋敷の主である藤原忠実は太った中年男性で、京都から派遣されたのが頼政一人だけと知ると不満そうな顔になったが、頼政が源頼光の子孫と聞くや目を輝かせた。

「ほう！　お主、あの鬼殺しの英雄の五代目とな。それは凄いが……しかし、その割にはどうも頼りなさそうじゃのう。本当に頼光公の末裔か？」

盃を手にした忠実が呂律の回らない口調で問う。相当酒が回っているのだろう、目つきはとろんとしており、顔は赤く、立派に仕立てられた立烏帽子は歪み、古式ゆかしい狩衣も乱れている。前関白とは思えないそのだらしなさと、初対面の相手に頼りなく思わせてしまう自分の見すぼらしさに呆れながら、頼政は頭を下げたまま声を発した。

「……未熟者にはございますが、先祖の名に恥じぬよう精進する覚悟にございます」

「まあ頼むぞ。最近の宇治は無法地帯じゃからな。しっかり目を光らせてもらいたい」

「無法地帯？」

穏やかではない言葉に顔を上げる頼政である。何かあったのですかと頼政が問うと、忠実は開き直るように笑った。

「起こりっぱなしじゃわい。素性の分からぬ連中が跋扈し、物取りや火付けの類もなかなか絶えることがない。何せ取り締まる者がおらんからな」

「取り締まる者がいない？　お待ちください。郡衙は……朝廷の定めた役所は何をしているのです？　まさか不在というわけでは」

「そりゃあ役所はあるし役人もおる。じゃが、役人が口を出せるのは公領のみで、この宇治はお前さんも知っておると思うが私領だらけ。元より別業が多い上、各地の貴族や寺社の荘園も増えておるし、山野の空閑地を勝手に私領にしてしまう連中も多い。そんな土地柄じゃからな、不届き者が何かをやらかしたとしても、隣の領地に逃げ込んでしまえば、理屈の上ではもう追えんわけじゃよ。不埒な連中がはびこるに決まっておろう」

「な、なるほど」

「いっそう厄介なことに、この宇治では、そういう面倒ごとは大体平等院かここに持ち込まれるんじゃなあ。しかも平等院に来た問題も結局こっちに回ってくる」

「それは……そうなるのも当然かと思われますが……」

法皇に権力が集中している時代とは言え、藤原家は国の要職を独占してきた家柄で、この宇治の象徴たる平等院も藤原家が建てたものだ。役人が当てにならない以上、もっと強い権力を持っていそうなところが頼られるのは至極当然の流れである。だが忠実はそんな頼政の気持ちをよそに、「頼られても困るんじゃよなあ！」と無責任に言い放った。

「余は隠居した身じゃぞ？　ここが京で余が関白じゃったなら、一声掛ければ検非違使を動かせたが、宇治には動かせる兵隊もおらん。私兵を雇うのも面倒じゃし、野蛮な連中を屋敷に入れたくもないし、しばらく無視し続けてきたが、とは言え、宇治が乱れすぎるのは困る。何せ自分の住んでおるところじゃからな。分かるな？」

「は、はあ……」

忠実の語る自分勝手極まりない理屈に、頼政が弱気な声で相槌を打つ。全くもって息子の忠通とはえらい違いだと頼政は呆れ、そして同時に青ざめた。

忠通は骨休めとか言っていたが、今の話によると、この宇治は思っていた以上に厄介な土地で、自分は思っていた以上に厄介な任務を押し付けられてしまったらしい。あからさまに不安な面持ちになった頼政を、忠実は面白そうに見やり、盃の酒をちびりと飲んだ。

「……ふう。まあ適当に見回って、びしばし取り締まるなり追い払うなりしてくれ。何かあれば余の名前を出せばよい。頼光殿のお力、頼りにしておるぞ」

「え？　いやあの、拙者は頼政でして、頼光ではございませんので……。そもそも、取り締まれ、追い払えと言われましても、一体誰を」

「それを調べるのもお前さんの仕事じゃが、まああれじゃな。最近巷の噂になっている奴と言えば、あいつじゃな。橋姫（はしひめ）じゃ」

「はしひめ？　あの宇治橋の神でございますか？　『源氏物語』にもその名を引かれた、思い人を待ち続けるという健気な女神……？」

「武人のくせに詳しいのう。そうじゃが違う。かの神の名前を名乗る女がおるんじゃ」

面倒そうに後頭部を掻きながら、忠実は頼政に「橋姫」のことを説明した。

語り口はだらだらと要領を得なかったが、要するに、平等院を始めとした寺が、自称橋姫に手を焼いているという話であった。

半月ほど前に宇治に現れた橋姫は、自分は不老で不思議な力を持っていると語って耳目を集め、辻々で人を集めては説法のようなことを繰り返しているらしい。仏道の教理に反するような内容も堂々と語り、寄進、すなわち金銭的な寄付を集めたりもしているので、寺としては見過ごせないが、寺の者が出てくるとしれっと隣の領地や山などに逃げ込んで姿を消してしまい、次の日にはまた別の場所で人を集めるのだそうだ。

「火付けや盗みを働くわけでなし、放っておいても良かろうと思うんじゃが、坊主共にせっつかれておってな。最近は宇治橋の袂あたりによく現れるそうじゃ」

「宇治橋ですか？　あ、もしかして、こちらに参る途中に見かけた女でございましょうか。市女笠を被った女で、童女を連れ、傍らには木箱を置いて……」

「おう、おそらくそれじゃ。なら頼むぞ、頼光……ではない、頼政」

「は？　ええとその『頼む』とは？　拙者は具体的に何をすれば」

「飲み込みの悪いやつじゃのう。素性を暴くなり何なりして適当に追い払えと言うておるんじゃ。何せお主は鬼を斬り伏せた頼光の五代目、偽橋姫の一人くらいどうとでもなるじゃろう？　なあ？」

そう言って忠実は無責任に笑ったが、頼政は笑いを返すことはできなかった。

＊　＊　＊

　忠実の屋敷を出た頼政は、とりあえず再度宇治橋へ向かうことにした。橋姫なる女の素性を暴く方法も追い払う手段も思いついていないが、忠実の話はかなりあやふやであったし、まず相手のことを自分で確かめるところから始めようと考えたのである。

　橋姫はもうどこかへ移動している可能性もあったが、実際に現地に着いてみると、子連れの市女笠の女はまだ壊れた橋の袂にいた。

　手を合わせている面々は先ほどとは違う顔ぶれだけれど、ほとんどが女性であることには変わりない。ひとまず語りを聞くべく、頼政が取り巻きから少し離れた場所で足を止めたところ、橋姫の傍らで退屈していた十歳ほどの童女がそれに気付いて声を上げた。

「あ。さっきも来たお侍様だ！」

　いかにもやんちゃそうな明るい声に聴衆が頼政へと振り返る。大勢に見つめられた頼政が面食らうのと同時に、橋姫は語りを止め、頼政を指差す童女を「これ」と叱った。

「なりません、おしら。お武家様を指差す子がありますか。誠に申し訳ございません、お武家様。この子が無礼な振る舞いを……」

「いや、お気になさらぬように……もとい、気にするな。拙者も幼子のすることを咎めるつもりはないが……」

　深々と頭を下げられた頼政が口調に迷いながら応じる。信心深い頼政としては宗教者には敬意を払いたいが、目の前の女性は追い払えと言われた相手でもあるわけで、どの程度丁寧に接すればよいのかがよく分からない。一方、「おしら」と呼ばれた童女は腰に揺れる刀が気になるようで、ひょいひょいと頼政に近づき、あどけない顔で問いかけた。

「ねえねえお侍様、この刀、本物？」

「何だいきなり。当然であろう」

「へー。じゃあさ、人斬ったことある？」

「何!?」

「あるの？　ないの？　お侍ってすぐ刀抜くんでしょ？」

「いや、そういう侍がいるのは確かだが、そうでない侍もおるし……。というか、子供がそんなことを聞くものではない」

「なんで？　言えない理由があるの？」

「理由？　そ、そういうわけではないが、人前で話すようなことでもなかろうし」

「お止めなさい、おしら。お武家様が困っておられるではありませんか。お武家様も、子供の言うことですので……。真剣に取り合っていただかなくても結構ですのに」

おしらを制した橋姫が顔を上げ、頼政に優しく微笑みかけた。大人の武士が子供相手にたじろぐ様子に呆れたのだろう、観衆たちからは嘲笑の声が漏れている。こういう場で堂々と振る舞えない自分の情けなさを痛感し、頼政は改めて橋姫と向き合った。

笠は縁が広くて深く、左右に分けて下ろした前髪は長く、纏っている上衣はゆったりした袿。顔も体形も分かりにくいが、声の調子は若々しく、指や手首の肌には張りがあって姿勢も良い。案外若い娘なのかと訝る頼政に、橋姫は嬉しそうに語りかけた。

「それにしても、ありがとうございます。お武家様が私のようなものの話を聞きに来てくださるとは」

「何？　違う。そうではない。拙者は話を聞きに来たわけではなく……と言うか、その逆なのだ。もったいぶった物言いが苦手なので直に言うがな、お主を宇治より追い払えと命を受けておる。怪しい話で人を集めて寄進させるなどもってのほかだと——」

　頼政がそう言った途端、橋姫を取り囲んでいた女たちの表情がさっと変わった。口にこそ出さないものの、目にあからさまな敵意が宿り、頼政をたじろがせる。橋姫は一同に落ち着きなさいと手ぶりで示し、静かに頼政に歩み寄った。橋姫と頼政の身長差はちょうど頭一つ分ほど。女性にしては長身である。

「お武家様にお尋ねしますが、私は何か、してはいけないことをしたのでしょうか？　私はただ天下の往来で立っているだけ……集まってこられる方がおられるので、見聞きした話をお聞かせしているだけでございます」

「それは……いやしかし、寄進を集めていると聞いたぞ」

「ご寄進をいただくことはありますけれど、それはいずれも、私の話に耳を傾けてくださった方が自主的にお恵みくださったもの。私から求めたことは一度もございません」

　しれっと橋姫が言い返し、そうだそうだと取り巻きがうなずく。この線で攻めるのは難しそうだが、さりとて別の切り口も思いつかない。弱った頼政がとりあえず話を変えるべくあたりを見回すと、退屈そうに木箱に腰かける童女と目が合った。

「あの子……『おしら』と呼んでおったが、あれはお主の娘か？」

「いいえ、おしらは孤児(みなしご)でございます。この橋姫は、年を取らぬ……いや、取れぬ身。人の理(ことわり)から外れてしまった不老の体なれど、せめて世のため人のため尽くそうと、旅の最中に巡り合った孤児を引き取り育てているのでございます」

「なるほど、それはご立派な……いや、待った！」

釣り込まれて感心しそうになった自分を頼政は慌てて押し止めた。相手の調子に流されてどうする。

「それよ。年を取らないと言ったが、そのような生き物がいるはずがない。それに橋姫というのは宇治川に伝わる女神の名であろう？　神の名を勝手に名乗った上、流言飛語(りゅうげんひご)で人心を誑(たぶら)かすのは」

「流言飛語とは心外でございます。『橋姫』とは元来、私の名なのですから」

穏やかな反論が頼政の問いをそっと遮る。頼政が「お主の名？」と問い返すと、橋姫は奥ゆかしく首肯し、ゆっくりと身の上を語り始めた。

現在一般的に知られている橋姫は、思い人を待ち続ける健気で不憫な女神である。二百年前の「古今和歌集」や百年ほど前の「源氏物語」など、古来、和歌や文学作品の題材としてもよく用いられる神であるが、この伝説の由来となったのがそもそも自分なのだ、というのが橋姫の主張であった。

自分は年を取らない体質で、今は漂泊の身の上だが、何百年も前に宇治に住んでいたことがあり、その後も数回宇治を訪れている。この地の老人たちの中には若い頃に自分を見た者もいるが、その人たちに言わせると——ここで橋姫は実際に聴衆の中の老人に証言を求めた——その容姿は数十年前から変わっていない。そうやって何度かこの地を再訪しているうちに、いつの間にか「誰かを待ち続ける健気な女神」という伝説ができてしまっていたようだ……。

穏やかな口調でそう語った後、橋姫は「以上です」と言いたげに軽く一礼し、口をつぐんだ。聞き入っていた女たちがありがたがって手を合わせる中、頼政は大きく眉をひそめた。一応理屈は通っているようにも聞こえるが、素直に納得できるわけもない。

「にわかには信じがたい話であるな……。第一、お主が本当に不老の身だとして、一体、どうしてそのようなことに？」

「それを今からお話しするつもりでした。人魚の肉を食ろうた報いにございます」

「にんぎょ……？」

聞き慣れない言葉を頼政は思わず問い返していた。はい、と橋姫がうなずく。

「人の魚と書いて人魚。水界の異類にございます。その名の通り、人と魚を合わせたような姿をしており、その血肉を食ろうた者は老いることのない体となる……。かの厩戸皇子（うまやどのおうじ）、いわゆる聖徳太子様の御代にこれが出たというお話は、お武家様であればご存じかと」

「何？　聖徳太子？　いや、初めて聞いたが」

「あらあら。これは失礼いたしました」

うっかり素直に答えてしまった頼政に橋姫が大仰に頭を下げると、周りから呆れる声や失笑が漏れた。そんな話があるものか、作り話だろうと頼政は思ったが、聖徳太子にまつわる逸話を熟知しているわけでもないので否定もできない。笑われて赤面する頼政に、橋姫がおっとり優しく語りかける。

「推古帝の御代、近江の国司より、蒲生河に、人のようで人でなく、魚のようで魚でないものが現れたと上奏があったのでございます。その報告を聞かれた太子様は、それは人魚だと評されたとか」

「そういう話があるのか……？　いや、あるとして、それだけではお主の話の裏付けにはなるまい。そもそも人魚なるものが実際にいるとは拙者には思えぬし」

「本当に疑り深いお武家様で……。であれば――おしら」

頼政がぼそぼそ漏らす反論を受け、橋姫が木箱に腰かけてあくびをしていた童女に呼びかける。名を呼ばれたおしらは「うん！」とうなずき、箱から飛び降りた。「御開帳だ！」と誰かが声を漏らし、橋姫たちを取り囲んでいた一同が強く手を合わせて拝む。そんな中でおしらは二尺ほどの長さの木箱を頼政の前に寝かせ、自慢げに蓋を開けた。

「さあお侍様、ごらんください！」

「何を見ろと――うおわっ！」

観音開きの蓋の中を見るなり、頼政は声を上げて飛び退いていた。

縦長の箱の中に収められていたのは、カラカラに干からびた、人とも魚ともつかないものの死骸であった。長さはおおよそ二尺弱。上半身は人か猿のような形状で、短い牙の並んだ口を開け、掌を前に向けている。鱗に覆われた下半身は魚そのもので、先端や背中にはひれがあった。下半身の一部には肉がこそげとられた跡もある。

「こっ、これは……なんとも面妖な……！」

存在するはずのない、だが実際に目の前に確かに存在する異様な死骸に頼政が絶句する。その表情が面白かったのだろう、おしらは「くふふ」と微笑み、蓋を閉めてしまった。

「なぜ閉めるのだ」

「あまり外気に晒すと傷んでしまいますもので」

頼政の問いに答えたのは橋姫だった。橋姫はおしらに微笑みかけた上で、頼政へと向き直り「ですが」と続けた。

「もう充分でございましょう？　今ご覧になったものが人魚にございます。一部が欠けておりますのは、何百年も前に私が食らってしまった故。私の生まれた海辺の村には、人魚を口にしてはならぬという禁忌があったのです。その理由は古老すら知りませんでしたが、私は身をもってそれを知りました。一度、この肉を口にすれば」

「と……年を取らなくなってしまう……」

「左様にございます。生き仏などと言って拝んでくださる方もおられますが、今の私は人の理から外れた外道。村を追われた私は、自分の過ちを忘れぬよう、人魚の遺骸をこうして箱に収め、呪われた体を抱えたまま、諸国を旅しておるのでございます」

「呪われたというのは、老いぬ体のことか」

「それだけではございませぬ。寄る辺も帰る家もない女が、いかように一人で生きてこられたとお思いです？　我が身には、人魚の呪いが掛かっているのでございます。現世で永劫に生き続けろという厳しい呪いが……。故にこそ、これまで私に仇を為そうとしたものは、どなたも不幸な死を遂げてまいりました」

　ふいに橋姫が語調を強めた。前髪越しの視線を向けられ、頼政の背中に悪寒が走る。青ざめた頼政が何も言えないでいると、橋姫は人魚の入った木箱を抱え、もう片方の手でおしらの手を取った。

「……されど、お武家様の手を煩わせるのは本意ではございませんので、本日はこれにて失礼いたします。では皆様、ご息災で」

　そう言ってぺこりと頭を下げ、橋姫はおしらの手を引いて川上へと歩き去った。その後ろ姿を頼政は呆然と見送り――なぜか跡を追う気になれなかった――ややあって、周りの農民たちに問いかけた。

「あの女はどこに住んでいるのだ？」

「誰も知らないのですよ」

「いつも、どこからともなく来なさるのですわ」

　そう答える女たちの口ぶりや表情には、「せっかく功徳を授かれるところだったのに」「余計なことをしやがって」という怒りが確かに滲んでおり、頼政をいっそう弱らせた。

あーあ、と誰かが小声でぼやき、帰るか、と別の誰かが応じる。それをきっかけに、一同はいかにも残念そうに解散していき、いたたまれない顔の頼政だけが残された。

「むう……」

頼政の肩が自然と落ちる。結果だけを見れば橋姫の説法を止めたと言えなくもないが、自分は完全に空気に呑まれて押し負けていたし、あの調子では橋姫が宇治を去ることもないだろう。初日からこの体たらくでは先が思いやられる。

「はてさて、どんな顔で帰ればよいものか……」

壊れた橋の袂に佇んだままの頼政が溜息を吐く。と、しょんぼりと丸めたその背中に、気遣うような声が投げかけられた。

「お疲れ様でございます」

「ん？　……おお、先ほどの」

慌てて背筋を伸ばした頼政が振り返った先にいたのは、先刻、忠実の屋敷まで案内してくれた老人であった。一部始終を見られてしまっていたようだ。「恥ずかしいところを見せたな」と頼政が苦笑すると、老人は愛想のいい笑みを返し、歩み寄って一礼した。

「先程は申し損ねましたが、白川村の弥三郎と申します。今は平等院で下働きをさせていただいております」

「そう言えば拙者も名乗っておらなんだな。源頼政だ。知っての通り、富家殿に厄介になっておる身だ。お主は平等院の者であったか」

「平等院の者だなど恐れ多い。賤院に住まわせていただいている、ただの下働きでございます。若い頃は『白川座』で田楽法師をやっておりましたが、引退した後、ご縁があって平等院にご厄介になっております」

「白川座？　ああ、あの田楽舞の！」

　宇治の白川で生まれた白川座は、この時代に広く知られた芸能集団であった。各地の祭礼などで舞や音楽を披露することを生業にした田楽法師の集まりで、課役や課税を免除されており、平安京のみならず南都などからも招かれていたという。

「なるほど。言われてみれば年の割に身のこなしが軽やかだ」

「いえいえ、もうめっきり老いぼれてしまいまして……。年寄りなので力仕事も出来ぬ故、文の受け渡しなどを承ることが多く」

　そう言って手短に自己紹介を済ませると、弥三郎と名乗った老人は橋姫の立ち去った方向を見やって言った。

「しかしあの橋姫という女人、なかなか口の達者なお方のようで」

「それよ。体よく追い払えと言われたのだが、拙者はどうも交渉事が苦手でなあ。宇治に来たばかりでは、頼れる知己の当てもなく……。お主、平等院で使いをしているのであれば、市中の事情には明るかろう？　お知恵を拝借できそうな方はおらぬか」

　肩をすくめた頼政が困った顔で問いかける。弥三郎は反射的に「私めなどには」と首を横に振りかけたが、ふと押し黙った。灰色の眉がぐっと寄り、独り言がぼそりと響く。

「……平等院の、あの陰陽師様ならばもしかして」

「陰陽師とな？」

弥三郎が漏らした言葉を頼政は繰り返していた。陰陽師とは、要するに朝廷直属で公認の呪術師だ。鬼神を操ったり物の怪を祓ったりするという噂は頼政も聞いているし、書かれたものを読んでもいる。人魚に呪われた怪人を相手取るには格好の人材ではあるが。

「しかし、なぜ陰陽師が寺院にいるのだ？　陰陽道と仏道は別物であろう」

「私に聞かれましても……。高貴な方のご事情は存じませんし、詮索せぬよう言われております故に。申し訳ございません」

「いや、謝ることではない。それで、その陰陽師殿はどういった方なのだ」

「それはもう、大変に博識な方でございます……！　しばらく前に都より平等院においでになったのですが、夜毎に月や星を眺める一方、昼間は経蔵に籠って古今の文書を読み漁っておられます。かように物知りで雄弁な方、私は見たことがございません。気難しいところもあるので、寺では良く言わない方もおられますが、私には良くしてくださいますし」

「ほほう」

弥三郎の誇らしげな説明に、頼政は興味深げな声を漏らした。そこまで言うのであれば信用してみて良さそうだ。断られたとしても駄目元である。

「弥三郎。すまぬが、その方に会わせてはもらえぬだろうか」

「今からお寺に帰るところですので、ご案内ならいくらでも」

＊　＊　＊

弥三郎に連れられて頼政が訪れた平等院の境内の中央、阿字池の向こうには、大仏を擁した左右対称の阿弥陀堂が堂々とそびえていた。入母屋造の中層を挟み、切妻造の翼廊がその名の通り翼のように左右に大きく広がる。後世に鳳凰堂と呼ばれ、いずれは十円硬貨の意匠ともなる建造物である。

平等院、ひいては宇治の象徴たる大伽藍を前に、頼政は思わず足を止めて見入った。既に日は陰りつつあり、傾きかけた西日は阿弥陀堂の真後ろへと掛かっている。

「これはまた、なんとも荘厳な……！　まるで極楽浄土を見るようだ」

「『極楽いぶかしくば宇治の御寺をうやまえ』でございますな」

息を呑んだ頼政の隣で、弥三郎が流行り歌の文句を口にする。「極楽の存在を疑うのなら宇治の平等院に行ってみろ」という意味のこの歌は、京や摂津でも歌われていたので頼政も知っていた。納得しつつ手を合わせる頼政に、弥三郎が語りかける。

「日暮れ時のお堂は、宇治川の対岸の高台から眺めるとなお美しゅうございますよ。お堂の真後ろに沈む日が御池や川に照り返し、その素晴らしさはもう、言葉にできぬほどでございます」

「覚えておこう。それで、件の陰陽師殿はどちらに？」

阿弥陀堂に目を奪われてしまったが、今日の本題はあくまでそっちだ。頼政の言葉を受けた弥三郎が、こちらです、と再び歩き出す。そこから歩くことおおよそ一町（約百メートル）、弥三郎が頼政を導いた先は、敷地の端に設けられた校倉造の建物であった。

平等院の境内に点在する蔵の一つで、経典や書物を収めた経蔵だと弥三郎は言った。宝蔵は藤原家の長者か皇族しか入れないが、ここは比較的出入りが自由なのだという。

「鍵が開いておりますから、今日も中におられるご様子。私の身分では中に入ることはできません故、ここから先はどうぞ頼政様お一人で」

開け放たれた入り口を示して弥三郎が頭を下げる。頼政は弥三郎に礼を言い、階段を上って経蔵へと入っていった。

薄暗い蔵の中には、束ねた竹簡や木簡、それに巻物や書物がぎっしりと収められた棚が所狭しと林立していた。まだ明るい時間帯だが、ろくに窓もない上に背の高い棚が並んでいるので見通しは悪い。軋む床をそっと踏み締め、頼政はふと、陰陽師の名前も年齢も身分も聞いていなかったことに気付いた。

これだから拙者は。溜息交じりで奥に進んでいくと、蔵の最奥部、小さな明かり取りの窓の手前に、これまた小さな人影が一つ、文机に向かって巻物を広げて座っていた。

「――あ」

「どなたです？」

頼政が思わず声を発したのとほぼ同時に、小柄な人影が座ったまま振り向いた。

その体軀はまるで子供のように小さく、おまけに華奢であった。少し身を屈めれば、文机の上に積まれた書物や巻物の陰に隠れてしまいそうなほどだ。

纏っているのは、袖の大きな水干狩衣に足首から下を出した水干袴。いずれも白に近い薄水色で、大きな袖や袴の端には裾を絞るための括紐が揺れており、頭上には飾り気のない立烏帽子を載せている。動きやすさを重視した服装だが、衣の生地は高級な紗だし、さりげなく上下の色味を合わせているあたりも上品だ。実用性しか考えていない地味な直垂姿の頼政とはえらい差である。頼政は感心しながら歩み寄り、そして眉をひそめた。

窓から差し込む光が、目の前に座っている人物の端整な顔を照らしている。丁寧に整えられた眉に、きめ細やかな白い肌。吊り目がちの大きな瞳は、細く引き締まった小柄な体軀と相まって若い猫を思わせた。

若々しいのは結構だが、と頼政は思った。いくらなんでも若すぎる。目の前にいるのは、どう見ても十三、四歳ほどの少年なのだ。弥三郎の言っていた博識な陰陽師とは思えないが、その弟子か息子だろうか……？　立ち止まって訝しむ頼政を、少年は不審そうに見上げた。眉が少し寄り、小さい口からやや高い声質の声が響く。

「平等院ではお見かけしたことのない方ですが、帯刀しておられるということはお武家様ですね。経蔵で何かお探しですか？」

「え？　あ、いや、違うのだ。ここにおられるという陰陽師殿にお目見えしたく」

「それなら私です」

少年のあっさりとした発言が頼政の言葉を遮った。「私」？　意外な答に頼政が戸惑っていると、少年は座ったまま頼政に向き直ってその顔を見上げ、いかにも面倒くさそうに口を開いた。

「この経蔵には今も普段も私一人しかおりませんし、私はこれでも陰陽師なので。故に、貴公の口にされた条件に合致するのはこの私、安倍泰親ただ一人でございます」

背筋を伸ばした少年が堂々と自分の名を名乗る。落ち着いた声で告げられたその名前に、頼政ははっと目を見開き、「安倍とな」と声を漏らしていた。

陰陽師で安倍とくれば連想する名前は一つしかない。

安倍晴明である。

晴明は頼政の先祖である源頼光と同時代を生きた伝説的な陰陽師で、幼い頃から鬼を見ることができたとか、不可視の鬼神を使役したとか、残した逸話は数知れず。中でも、大江山の酒呑童子の素性や居場所を占いでもって見事に突き止めてみせた話は、頼光の子孫としては馴染みが深い。

「まさかお主、あの安倍晴明公の嫡流……!?」

「ええ。晴明公の子孫で、一応、当代の安倍家の氏長者のようなものでございます。私は晴明公から数えて五代目です」

驚く頼政の面前で、少年はそっけなくうなずいた。

この安倍泰親こそ、後に安倍晴明以来の占術の天才として朝廷にその名を轟かせ、多くの逸話を残すことになる人物であった。九尾の狐の正体を暴いてみせた伝説は現代でもよく知られているが、この時はまだ尖った印象を与える十五歳の少年に過ぎなかった。

さらに泰親は、疑われていると思ったのか、これが証拠だと言わんばかりに傍らに置いてあった檜扇を示した。古びた扇の親骨の先端には、五芒星がくっきりと彫り込まれている。陰陽道の法則を示す図であり、安倍晴明が呪術に用いたことから「晴明紋」とも呼ばれる意匠だ。それを見た頼政は、ははあ、と嬉しそうな声を発した。

「晴明公の五代目とな！　これはこれは、なんとも奇縁でござるな」

「奇縁？」

つい破顔してしまった頼政を見て、泰親が不可解そうに顔をしかめる。頼政は「これは失敬」と頬を掻き、刀を外して泰親と向き合うように正座した。

「申し遅れました。拙者、源頼政と申す者で、摂津より――」

「源ということは、かの頼光公の？」

泰親の問いかけが再び頼政を遮った。この少年、相手が言い終わるより先に口を挟んでしまう癖があるようだ。頭の回転が速いのだろうなと理解し、頼政は首を縦に振った。

「いかにもいかにも。頼光公から数えて五代目でござる。同じ時代を生きた英雄の五代目同士と分かって、つい嬉しくなってしまいまして……。しかしお若い」

「これでも一応元服は済ませましたよ」

「これは失敬。あ、そうそう、拙者の官位は――」

「よしましょう、頼政様。ここは内裏でも京中でもないのですから、お互いの名前が分かっていれば十分です」

　またも頼政を遮る泰親である。その口ぶりからすると、どうやら内裏か京都で何かあったようだ。考えてみれば、陰陽寮を背負って立つ安倍家の跡取りが一人で平等院にいることからして奇妙である。

「泰親殿はなぜここに？」

「ここは都に比べると夜が暗いので、月や星の観測に向いているのです。また、平等院は元々摂関家の別業ですから、大陸由来の書き物や各地からの報告文、それに宇治大納言殿の集められた聞き書きなど、経典以外の文書も大量に保管されております。勉学にはもってこいの場所なのですよ」

「ははあ、さすがは安倍家の長者殿。泰親殿は勉学熱心でございますな」

「好きでやっていることですので……。あと、その敬語はおやめください。年上の、しかも源氏の正統な後継者の御方にそのような物言いをされると、若輩者としては居心地が悪うございます。私のことはどうか泰親とお呼びください」

「え？　いやしかし晴明公の」

「晴明は晴明で私は私。お願いいたします」

　あくまで礼儀正しい態度を保ちながらも、有無を言わせぬ口調で泰親が言う。そのきっぱりとした語調に圧され、頼政ははっと黙り込んだ。

考えてみれば、よく知らない少年を「あの有名な晴明の家柄だから」と持ち上げるなど、頼光の子孫だという先入観で自分を見てきた面々と同じではないか。頼政は反省し、しっかりと首を縦に振った。

「分かり申した。あ、いや、敬語はならんのか。ええと……相分かった」

「よろしくお願いいたします」

無理矢理平易な口調に切り替えた頼政に、泰親がしれっと頭を下げる。これではへりくだられているのか命令されているのか分からない。若いのにしっかりしているなあと感服していると、泰親が軽く眉をひそめた。

「それで？　私に何の御用なのです？」

「え？」

「『え』ではございませんでしょう。陰陽師を探しに来たと仰ったのは頼政様ではありませんか。お忘れですか？」

「いや忘れてはおらん」

冷ややかな問いに頼政は慌てて首を横に振り、「実は知恵を借りたくて」と言い足した。件の陰陽師がこんなに若いとは予想外だったが、かの安倍家の跡取りなら相談相手には充分だし、そこを抜いてもこの堂々とした少年には信頼に足る何かがある気がする。

というわけで頼政は、忠実から受けた命令や、先ほどの宇治橋の袂での一幕などを語って聞かせた。読書を邪魔された泰親は「まあ聞きますけども……」と言わんばかりの顔で耳を傾けていたが、話が橋姫の主張に差し掛かると興味深げに目を輝かせ始め、やがて頼政が語り終えると、きっぱりとこう口にした。

「――面白い」

「……は？　何と？」

「面白いと申し上げたのです。橋姫を自称する遊行者がいることくらいは聞いていましたが、まさかそんな突拍子もないことを語っているとは思いませんでした。人魚の肉を食って不老の体となり、『待つ女』の象徴たる橋姫伝説の由来にもなった女性……。うん。良いですね。とても良い。興味深いお話をありがとうございました」

「どういたしまして……ではなく！　拙者は対策を知りたいのだ。どうにかせよと忠実様から命じられた以上」

「斬ってしまえばいいのでは？」

苦慮する頼政の言葉に泰親のあっさりとした声が重なる。予想外に乱暴な提案に頼政が絶句すると、泰親は平静な表情のまま、頼政が腰に付けていた刀を一瞥した。

「せっかく帯刀しておられるのですから、話を聞く前にその場で斬り捨ててしまえば手っ取り早かったのではないですか。相手は武装していたわけでもないのでしょう」

「ま、まあ、そうであるが……いや、しかしだな泰親。いくら怪しい女とは言え、人を集めているだけの相手を問答無用で手に掛けるというのは、さすがにどうかと思うのだ」

「なるほど。善良なのですね、頼政様は。かの頼光公の玄孫殿とは思えないほどお優しくてあられるご様子」

苦慮する頼政を見て泰親が落ち着いた表情のまま感心してみせる。褒めているのか馬鹿にしているのか分からない言葉に頼政が困惑を示すと、泰親は軽く肩をすくめて「冗談ですよ」と言い足した。

「今のはあくまで選択肢の一つを示しただけの話。私も乱暴な方法は嫌いですし、暴力に頼るまでもありません。要するに、自称橋姫の素性や仕掛けを暴き、二度と辻説法をできないようにすればいいわけですよね？」

「それはそうだが……できるのか？　お主はまだ橋姫本人に会ったわけでもないのに、確かめたりせずともよいのか？」

「この程度のことならお話を聞くだけで充分ですよ」

「おお、さすが安倍家の陰陽師！　それで、いかなる方法で？　やはり陰陽術を使うのか？　こう、安倍家正統の霊符でもってまじないを――」

「は？」

頼政がつい身を乗り出すのと同時に、泰親がひどく乾いた声を発した。冷静だった面相が露骨に不満げなものへと切り替わり、苦虫を噛み潰したような顔から抑えた声がぼそりと響く。

「――頼政様。ちょっとそこにお座りください」

「さ、先ほどから座っておるが」

「ならばよろしい。さて、今しがた陰陽術だの霊符だのまじないだのと仰いましたが、頼政様は陰陽師を何だと思っておられます？」

「え？　それは不思議なちか」

「不思議な力を有した呪術者と思っておられますね？　陰陽五行、すなわち、この世の万物を陰陽の二極と木火土金水の五行の相克関係で読み解くことであらゆる現象を支配し、印を結んだり呪文を唱えたりすることで鬼神を操り、物の怪を祓い、怨霊を調伏することができるものだと。陰陽師はそういう資質を備えた超人で、陰陽術というのはそういう技術だと思っておられますね？」

「あ、ああ……。いや、そこまで詳しくは知らぬが、まあ、おおむねそういうものだとばかり……。……違うのか？」

「違います」

凛とした若々しい断言が静かな経蔵に響き渡った。反射的に背筋を伸ばしてしまう頼政の前で、泰親はこれ見よがしに溜息を落とし、鋭い視線で頼政を見上げた。

「皆様、勘違いをしておられるのです。本来の陰陽師とはまじない師に非ず。陰陽とは夜と昼のことですし、元来、陰陽師の本分は、天体観測と暦の作成にこそあるのです。観察と推論に基づいて世の理を読み解いて予測するのが陰陽師であって、まじないだのお祓いだのは本当は専門外なのですよ。陰陽道の基礎たる陰陽五行説はあくまで方便であって現実に適応できるものではありませんし、鬼神や物の怪などそもそも存在しません」

「存在しない……？　まあ、拙者も見たことはないが、しかし多くの逸話や伝説が」

「あんなものは全て思い込みか勘違いです。それか嘘です」

ばっさり言い切る泰親である。鬼神を操ったとされる安倍晴明の子孫とは思えない物言いに頼政が絶句したのは言うまでもない。いいですか、と泰親は続ける。

「五行説も物の怪も、そう考えた方が分かりやすいので持ち出された方便にすぎません。晴明公は大変説明が上手い方だったということです。ですが、陰陽師の役割はあくまで理解し解説するところにあるはずで、そして、そのために必要な理解力や知識というのは誰でも持ち得る資質」

「そうなのか？」

「そうなのですよ！　なのに陰陽寮やうちの年寄り連中は、晴明公の威光にすがるあまり、晴明公の神格化と陰陽道の神秘化を進め、あろうことかその権威を嫡流の私に背負わせようとしているのです。阿呆です。馬鹿です。救いようのないほど愚かです」

憤懣を漲らせながら泰親が言い切る。

ちなみに、現代でもなお伝説的な陰陽師として名高い安倍晴明であるが、存命中の記録や同時代人の日記を見る限り、晴明が超人的な所業を為したとか、鬼神を操ったり祓ったりしたという話は見当たらない。晴明の名が過剰に神格化され、「今昔物語集」のような説話集によって伝説的なエピソードが喧伝されるようになるのは、没後百年ほどが経って院政期に入った頃、ちょうど、この物語の時代になってからのことであった。

「知識は体系化して共有してこそ発展するものだというのに、秘伝を神格化して何が得られるというのか。理解しがたいとしか言いようがありません」

「な、なるほど……」

頼政は弱々しい声で相槌を打ちつつ、泰親が京の安倍家を離れた理由を察し、また同時に、目の前の少年に共感している自分に気付いていた。どうやらこの少年も、五代前の先祖の高名のせいで迷惑を被っているようだ。

「そうか……。泰親も大変なのだな」

「『も』？　ということは頼政様も」

「うむ。事情はだいぶ違うが、拙者も、かの英雄の玄孫であるならばと過度な期待を掛けられたり、その割には頼りなさそうだと幻滅されたりすることが多くてな」

そう言って嘆息してみせた後、「実を言うと辟易しておる」と苦笑交じりに付け足すと、泰親はきょとんと目を見開き、少し間を置いた後、ふふ、と声を漏らして微笑んだ。笑うと少年らしい面持ちになるのだなと頼政は思った。

「まさか宇治で同じ立場のものに会えるとは思わなんだ。これも何かの縁、五代目同士一つよろしく」

「こちらこそ。それはそうと当面の問題は橋姫ですよね」

「え？　ああ、そうであった、そうであった」

「忘れないでくださいよ」

「すまぬ。しかし今の話からすると、泰親は陰陽術を使えるわけではないのだな?」

「世間一般で理解されている陰陽術という意味であればその通りですし、そもそんな術は実在しません。ですが大丈夫です」

不安そうになる頼政とは対照的に泰親が事も無げに胸を張る。「何?」と頼政が驚くと、年若い陰陽師は軽く腕を組んで思案し、こう言った。

「論破するだけなら簡単ですが、その橋姫なる女、なかなか弁が立つ様子。であれば――うん、そうですね。数日お待ちいただけますか?」

＊　＊　＊

それから数日後の朝、頼政と泰親の二人は、宇治川上流のとある岸辺へ足を運んだ。壊れた宇治橋から半里(約二キロメートル)ほど上流に位置するその一角は、古い舟の舫い場として利用されているようで、大小幾つかのボロ舟が川面に揺れていた。

先を行くのは手ぶらの泰親で、続く頼政は布の包みを両手で抱きかかえている。河原に降りた泰親は、全体から少し外れた場所に係留された小舟に近づいた。小舟の甲板上には、苫(とま)の屋根と粗末な板塀で囲まれた小さな船室が設けられている。住居として使われる、いわゆる家船(えふね)と呼ばれる形式のものだ。

　泰親が入り口代わりに吊るされた苫に小石を放ると、苫ががさりと軽く揺れ、船室から童女がひょこっと現れた。いかにも元気でやんちゃそうなその童女は、岸辺に立つ二人に気付き、あ、と大きな声を発した。

「こないだのお侍様？　それと……知らないお兄さん」

「源頼政だ。お主は確か、おしらであったな」

「安倍泰親と申します。こちらに橋姫様がおわすと伺いましたので」

「うん、いるよ！　橋姫ー！」

「大声出さなくても聞こえてるって」

　おしらが呼びかけるのとほぼ同時に、若い娘が苫を撥ね上げて顔を出した。

　がさつな口ぶりと共に現れた娘の背丈はちょうど頼政と泰親の中間くらいで、年の頃は二十になるかならないか。長い髪を後ろで縛り、裾も袖も短い狐色の小袖を纏っている。粗末で活動的な出で立ちな上、口調や態度も荒っぽいので先日とはまるで印象が違うが、整った細面は間違いなくあの「橋姫」のものであった。

　服の色のみならず、容貌や立ち居振る舞いもどことなく狐めいたその娘は、「お客さん！」と頼政らを指差すおしらを見下ろし、大仰に眉をひそめてみせた。

「あのね、大きな声で名前を呼んじゃ駄目って言ったでしょ。ここに『橋姫』がいるってことは秘密なんだから」

「え？　あ、そうだった！　ごめんなさい！」

「返事だけはいいんだから……。それで？」

にこにこと笑うおしらに苦笑いを返し、橋姫は大きな目でキッと頼政らを睨んだ。意志の強そうな双眸で甲板から見下ろされ、頼政がたじろぐ。

「それがお主の素なのか？　辻説法の時とはまるで別人であるが」

「大きなお世話。にしても、よくここが分かったね。私の跡をつけてきたの？　ちゃんと撒いてたつもりだったんだけど」

「滅相もない。女人の跡をつけるなど、拙者そのような不埒なことは」

「推測したまでです」

包みを抱えたままの頼政の弁解に、傍らの泰親がすっと割りこむ。初対面の少年の不遜な態度に橋姫が「推測？」と眉をひそめると、泰親は冷静な顔のままうなずいた。

「ええ。噂の橋姫様がどこにお住まいなのかは謎で、橋姫を信仰しているのは屋敷に仕える雑色や田畑を営む百姓など、いずれも陸の定住者ばかりだとか。そう聞けばすぐ川だと分かりました。彼らは川の民と交流する機会は少ないですし、跡をつけられたとて、舟に乗ってしまえばもう追いようがないわけですから。なので、舟を操る者たちに、ここ最近やってきた子連れの娘がいないか聞いて回ってみたのです。そしたら」

「なるほどね。賢いお子様だ」

「まだ全部話し終えていないのですが？　人の話を遮るものではないですよ」

解説を遮られた泰親が不満そうに橋姫を睨む。「お前がそれを言うか」と頼政は思ったが、口に出すのはやめておいた。「そもそも」と泰親が冷ややかに続ける。

「『お子様』とは失敬でしょう。これでも私は元服を終えていますし、安倍泰親という立派な名前があるのです」

「安倍？　ってことはもしかして君、あの大陰陽師、晴明公の家の人？」

「……まあ一応、血は繋がっているみたいです」

　目を丸くした橋姫に見下ろされ、露骨に不服そうな声を漏らす泰親である。それを見ていた頼政は、橋姫が当たり前のように晴明の名を口にしたことに驚いた。先に聖徳太子の逸話を引用してみせたことといい、貴族階級の出なのだろうか。大きな包みを抱えたまま訝っていると、一同のやり取りを眺めていたおしらが「ねえねえ」と頼政に呼びかけた。

「それ、何持ってるの？　橋姫へのお供えもの？　だったらお米か銭がいいよ」

「すまぬが違う。と言うか実は拙者もよく知らぬのだ。ただこれを持ってついてこいと言われただけで……」

「子供の使いかよ。てかそもそも、何しに来たの？　私を捕まえる気？」

「まさかそんな。ただ、巷で噂の橋姫様と少しお話しできればと思いまして。お手数ですが、こちらに降りてきていただけますか？」

　警戒する橋姫に泰親があくまで落ち着いた口調で切り返す。小柄な少年には見合わない威圧感に、橋姫は下手に逃げるといっそう厄介なことになりそうだと悟ったようで、傍らのおしらに抑えた声で告げた。

「……ちょっとこの二人と話してくる。おしらは舟で待ってなさい」

「えー？　一人じゃ退屈だよー」

「わがまま言わないの。……舟、いつでも出せるようにしといて。できるね」

「うん！　逃げる支度だね！」

「だからそういうのを大きな声で言わない！　あんたはもう……」

　天真爛漫なおしらの返事に呆れた声を返し、橋姫は藁製の乱緒沓を突っかけて岸辺へ飛び降りた。おしらへの指示をしっかり聞かれてしまったのが恥ずかしいのだろう、白い顔を薄赤く染める橋姫に、泰親はまず一礼し、慇懃に告げた。

「少し舟から離れてもよろしいですか？　いきなり逃げられると困りますので」

「はいはい。でもそんな遠くには行かないからね。おしらを一人にできないし」

「構いませんよ」

　泰親は軽く首肯し、小舟から五丈（約十五メートル）ほど離れた位置へ移動した。おとなしくついてきた橋姫は、河原に転がる岩に腰かけて脚を組み、「で？」と二人を見た。着物の裾から覗いた白い脚に頼政が思わず顔を赤らめる。

「若い娘がはしたない……」

「ほっといてよ。自分の脚を自分で出して何が悪いのさ。それで少年」

「泰親です。安倍泰親」

「そうそう、そうだった。ごめんねー、君が可愛いからつい」

「言っておきますが、苛立たせて話の腰を折ろうとしても無駄ですよ。会話の主導権を譲るつもりはありませんので」

「げー、可愛くないなあ。見た目は可愛いのに……。で、話って?」

「貴方の嘘についてです」

岩に座った橋姫の正面に立ち、泰親がずばりと言い放った。

橋姫が女性にしては長身なのに対して泰親は小柄なので、二人の顔の高さはほぼ等しい。橋姫が虚を衝かれたように押し黙った隙を突き、泰親は隣に控える頼政を一瞥した上で言葉を重ねた。

「こちらの頼政様に伺いましたが、貴方はこう主張しておられるそうですね。聖徳太子の時代にも出たという怪物『人魚』を食らったことで貴方は不老不死の体となり、そして橋姫伝説の、すなわち、待ち続ける健気な女神の伝説の元にもなったと」

「そうだけど……。それのどこが嘘だと」

「そう焦らずに。まず一点、太子が上奏を受けた人魚についてですが、推古帝の御代、人のようで人でなく、魚のようで魚でないものが出たと近江の国司が上奏し、聖徳太子はそれは人魚だと評したという記録は確かにあります。百年ほど前にまとめられた『聖徳太子伝暦(でんりゃく)』にも記載されている」

「何?　そうなのか?」

驚いたのは頼政であった。それが何、と橋姫が口を挟む。

「だったら別にいいじゃない」

「いいえ橋姫様。貴方は詰めが甘かった。私が通い詰めている経蔵には、『聖徳太子伝暦』よりも詳細な資料があるのです。たとえば『聖徳太子伝』にはもっと具体的な描写がありますし、さらに——」

そこで一旦言葉を区切り、泰親は頼政に「絵巻を」と告げた。頼政が包みの中から一幅の絵巻物を取りだして渡すと、泰親は慣れた手つきで河原にそれを広げた。

「こちらは『聖徳太子絵伝』。法隆寺に収められたものの写しなのですが、太子の時代に出た人魚の絵がここに描かれているのですよ。確かこのあたり……そう、これです」

「え。嘘」

「何？」

橋姫が目を大きく見開き、同時に頼政が声を上げた。「人魚」と題されて描かれていたのは、上半身が人で下半身が魚の怪物……ではなく、平たい胴体に四本の短い足を備えて這いつくばり、ひれのような尾を持った生き物であったのだ。

「お主の持っている人魚とはまるで別ものではないか？　どういうことだ橋姫」

「た、確かに……。こんな絵があるなんて私も知らなかったし……てかお武家様、なんであなたが驚いてるの。この子、あなたの仲間なんでしょ？」

「だから拙者も詳しいことは教えてもらっておらんのだ！　ここ数日音沙汰がないと思ったら、今朝方急に呼び出され、これを持ってついてこいと言われただけで……。それより泰親、これは本当に人魚なのか？」

「そうだよ。これじゃまるで山椒魚の大きなやつ――」

「そうです、橋姫様。これは大山椒魚なのですよ。実際、漢代の『山海経』では、山椒魚の大きなものを人魚という名で紹介している。人のように四肢を備え、魚のような尾を持つ生き物ですからね。要するにこれは、近江で大きな山椒魚が出た、それは漢では人魚と呼ばれるのだぞ、という、ただそれだけの話に他なりません」

困惑する橋姫の前で、泰親はきっぱりと言い切った。

ここで泰親が言及した「聖徳太子伝」は、全十二巻が平等院に所蔵されていたことが「聖徳太子伝古今目録抄」に記録されている。また「聖徳太子絵伝」については、現存するものの劣化が激しく、絵の詳細が確認できない時代が長く続いていたが、二〇一〇年代に東京国立博物館が最新技術による精査と複製を行った結果、オオサンショウウオのような平たい体の四足の動物が人魚の名で描かれていることが確認されている。

「つまり」と泰親が堂々と続ける。

「橋姫様は、太子の時代に人魚なるものが見つかったという話だけを知っていて利用したと、そう考えるより他ないわけです。そうですね？」

「え。あ――」

泰親の鋭い詰問に橋姫ははっと黙り込み、反射的に視線を逸らしたが、その口元からは小さく歯を噛み締める音が響いた。どうやら図星のようだ。頼政は泰親の知識に驚き、思わず問いかけていた。

「ならば、人魚の肉を食らうと不老不死になるという話は……?」

「そのような話は私の知る限りありません。おそらく自分で考えて足したか、どこかで聞いた話を勝手に付け足したのでしょう。違いますか？　違いませんね？」

「それは――」

橋姫の声が再び途切れる。その表情からは余裕の色は窺えず、気の強そうな双眸がじっと泰親を睨むばかりだ。大陰陽師の五代目たる少年は、敵意と警戒心に満ちたその視線を難なく受け流し、言葉を重ねた。

「続いて、かの橋姫伝説の由来がご自分だという荒唐無稽な主張についてですが、これはもう物証を示すまでもありません。橋姫を『思い人を待ち続ける健気な女神』と思っている時点で虚偽と分かります。本来の橋姫は嫉妬深く容赦のない鬼女なのですから」

「鬼女？　そ、そうなのか!?」

「だから、なんでお武家様が私より驚いてるわけ？」

「驚いたのだから仕方なかろう。本当なのか、泰親？　歌の世界では橋姫といえば待つ女性であるし、かの『源氏物語』でも――」

「それです」

当の橋姫よりも驚く頼政を、泰親がすかさず見据えて黙らせる。何が「それです」なのか分からず顔を見合わせる頼政と橋姫を、小柄な陰陽師は冷ややかに見比べた。

「『源氏物語』が橋姫伝説の印象を上書きしてしまったのですよ。元来、橋とは彼岸と此岸の境界である危うい場所。故にこそ渡辺綱(わたなべのつな)様は橋で鬼女に襲われ、俵藤太(たわらのとうた)様は橋で竜神に出会い、安倍晴明公は橋の下に式神を忍ばせたのです。そんなところの名を冠した女神が荒ぶらないはずはないでしょう？　古い時代から『誰かを待つ女神』という属性は確かに備えていたようですが、それはあくまで橋姫の一側面。そんな恐ろしい鬼女の名を、紫式部殿は健気な悲恋を描いた章の題にあえて用いたのです。荒ぶる女の話と思わせ、実は悲しい恋の物語……。当時の読み手は『なるほど、そう来たか』と思ったことでしょう。そこまでは書き手の思惑通りだったとしても、この物語は、あまりにも広く長く読まれた。結果、橋姫伝説の印象そのものを塗り替えてしまったのです」

「印象を……塗り替える？」

「ええ。物事の受け止められ方は、一つのきっかけでいとも簡単に書き換えられ、時に裏返ってしまう。今の常識が過去の常識と同じとは限りませんし、それは未来においても同じ、ということですよ」

　眉根を寄せた頼政の前で泰親は淡々と語り、「いずれまた、橋姫像が書き換えられることがあるかもしれませんね」と付け足した。

　ここで泰親が語ったように、橋姫の「待つ女神」という性格は時代を経る中で徐々に弱まり、後世になると橋姫は再度「嫉妬する鬼女」として広く認識されていくことになるのだが、それはこの場の誰も知り得ぬ事実であった。

「というわけです、橋姫様。貴方が伝説の橋姫本人ならば、嫉妬に狂った鬼女のはず。孤児を拾って育てる心優しい女性というのは妙だと思うのですが、いかがです?」

　静かな河原に泰親の自信に満ちた問いかけが響く。青ざめた橋姫は反論しようとしたが、何も言い返せないと悟ってしまったのだろう、数秒絶句した後、話題を変えた。

「……で、でもさ。里の年寄りたちは昔、私に会ったって言ってるんだよ?」

「あっ、それは確かに……! 拙者も証言を聞いておるが、泰親、あれはどういう」

「同じ顔というのはどうやって証明するのです?」

「仕掛けで——何?」

「単純な手法ですよ、頼政様。風景でも顔立ちでも何でもいいですが、見た目をそのまま写しとるような技術はありませんよね。絵に描いたとしても寸分違わず複写するのは不可能ですし、人の記憶は案外簡単に移ろいます。さらに言えば、この宇治が何十年に一度しか人が来ないような僻地ならまだしも、ここは交通の要所で、別業だらけの里。旅の途中で立ち寄る人は昔から大勢いますし、都の貴族もしょっちゅうやってくる。見かけた顔全てを完全に記憶することなど不可能でしょう」

「なるほど、確かに」

　素直に納得する頼政である。実際、自分も物覚えが悪い方ではないが、一度会っただけの相手の顔形まで正確に把握できているかと言われるとかなり怪しい。

「しかし、それが年寄りたちの証言とどう関係するのだ?」

「人の記憶は曖昧で、しかも人の心というのは周囲の声に左右されるもの。『昔ここに来たことがあるがこの顔を覚えていないか』と自信を持って尋ねて回れば、必ず一人か二人、そう言えば見た気がすると言い出す者が出てきますし、追従する者も出るでしょう」

「なるほど、なるほど……え？　それだけか？　まさか、そんな単純な手で？」

「単純だからこそ有効なのですよ。証拠がない以上、ものを言うのは自信と思い込みだけですからね。さあ、いかがです、橋姫様？」

「……うっ！　で、でも……でもさ？　人魚は現にあるんだよ？」

やはり反論できなかったのだろう、橋姫が再度話を逸らす。

それだ、と頼政は思った。自称橋姫の主張がいくら胡散臭かったとしても、実在する現物には全ての懸念を打ち消してしまう説得力がある。

「そうなのだ泰親。先に話した通り、拙者も人魚をこの目で確かに」

「作り物でしょう」

戸惑う頼政の問いかけを、泰親の事も無げな声があっさり遮る。「何？」と戸惑う頼政と、黙ったままの橋姫の前で、泰親は頼政に持ってこさせた包みの中から、油紙にくるまれた細長い物体を取り出した。

「まず知識量で圧倒して煙に巻き、続いて老人の記憶という証拠を示し、駄目押しとして人魚を見せる。相手に反論の隙を与えない、大変に上手いやり方と存じますが……時に橋姫様、『木乃伊（みいら）』というのをご存じですか？」

「みいら？　いや、知らないけど……お武家様は？」

「拙者も知らぬ。面目ない」

橋姫に問いかけられた頼政が恥ずかしそうに首を横に振る。その緊張感のないやりとりに、泰親は呆れて肩をすくめた。

「大陸の西にある国では、古来、高貴な人物の死体を加工した上で乾かして保存するそうで、これを木乃伊と呼ぶのです。その加工法の記録が経蔵にありましたので、少し応用してみたのですが……まあ、百聞(ひゃくぶん)は一見(いっけん)に如(し)かずですね。ご覧ください」

「え、見ろって何を——うわ！」

「これは——」

橋姫と頼政が揃って目を丸くした。

油紙にくるまれていたものは、上半身が猫で下半身が魚という異形のものの死骸であった。全身が黒に近い茶色で、目は黒く落ち窪んでいる。体表は完全に乾ききっていたが、煮しめたような奇妙な匂いを漂わせていた。

「……や、泰親、これは一体？」

「見ての通りの猫人魚——いや、『猫魚』とでも言ったほうが妥当でしょうか。人魚を再現するためには、できれば猿を使いたかったのですけどね。調達できなかったので、弥三郎が拾ってきてくれた猫の死体を用いて作った次第です」

「用いて……作った？　泰親が作ったのか？　これを？」

「いかにも。今ほど申し上げた『木乃伊』についての記述を参考に、剝いだ皮に藁を詰め、支柱を入れて猫と魚を繫いで膠で接合し、繫ぎ目の上から古紙を巻いて、製紙用の明礬と醬油を混ぜたものに漬け込んだ上で煙でいぶしました。本来は何か月も陰干ししないと日持ちしないそうですが、とりあえず形になればいいかなと。どうです橋姫様」

「どうって」

「貴方が良ければ、橋姫様が人を集めて人魚を御開帳している隣にこれを持参し、この製法を話そうかと思うのですがね」

「え。――あっ！」

泰親に問いかけられた橋姫が大きな声をあげた。目の前の小さな陰陽師の目論見に気付いた橋姫は、ぎりっと音を立てて歯を嚙み締めた。

「こ、こいつ……！　そんなことをしたら」

「そう。賢い貴方ならお気付きですね？　そんなことをしたら人心は簡単に離れます。人魚は作れるんだと分かってしまえばもう、貴方のご自慢の人魚は誰の目にもいかがわしい作り物にしか見えなくなりますから……。私からは以上です」

そう言うと泰親は慇懃に深く一礼し、「反論は？」と言いたげな顔で橋姫を見た。橋姫はしばらく黙り込んでいたが、もう負けを認めるしかないと悟ったのだろう、大きな溜息を吐き、指を一本立ててぼそりと声を発した。

「……一つだけ訂正」

「何でしょう」

「人魚は私は作ってない。まあ作り物だとは思うんだけど……あれは元々、おしらが持ってたものなんだよ」

「おしらと言うと、あの童女だな」

「うん」

頼政にうなずき返し、橋姫は宇治川に揺れる小さな舟に目をやった。いつでも舟を出せるように控えているはずのおしらのことを思っているのだろう、慈しむような視線を小舟に向けたまま、橋姫が言葉を重ねる。

「孤児だったあの子を拾ったってのは本当だよ。若狭(わかさ)の小さな海辺の里でね……。村が津波でやられたんだって言ってた。あの子は最初から人魚の入った箱を持ってて、『これはね、不老不死の妙薬なんだ。ご利益があるんだよ!』って」

「興味深いですね。彼女の故郷に伝わっている話なのですか?」

「故郷なのか、あるいはあの子の家だけか……。人魚は多分、誰かが辻説法の見世物に使うために作ったんだろうね。最初は気味悪いと思ったけど、目を引くのは確かだし、不老不死の話も面白かったから、これは商売になるんじゃないかと思って」

「聖徳太子や橋姫の話と合わせてもっともらしい話を作って寄進を集めた、と」

「人の話に割り込まないの。寄進したくなるように仕向けただけだよ。私は自分から金を払えって言ってないし」

「よく分かりました。説明ありがとうございます。だそうですよ、頼政様」

「え？」

「何を呆けているのです。橋姫の仕掛けと素性を暴きたかったのではないのですか」

　きょとんと応じる頼政に泰親が冷ややかに言う。すっかり聞き入ってしまっていた頼政が「すまぬ」と顔を赤らめると、橋姫は呆れて脚を組み直した。

「しっかりしなさいよお武家様。あなた私を追い払いに来たんでしょ？」

「面目ない……」

「だからさあ、そこは『無礼な！』って怒るところでしょうが。……で、私はどうなるわけ？　なぶりもの？　打ち首？　生き埋め？　だったら死ぬ気で逃げるけど」

「め、滅相もないことを申すな！　拙者にはそんな権限はないし、そもそもそこまでするつもりもない。死刑は廃止されて久しいのだぞ」

　大きく顔をしかめる頼政である。頼政の言うように、死刑制度は九世紀の初めに廃止されて以来、ずっと途絶えたままとなっていた。重罪犯や反逆者の首を晒す慣習などもあるにはあったが、制度としての死刑が復活するのはこれから三十年ほど後、保元の乱の後のことである。頼政の答が意外だったようで、橋姫はきょとんと目を丸くした。

「あれ、そうなんだ？　お侍って乱暴なものかとばかり」

「武士にも色々おるのだ。こちらとしては、橋姫を名乗って人を集めるのをやめてもらえれば充分だ。そもそも人心を救うのはお寺の役目であるのだから、そちらに任せておけばよかろう」

「念のため人魚も回収させていただきます」

「はいはい、分かりましたよ。分かりましたけど……あの人たちはがっかりするよね」

「あの人たち？　ああ、貴方が騙して金をせしめていた者たちですか」

聞こえよがしに毒づいてみせる泰親である。橋姫は「言い方！」と泰親を睨み、ふと寂し気な顔になって続けた。

「私に言えた義理でもないけど……適当な説法しながら拝まれてるうちに、分かったことがあるんだよ。寺の上前を撥ねるな、拝むなら寺があるって言うけどさ、それじゃ救われない人って案外多いんだ。私の話を聞きに来てくれたのは、ほとんどが私と同じ女だった。寺や坊主はさ、女に生まれてきたことがそもそも罰だ、存在が汚れている、なんて説くでしょ？　そんなこと言われて女が寺に手を合わせる気になると思う？」

「それは――いやしかしだな、だからと言って人を騙すのは」

「そこは悪いと思ってるよ。私が言ってるのは、表向きの仕組みだけだと救われない人が結構いるってこと。貴族に対する平民だったり、男に対する女だったり……強い者がいれば弱い者もいるし、弱い方は縋れるものを求めてて、簡単に扇動されちゃうんだよね」

「……含蓄のあるお話です」

静かに応じたのは泰親だった。自分に言い聞かせるように「覚えておきましょう」と言い足した泰親は、改めて訝しむような視線を橋姫へと向けた。

「しかし、貴方は何者なのです？　橋姫は偽名なのですよね」

「そうだけど？　まあ、放免してもらうお礼に、名前くらいなら教えてあげてもいいか。——私はね、玉藻」

　背筋を伸ばして胸を張った橋姫——玉藻が堂々と名乗る。泰親と頼政は「玉藻」と告げられたばかりの名前を繰り返し、自己紹介の続きを待ったが、狐色の衣の女はそれ以上何も言おうとはしなかった。業を煮やした泰親が問う。

「……あの、まさかそれだけですか？　名前だけで何が分かるというのです。生まれは？　生業は？　どこで『聖徳太子伝暦』を読んだのです？」

「おやおやー？　もしかして少年、お姉さんのことが気になるのかな」

「だから子供扱いしないでください。私は元服していますし、そもそもそんなに歳は離れてないでしょう」

「そうかなー」

「そうです！」

「まあまあ」

　からかう玉藻とキレ気味に食って掛かる泰親の間に、頼政は苦笑しながら割り込んだ。泰親は冷静で博識で雄弁な少年だが、こういうところは年相応なようだ。「落ち着け」と仕草で泰親を諫めつつ、頼政は話題を変えるべく舟を見やり、玉藻に語りかけた。

「それにしても、おしらは随分と躾のいき届いた子なのだな。やんちゃなように見えたから、一人で待つのが我慢できずに途中で飛び出してくるかと思ったが」

「いや、そんな我慢強い子じゃないけど……言われてみると、おとなしすぎるね」

頼政に言われて気になったのだろう、岩から腰を上げた玉藻が「おしらー？」と声をあげる。そのまま玉藻は小舟へと歩みより、苫をめくって中に入っていったが、直後、小舟の中から「えっ!?」と戸惑う声が響いた。

どうやら何かあったようだ。頼政と泰親が慌てて舟に飛び乗ると、小部屋の中にはおしらの姿はどこにもなく、夜具代わりの敷物の上に、丁寧に折りたたまれた紙が一通置かれているだけだった。手紙らしい。神妙な顔でそれを取り上げる泰親の隣で、頼政が玉藻に問いかける。

「どうしたのだ？　おしらはどこだ」

「こっちが聞きたいよ！　おしらはいないし、溜め込んだ銭も八割方なくなってて、この文だけが……」

「……なるほど。つまり、おしらなる童女は私たちが話している間に置手紙を残し、銭を持って姿を消したということですね」

「何？　いや、それはなかろう。見えないところで舟から落ちてしまったのでは」

「そうだよ。第一あの子は読み書きなんかできないし――」

「そのように振る舞っていただけではないですか？」

玉藻の反論を遮り、泰親は開いた手紙を突き付けた。

炭の欠片を用いて記されたその文には、身寄りのない自分を拾って養ってくれた玉藻への礼と、溜めた銭の大半を持ち逃げすることへの詫びが丁寧な文体で綴られており、文末には「おしら」と名前まで記されていた。絶句する玉藻の前で、泰親は冷静に船内を見回し、残された木箱に目を留めた。観音開きの蓋を開けると、中には干からびた半人半魚の怪物の遺骸が残っている。

「これが件の人魚ですか。おしらはどうやら人魚は残してくれたようですね」

「そのようだが……しかし泰親、これはどういうことなのだ？」

「……玉藻。確か、おしらなる娘は孤児で、人魚の肉を食うと不老不死になるという話も、おしらが語ったとのことでしたね？」

「そうだけど――あ。まさか……！　あの子は本当のことを言っていた……？」

「さすが偽の橋姫様、頭の回転がお速いですね。その可能性はあるのでは」

「――確かに。だったらさ」

「え？　待て泰親、玉藻！」

口早に言葉を交わす泰親と玉藻に、頼政は思わず割り込んでいた。頭の回転の速い二人は既に何かに気付いたようだが、頼政の理解力ではそこに全く追い付けない。頼政は「待ってくれ」と念を押した上で、がらんとした船室と泰親の持つ手紙とを見比べ、頭の中で情報を整理した。

無邪気な少女にしか見えなかったおしらだが、実際は年齢不相応に賢く、読み書きもできたらしい。おしらはなぜかそのことを玉藻にも隠しており、自発的に姿を消したようだ。そして人魚の木乃伊は元々おしらが持っていたもので、不老不死の効能の話もおしらが玉藻に教えたもので……。

「ええと、つまり……うう、分からん！　ど、どういうことだ？」

「だからさ。人魚は本当にいたのかもしれないってことだよ。だよね？」

戸惑う頼政に玉藻が即答し、泰親へと同意を求める。泰親は人魚を見つめたまま首を縦に振り、玉藻の後を受けて続けた。

「そしてその肉には実際に不老の効能があり、おしらはかつてそれを食べ、おかげで年を取らなくなった……あるいは成長の速度が極端に遅くなったのではないでしょうか」

物言わぬ人魚を冷静な目で見つめたまま、泰親が淡々と言葉を重ねていく。あの童女が不老の存在？　「そんな馬鹿な」と頼政は思わず反論したが、泰親は顔を上げることなく、人魚の胴に指を這わせ、落ち着きの奥に確かな知的興奮を滲ませた声で答えた。

「私も馬鹿げた話だとは思います。ですが、そう考えると筋が通ってしまう」

「私の前では猫を被って、見た目通りの子供を装ってたってことか。逃げた理由は」

「私たちの話を聞いて、素性に感づかれる可能性があると判断したからでしょうね。おそらくあの少女は、これまでもそうやって生きてきたのです。想像も付かないくらい長い時間を……」

「な、なるほど……。いやしかし、とても信じられぬ」

「同感です。そもそも証拠は何もなく、全て私の推論に過ぎません。ですが、少なくとも人魚は——半人半魚の姿の生物は——実在した可能性が高いと言っていいでしょうね」

「なぜそう言える」

　青ざめた頼政が問いかける。泰親はそっと人魚を持ち上げ、玉藻と視線を交わした上で、短く息を吸ってこう答えた。

「この人魚には、上半身と下半身の継ぎ目がないのですよ」

＊　＊　＊

　おしらが姿を消した翌々日、泰親と頼政は宇治の外れのひと気のない河原で火を起こしていた。枯木を焚火にくべながら、頼政が抑えた声を発する。

「……昨日、街を回って話を聞いてまいったが、泰親の推測通りであった。橋姫のことを昔に見たと証言した老人の中に、『自分が昔会ったと言ったのは橋姫ではなく、おしらの方だ』と言っている者が確かにおったのだ。百歳近い老婆だが……」

「……そうですか。玉藻は？」

「舟はもう見当たらなんだ。いずこかへ去ったのだろう」

「分かりました」

　どことなく寂しそうに泰親が相槌を打つ。玉藻との応酬が楽しかったのかな、と頼政は思ったが、それは言わないでおいた。少しの沈黙の後、泰親は傍らに置いた人魚の木箱を一瞥し、いつものように抑えた声を発した。

「こちらからも一つ報告があります。昨日調べたこの人魚ですが、背中の部分にかなり新しい傷跡がありました。引き渡す直前に、玉藻が隙を見てこそぎ取ったものかと」

「玉藻が？　一体なぜ——もしや、不老の肉体を得るために……？」

「でしょうね。ここまで乾ききってしまえば効能も何もあったものではないでしょうが、駄目元と思ったのか……。実に食えない女性です」

「まったく……。しかし泰親、本当にこれを焼いてしまって良いのか？　猫と魚で作ったものは燃やしてしまって良いと思うが、これは不老の妙薬であるかもしれんのだぞ」

「だからこそ、すぐに焼くべきなのです」

頼政のためらいがちな問いかけを泰親の断言が遮る。「だからこそ」？　その発言の意図が読めずに頼政が戸惑うと、幼い顔立ちの陰陽師は、大きくなっていく炎を見据えながら、頼政と自分に言い聞かせるように言葉を重ねた。

「……確かに、不老不死は魅力です。先ごろ亡くなりました父や兄がこのことを知っていたら、きっと人魚を切望したでしょう」

「何？　そうか、お主、お父上と兄上を……」

この若さで氏長者というのは不思議だったが、そういう理由があるなら納得だ。頼政が弔意を示すと、泰親は仕草だけで謝意を返し、さらに淡々と言葉を重ねた。

「ですが、これでも私は多少は歴史を学んでいます。若い頃は優秀だった人物でも、老いると判断力を失う事例がどれだけあり、地位と長命に固執した権力者がどれだけ愚かになるか、少しは知っているつもりです。それに、万一、不老不死をもたらす肉などが実在してしまえば、一度権力を持った者が永遠に君臨し続けることになりましょう」

「永遠に……。そうか。それは……そうなるか」

「なります、必ず。そして、その状態がもたらすのは、安寧でも平和でもありません。停滞であり腐敗です。人は老いて死に、強制的に代替わりが行われるからこそ、この世は良くも悪くも前へと進む……。少なくとも私はそう思っています。であればこそ、不死をもたらす肉は伝説のままにしておくべきなのです」

　強い信念に裏打ちされた乾いた物言いが、枝の燃える音と交じって響く。頼政は泰親ほど歴史に詳しくはなかったが、法皇の長期政権に辟易している話をさんざん聞いている身なので、泰親の言っていることは理解はできた。

「なるほど……。いや、さすがは泰親」

「『さすが』ではありませんよ。貴方は何かというと感心してばかりですが、仮にも年上なのだからもう少ししっかりすべきでは？」

「面目ない」

　泰親の苦言に苦笑いを返し、頼政はよっこらしょと立ち上がった。炎はもう充分に燃え盛っている。泰親は頼政とうなずき合い、木箱から人魚を取り出して火中に投じた。乾ききっていた人魚はあっというまに燃えて崩れていく。

「……不死の妙薬を焼いてしまうとは、まるで『竹取物語』だな」

「ああ。不死の薬を焼いたから不死の山――富士山の名が付いたというあの逸話ですか。であれば私たちの場合は、死を憂いながらも宇治で妙薬を焼いてしまったわけですから、宇治ならぬ『憂死』ですね」

「上手いことを言う」

「お誉めに与り光栄です。しかし頼政様、『源氏物語』にもお詳しいようでしたが、物語がお好きなのですか？」

「う。……わ、笑わば笑え」

顔を赤らめた頼政は泰親から視線を逸らしてぼそりと言った。「源氏物語」は発表当時から高く評価されてきた作品ではあるが、所詮は婦女子がたしなむ軽薄なもの、武士が読むようなものではないという考え方もまた根強く、武家の生まれである頼政はそのことを身をもって知っていた。だが、それを聞いた泰親は顔色一つ変えないまま、まさか、と首を横に振った。

「人の興味や関心を笑うようなことは致しませんよ。それに、物語は立派な趣味です。古い教えに凝り固まり、何も知ろうとしないよりよほど良い……」

燃えて崩れていく人魚に視線を戻し、若き陰陽師が静かに語る。京都の本家への反感を感じさせる物言いに頼政が同情していると、泰親はふと肩をすくめ、軽く自嘲した。

「まあ、かく言う私も同じ穴の狢ですけどね。人の世に意外なものなど何もなく、外に出るより、星を見たり書物を読んだりしている方が有益だと、そう思い込んでいたのですから……。頼政様のお声がけのおかげで目から鱗が落ちました。長命の妙薬となる人魚、永劫の時を生きているかもしれない童女……。かようなものがこの世にいるとは知らず、貴重な知見を得ることができました。ありがとうございます」

「何を申す。礼を言うのはこちらの方だ。大変世話になった」

泰親の会釈に頼政が大仰なお礼を返す。

炎の中の人魚の遺骸は既に完全に崩壊し、原形の分からない黒い塊と化していた。

青空へとたなびく煙を頼政は目で追いながら、おしらはどうしているのだろうな、とふと思い、その人生が安泰であることを無言で祈った。

半人半魚の海の妖怪、あるいは未確認生物である人魚は、聖徳太子の時代から記録に名を残す歴史の長い存在であるが、いつからか、その血肉は人に不老不死をもたらすという話が広く語られるようになっていく。誰が言い始めたものかは不明である。

また、それに前後するように、人魚の肉を食べたことで人並外れた長寿を得てしまった女性の噂が各地で語られるようになる。この女性の名は記録には残っていないが、八百年も生き続けていることから『八百比丘尼』、あるいは、肌が白かったことから『白比丘尼』などと呼ばれたという。

＊　＊　＊

泰親たちが人魚を焼いていた頃、平等院の使用人である弥三郎は宇治の某所の堂を訪れていた。弥三郎の報告を受けた堂の主人は、薄暗い座敷の御簾(みす)の向こうから、微かな声を響かせた。

「よく分かりました。お前はいつも詳細な報告を持ってきてくれますね、弥三郎。とても助かっています」

「もったいないお言葉にございます、宮様。宇治を……いや、この国を差配なさるお方が私めなどにそのような」

床に額をこすりつけんばかりにひれ伏す弥三郎である。と、御簾の向こうの「宮様」と呼ばれた人物は、呆れたような声を発した。

「それにしても忠実は。武士一人呼び寄せるのが精一杯とは、先代関白も随分と見くびられたものだこと……。嘆かわしい話です」

「それで宮様、頼政様についてはどのように」

「好きにさせておきなさい。忠実の体面などどうなろうと知ったことではありませんが、宇治には——こと平等院には、絶対に守らねばならないものがある……。頼政とやらが治安の維持に努めてくれるというならば好都合。お前の報告によると、相当頼りない男のようですが、藤原の後ろ盾と泰親の知恵があれば少しは役に立つでしょう」

「では今後も……？」

「ええ。それとなく支えてやりなさい」

「かしこまりました」

「……ただし、分かっていますね。源氏の武士だろうが安倍家の陰陽師であろうが、もし宝蔵の秘密に近づこうとしたならば、即刻、口を封じるように」

　御簾の奥の「宮様」が淡々と非情な命を告げる。それを聞いた弥三郎は、頼政たちに見せていたのとはまるで違う冷徹な表情のまま「承知してございます」と即答し、再度頭を深く下げた。

「我ら『白川座』、全ては宮様の仰せのままに」

第二話　鵺の啼く夜

日ごろ人の申にたがはず、御悩の剋限に及で、東三条の森の方より、黒雲一村立來て、御殿の上にたなびいたり。頼政きッとみあげたれば、雲のなかにあやしき物の姿あり。これをゐそんずる物ならば、世にあるべしとはおもはざりけり。さりながらも矢とッてつがひ、南無八幡大菩薩と、心のうちに祈念して、よッぴいてひやうどゐる。手ごたへしてはたとあたる。「ゑたりをう」と矢さけびをこそしたりけれ。井の早太つッとより、おつるところをとッておさへて、つゞけさまに九かたなぞさいたりける。其時上下手々に火をともいて、これを御らんじみ給ふに、かしらは猿、むくろは狸、尾はくちなは、手足は虎の姿なり。なく聲鵺にぞにたりける。

（「平家物語」より）

「いやあ参った参った。また拙者の完敗だ」

めっきり秋めいてきたある晴れた日の昼下がり、平等院の宿坊の一つ、泰親が起居する南泉坊の簀子にて。木製の双六盤を挟んで泰親と向かい合っていた頼政は、あっはっはと楽しそうに笑った。

「これで十戦十敗か。大したものだなあ泰親は」

「恐れながら申し上げますと、頼政様がお弱いのです」

盤上の駒を片付けながら冷ややかな声で泰親が告げる。頼政は怒るでもなく「確かに」と素直に納得し、それを見た泰親は無言で小さく嘆息した。

頼政が宇治に来て既に半月あまりが経っていた。橋姫の一件以来、これといって変わった事件も騒ぎも起きていなかったが、屋敷にいると主の忠実に酒に付き合わされることもあり、頼政は毎日市内をゆっくり巡察することにしていた。

その途中、休憩がてらに平等院の泰親のところに顔を出すのも通例になっており、最近は二人の間で双六が流行っているのだった。いいですか、と泰親が言う。

「双六でものをいうのは戦略です。目先の敵の動きや賽子の出目に惑わされることなく、常に先を読まなければ勝てません」

現代で双六といえば、ほぼ賽子の出目次第の運任せのゲームであるが、当時の双六は「本双六」とも呼ばれ、二つの賽子と三十個の駒を用いて行う、今で言うバックギャモンに近い対戦型ゲームであった。相手の進行を妨げつつ、自分の駒を全て所定の陣地に先に送り込んだ方が勝ちとなるもので、プレイヤーに与えられた選択肢は極めて多い。

「何より大事なのは、相手の裏をかき、出し抜いて勝とうという気概です。正直、頼政様の駒運びには、それが全く感じられない。駒の動きがあまりに率直なのですよ。賽子が止まった瞬間にどう動かすか予想できてしまうようでは……」

「面目ない。拙者、どうも勝負事や駆け引きというのは不得手でな」

「武士なのに……。では武芸の方はどうなのですか？」

「苦手だなあ」

「はっきりと仰らないでください。あと、その軽い態度もどうかと……。負かした私が言うのも何ですが、『悔しい』とか『許せぬ』とか思わないのですか？」

「思わんのだな、これが。見事な腕前を見せつけられると、大したものだという気持ちが先に立ち、むしろ嬉しくなってしまう。いや全く、お主は凄いな泰親！」

「……だから頼政様が弱いのです」

気恥ずかしいのだろう、まっすぐに賞賛された泰親が薄赤い顔を背ける。頼政がその視線を追うと、四方に回廊をめぐらせた雄大な建物が目に入った。

堂々とした高床式で、屋根の上には対の鳳凰と鬼瓦が陣取り、幅広の石段を上がった先の門戸にはしっかりと錠前が掛けられている。この平等院の誇る宝蔵である。泰親の入りびたっている経蔵とは大きさも威厳も違う蔵を見て、頼政はしみじみと声を発した。

「何度見ても立派な蔵であるな……。宇治に来たからには、一度は中の宝物も拝観したいものだが」

「無理でしょうね。宝蔵が開錠されるのは一切経会（いっさいきょうえ）の日か藤原家のお蔵入りの時だけですし、中に入れるのは摂関家の氏長者か皇族のみ」

「それは知っておるが、泰親は気にならんのか？　かの宝蔵には、神仏の下された有難い宝物なども秘蔵されているというではないか」

「噂ですよ。神仏の奇跡などそうそう起こるはずがありません」

例によって頼政の話を遮った泰親が淡々と告げる。寺に居候しておきながらよくもまあ、とは思うが、泰親がそういう物言いをする少年であることはよく知っているので、特に腹も立たなかった。宝蔵の屋根の上には抜けるような蒼天が広がっており、頼政は思わず目を細めた。

「いよいよ秋という感じの空だなあ。秋も良いが、どうせなら夏に来たかった」

「夏に何かあるのですか？」

「夏の宇治と言えば、鵜飼（うかい）に釣り、舟遊びと色々あるだろう」

「ああ、なるほど。私は夏はどうも苦手でして……。蒸し暑いし、雨が多いし、霧が出るのが厄介なのですよね」

「霧は風情があって良いではないか」

「何がいいものですか。霧が濃いと月や星の巡りが観測しづらくなるのです」

頼政に合わせて空を見上げた泰親がうんざりと告げる。なるほど、そういう感想もあるわけか。頼政は「陰陽師の本分は天体観測と暦の作成」という言葉を思い出して得心し、よっこらしょと腰を上げた。

「よし、では拙者はそろそろ見回りに戻る。邪魔をしたな」

「お気遣いなく。こちらとしても良い気分転換になりますし……。欲を言えば、もう少しお強くなっていただけると嬉しいですが」

「お主は本当に辛辣だな」

立ち上がった頼政が嬉しそうに笑う。その顔を見た泰親が「だから今のは怒るところでしょう」と呆れていると、粗末な衣の老人が一人、宿坊の陰から現れた。

平等院の下働きで、主に文の配送係を務めている弥三郎である。既に頼政とも顔なじみになっている老人は、二人を見付けると早足で駆け寄り、簀子に立つ頼政を見上げた。

「頼政様、ここにおいででしたか」

「どうした弥三郎。……その様子、何かあったのか？」

思わず眉をひそめた頼政が問う。と、弥三郎は、誰かに聞かれないようにあたりを見回し、声をひそめてこう告げた。

「……昨夜、市中のさるお屋敷が物の怪に襲われたそうでございます」

弥三郎の報告を受けた頼政が驚いたのは言うまでもない。弥三郎も文の配送中に市内で噂を聞いただけで、具体的なことは知らなかったので、頼政はとりあえず現場へ向かうことにした。「物の怪」という言葉に興味を惹かれた泰親も一緒である。

襲われたという噂が立っているのは、別業や寺院が軒を連ねる一角に位置する、さる貴族の屋敷であった。屋敷の主は平国親（たいらのくにちか）。さほど大きくもない荘園を持つ中年貴族という、宇治にはよくいる人種である。

頼政に事情を問われた国親は、噂が広がるのを避けたいようで「何も起こっていない」「誰だか知らんが関係ないだろう」と突っぱねようとした。だが、頼政が、自分は前関白から宇治の治安維持を申し付けられた身だと明かすと、国親は藤原家を敵に回すことを恐れたのか、利用できるならした方が得だと考えたのか、ようやく門戸を開いた。

＊　＊　＊

「これは……ひどいな」

「無残ですね」

招き入れられた国親の屋敷で、頼政と泰親は思わず揃って顔をしかめた。

床にも土間にも血が飛び散っており、庭に無造作に転がるのは引き裂かれた屏風や板戸。

壁板や床の一部は焦げていて、火を慌てて消したことが窺えた。戸が蹴倒された蔵の中はほとんど空っぽで、米や砂金の粒、数枚の渡来銭などが散らばっている。屋敷の内には怪我をした者が寝かされ、苦悶していた。

「昨夜、ここで何があったのです？　物の怪が出たという噂を聞いたのですが」

「……う、うむ。まあ、その通りだ」

頼政に問いかけられた国親がぼそりと応じる。背丈は頼政より低く、髭面で、胸を張って肩をいからせている。年下相手に尊大に振る舞おうとしているようだが、その声にも顔にも覇気はなく、かえって痛々しく見えた。

「昨夜寝ておったら、近くで鳥の鳴き声がしたのだ。それで目が覚めて体を起こしたところを、いきなり毛むくじゃらの手で張り倒された」

「何と……！　鳥の声というのはどういう声で」

「ひょうひょうという、口笛のような音であった。鵺鳥の声に似ておったな」

「鵺鳥と言いますとトラツグミの異名ですね。しかし、毛むくじゃらの手とは？」

「触れた感触がそうだったのだ。わしはあっけなく張り倒され、物の怪はわし以外のものも容赦なく襲いおった。月のない新月の夜の不意打ち故、皆、声を上げる間もなく……。奴は暗闇の中で好き放題に暴れ回った挙句、火を放ち、いつの間にか姿を消した」

「いつの間にか？　姿を消すところを見られたわけではないのですか？」

「怪我人だらけで、しかも家に火が付けられておるのだぞ。無事だった者は火を消すのに必死で、物の怪を追うどころではなかったのだ。幸い命を落とした者はおらなんだが、朝になって確かめてみれば、皆怪我を負わされており、屋敷も蔵もこのざまと来た」

荒らされた蔵を前に国親が憎々しげに言い放つ。ふうむ、と唸る頼政の隣で、泰親は銭や米が散らばる様子を興味深そうに一瞥し、主に向き直って尋ねた。

「一つよろしいですか？　なぜ物の怪の仕業と判断されたのです？　興奮した獣がお屋敷に迷いこんできたという可能性もあるのでは？」

「馬鹿馬鹿しい。獣が火を使うものか」

「では、毛皮を纏った賊かも」

「くどい！　物の怪としか思えんから物の怪だと言っておるのだ。屋敷の皆に話を聞いたのだが、皆、言うことが違うておる。妻は、灯火をかざした時、猿のようなのっぺりした顔を見たと言い、侍女が見たのは、唐渡りの絵の虎のような、まだら模様の毛皮の手足だったという。飯炊きは熊か狼のような爪で引っかかれたし、下男の一人は蛇に絞められたと言い、床下に隠れていた別の下男は狐のような尾を見たと言い……」

「え？　お、お待ちください。一体どういうことです、それは？」

「聞きたいのはこちらの方だ！　しかも奴は吼えるでもなく話すでもなく、聞こえたのは鵺鳥のような声のみで、どこから来てどこに消えたのかも分からん始末！　ここが山中の一軒家ならともかく、宇治の市中で、四方には屋敷や寺があるのだぞ？　獣にせよ賊にせよ、走って逃げたなら気付かれるはず」

「それは確かに」

「しかし騒ぎになっていない、と」

「左様。これではもう、物の怪としか思えんではないか」

青ざめた顔の屋敷の主が頼政たちに問いかける。怯え切ったその表情に、頼政はただ傍らの泰親と顔を見合わせるしかなかった。


その後、二人は屋敷の者たちにも話を聞いたが、証言内容は国親が語ったものと同じだった。また、ここに来る前は別の貴族に仕えていたという老いた下男は「あれが出たのは初めてではありません」と言い出し、頼政たちをいっそう困惑させた。

「三、四年ほども前でしたか……。昨夜と同じような新月の暗い夜、そういうものが、夜な夜な裕福なお寺やお屋敷を襲って火を付けて消えた……という噂話を聞いたことがございます。襲われた寺では、それを『さるとらへび』と呼んでおられたとか」

「さるとらへび……。猿や虎や蛇が混ざった物の怪ということか」

「でしょうね。絵で描くとこんな感じでしょうか」

庭に戻った頼政と屋敷の主の前で、泰親は携帯していた筆入れを取り出し、奇妙な獣を描いてみせた。頭が猿で四肢は虎、尾は蛇という容姿の怪獣である。頼政はまず「面妖な」と眉根を寄せ、その上で泰親に眩しげな目を向けた。

「にしても上手いものだな。泰親は絵まで描けるのか」

「素人の手なぐさみでございます。鳥羽のご僧正に少し習ったことがあるだけで」

「なるほど。にしても、こんなものが以前も出ていたのなら、なぜその時に騒ぎになっておらんのだ？」

「ここは私領だらけの宇治ですよ。情報を共有する仕組み自体がない上に、土地の持ち主は頻繁に入れ替わりますし、いずれ屋敷や土地を売り買いすることを思えば誰も悪い噂は立てたくない。広がらなかったのも当然かと存じます」

「その通りだ。実際、わしも誰かに話すつもりはなかった」

泰親の意見を受けた国親が青い顔のままうなずく。頼政は「むう」と眉根を寄せ、泰親の描いた絵に視線を戻した。

「ともあれ問題はこの物の怪――さるとらへびだ。大きな屋敷を襲う、鵺鳥の声で鳴く化生(しょう)……。課税にあえぐ、貧しい者の怨念から生まれたものであろうか」

「貧しい者の？　なぜそう思われるのです」

「古来、鵺は税の取立人の象徴でもあったからな。『鵺(ぬえ)鳥の呻吟(のどよ)ひ居るにいとのきて、短き物を端切ると云へるが如く楚(しもと)取る。里長が声は寝屋戸まで来立ち呼ばひぬ』……」

頼政がさらりと引用したのは、奈良時代の歌人・山上憶良(やまのうえのおくら)が、貧しい農民同士のやりとりを長歌の形で詠んだ「貧窮問答歌」の一節である。追い詰められた生活の辛さに共感しているのだろう、頼政が沈痛な顔で頭を振る。

「数年ぶりに宇治に舞い戻ったのか、あるいは人知れず方々の屋敷を襲い続けていたのか……。窮状にあえぐ貧民の変化だとすれば退治するのも忍びないが、何らかの手は打たねばならぬ。……泰親、お主はどう思う？」

「そうですね。まず物の怪の仕業ではないと思います」

頼政の深刻な問いかけに、それはもうあっさり答える泰親である。意外な返答にきょとんと頼政と屋敷の主が目を丸くすると、泰親は絵を畳んで懐に収め、落ち着いた態度のまま口を開いた。

「確証がないので断言は控えていましたが、意見を求められたからにはお答えします。まず一つ、蔵は空にされていて、床には米や金が散らばっていました。つまり蔵の中身は持ち去られたと考えられます。米だけならまだしも、金だの銭だのを欲しがる生き物は人だけです。やったのは人ですよ」

「し、しかし……証言によると、毛むくじゃらの体に猿の顔に虎の手足、蛇の」

「『群盲象を評す』という言葉をご存じですか？」

「ぐんもう……？　いや、知らぬが」

「象とは、天竺にいるという、大きな体で長い鼻を持つ獣です。仏画などによく描かれていますが、目の見えない人々がこれに触れるとどうなるか、という話です。長い鼻を触った者は『象とは蛇のようなものだ』と言い、太い脚に触れた者は『柱のようだ』と答え、堅い背に触れた者は『壁のよう』と答える。いずれも嘘は吐いていませんが、本当の象の容姿とはまるで異なるものを想定してしまっているわけです」

「ほほう、なるほど。個々人の知り得たことを繋ぎ合わせても正確な全体像が見えるとは限らない、ということか。含蓄があるが……しかし、その例で言えば、この屋敷の者はそれぞれ、猿のような顔やまだらの手足を見たり、毛皮に触れたりしておるのだぞ？　それらを繋ぎ合わせると」

「怪物さるとらへびになるのでは……？」

　頼政の後を受けた国親がおずおずと問う。大人二人に問い返された泰親は、理解を得られないことに疲れたのだろう、「だからそうではなくて」と溜息を吐き、懐から二寸（約六センチメートル）ほどの長さの赤茶けた毛を取り出した。

「では、これをご覧ください。先ほど蔵で拾った毛です。おそらく昨夜の侵入者が落としたものですが、見ての通りしっかり乾いて伸びている。これは明らかになめして加工した毛皮から抜けたものです」

「加工したとな」

「ええ。侵入者は……いいえ、侵入者たちは、獣の毛皮を身に着けていたのでしょう。猿のような顔は素顔を隠すための面、蛇の尾と思われたのは革の鞭か縄。あえて刃物を使わなかったのは、人ではない者の仕業に見せかけるためと思われます。火を付けてから逃げるのは、注意をそちらに向けるため」

「なるほど……。では、トラツグミ――鵺鳥の鳴き声は」

「口笛でしょうね。暗がりの中で言葉を使わず意思疎通するための、仲間内だけに通じる暗号の類かと」

「な、なるほど……！　だがしかし、賊が人であるならば一体どこに逃げたのだ？　忍び込む時は身一つでも、出る時は大荷物であろう。国親殿の言われた通りここは市中。四方には屋敷があるのだし、往来を通れば気付かれる」

「この宇治は別業だらけ、言い換えれば空家だらけの町ですよ。時に国親様、この近くに無人の別業はございますか？」

「え？　ああ、すぐ裏手が刑部少輔殿の別業だ。たまに手入れの者が来るくらいで、普段は誰もおらんが――あっ、まさか、賊はあそこに……？」

「でしょうね。視界の利かない夜中に逃げるより、塀を越えて一時的に別業に隠れた方がはるかに安全です。朝になってから装束を変えて出て行けば、盗品を抱えていても怪しまれませんしね」

「なっ、なるほど……！」

三度同じ言葉を繰り返し、頼政はそれはもう深く感嘆した。その隣では国親が「ははあ」と目を丸くしている。泰親の発言はどれも筋が通っており、言われれば納得できるものだが、そこに気付けるのが素晴らしい。頼政は感心し、また、この歳でそこまで頭が回ると逆にやりづらかろうな、とも思った。

おそらく京にいた時代から、気の合う友人などいなかったのではないだろうか。であれば何と痛ましいことか……。

想像を膨らませた頼政が勝手に辛くなる一方で、当の泰親は落ち着いた表情のまま「この時世、物の怪よりも物取りの方が余程ありふれていますしね」と言い足した。

泰親の言うように、土地の私有や奪い合いが盛んになった平安時代末期には、各地の治安は悪化しており、領地や身分を失った貴族が強盗に身を堕とす事例も多々あった。

頼政は「まさしく末法であるなあ」と悲しんだ後、国親に礼を言って労い、泰親と共に隣接する別業へ向かった。まだ賊が隠れている可能性は低いが、手掛かりは残っているかもしれないからだ。無人のはずの別業の門戸は当然固く閉ざされていたので、頼政は裏手へと回り、鞘に納めた愛刀に泰親を乗せて持ち上げ、土塀越しに中の様子を窺わせた。

後世になると一種の工芸品のように扱われることになる日本刀だが、この時代では丈夫な実用品としての側面が強かった。中世初期の絵巻「北野天神縁起」には、武士が自分の刀を踏み台にして連れの女性を持ち上げ、祭を見物させている光景が描かれている。

泰親は、軽々と自分を持ち上げてみせた頼政の力強さに感心しながら、そっと塀の内側を覗き込んだ。どうだ、と下の頼政が聞く。

「見えるか？」

「ええ、何とか」

抑えた声での問いかけに泰親が声をひそめて応じる。塀の内にそびえているのは、いかにも京風な寝殿造(しんでんづくり)の邸宅であった。貴族の邸宅は武家や商家と違って壁が少ないので、建物の中も見通しやすい。泰親は注意深く敷地内を観察し、小さな声を発した。

「今は誰もいないようです。ですが、数時前まで人がいたのも確実かと」

「賊が痕跡を残しておるのか？」

「痕跡というほどではありませんが、厨らしき建物の周りに雀が集まっており、屋内からは細い煙が漂っています。賊が昨夜盗んだ米を炊いて食らったのでしょう。煙は火の始末が不十分だったからで、雀は食い残しに集まっているものかと。まだ誰かいるなら雀はあのように無防備に降りてこないはずですから……」

「今は無人ということか。なるほど、理に適っている。他に何か手がかりは？」

　感心した頼政がさらに問うたが、さすがに遠くから眺めるだけでは得られる情報に限界がある。というわけで泰親は頼政に壁の中へ下ろしてもらい、くぐり戸の門を内側から開けた。別業の主である刑部少輔に気を遣っているのだろう、頼政は申し訳なさそうな顔で門をくぐり、人の気配を察した雀が飛び去る中、泰親ともども厨へ向かった。

　半開きになっていた木戸を全開にして中に入ると、厨の中には釜や器が使ったまま放置されていた。数名がここで粥を作って食べたようだ。かまどの周りにはなぜか灰が撒き散らされていた。近くには空になった小ぶりな俵も打ち捨てられていたが、それは先の国親の屋敷の蔵にあった俵と同じ形であった。

「ふむ。国親殿の屋敷を襲った賊は収奪品を抱えて一旦ここに逃げ込み、日が昇ってからどこかへ行方をくらましたようだな」

「そう遠くない場所に根城があるのでしょうね。もう少し早く気付けていれば……」

「気を落とすな、泰親。賊の手口が分かっただけでも進展だ。しかし、それにしてもひどいものだな。どういう使い方をすれば、灰がこんなに散らばるのだ？」

　肩を落とす泰親を励まし、頼政は厨の惨状を見回した。気を取り直した泰親は「確かに」と相槌を打ち、直後、はっと目を見開いた。土間に撒かれた灰の上に、図のようなものを描いた痕跡が残っていることに気付いたのだ。

「これはもしや、絵図ではありませんか？　ほら、これが宇治川で、こちらが宇治橋」

「何？　言われてみれば、そう見えなくもないが……何を描いておったのだろう」

「次の仕事の段取りを確認していたのでは？」

「あっ」

　頼政がはっと息を呑んだ。先の屋敷で聞いた話によれば、この物の怪……いや、盗賊たちは、以前に宇治に出た時も新月前後の数日間にわたって犯行を重ねたらしい。だとすれば、この簡素な絵図は――。

「次に押し込まれる屋敷ということか？」

「可能性は高いでしょうね。先の事例からしても、この賊たちは狙う屋敷のことを正確に把握している節があります。事前の情報共有を念入りに行っていても不自然ではない。そして、ここをご覧ください。『あぶらくら』と記されているように読めませんか？」

「確かに。このあたりで油の蔵となると、油問屋……大崎の長者か？」

　自分の漏らした言葉に頼政は青ざめた。富家殿からそう遠くない位置に、羽振りのいい油問屋の屋敷があることは知っている。次に狙われるのがそこだとすれば――そして万一油に火が付けられ、それが飛び火したなら、宇治一帯は火の海となりかねない。

「何と恐ろしい……！　さ、されど、これは拙者一人の手には余るぞ。どうしよう？」

「頼光の玄孫ともあろう人がいきなり弱音を吐かないでください。付近一帯に警戒を呼び掛けるなり、自衛を促すなり、打てる手はあるでしょう。ひとまずこの絵図を写しておきましょう」

泰親がそう言い、先の屋敷でも使った筆入れを取り出した時であった。

開け放たれた木戸から、さあっと一陣の風が吹きこんだ。涼やかな午後の風は、あっ、と叫んだ泰親たちの眼前で土間に散らばった灰を吹き飛ばし、盗賊の遺した絵図を一瞬のうちに消し去ってしまった。

＊　＊　＊

「せやからねえお武家様。うちも忙しいのです。いきなり押しかけてきて、今夜うちに盗賊が入るとか言われましても困るんですわ」

別業を出た頼政たちが次に向かった油問屋、通称「大崎の長者」の屋敷にて。太った蛙を思わせる容貌の大崎長者は、頼政の警告を聞くと、冷ややかに肩をすくめてみせた。

「そんな話を急に聞かされましても、はいそうですかと信じられるわけがありまへんがな。

証拠の一つでもあれば別ですけども」

「だから今言ったではないか。賊の隠れていたと思しき厨の灰に、ここを示す絵図が記されておったのだ。その絵図は風で飛んでしもうたが……」

「それは『証拠がない』と言うんと違いますかいな。そもそも、そんな賊がおるという話自体が単なる推測でっしゃろ？　それを信じろと言われても……。あ、もしかしてこれは売り込みですか？　いざと言う時に備えてお武家様を雇えと」

「し、失敬な！　別に拙者は食い詰めてはおらん」

胡散臭そうに見つめられた頼政が慌てて否定し、なあ、と傍らの泰親に同意を求める。泰親はこくりとうなずいたが、大崎長者は大仰に眉をひそめ、敷地の一角にそびえる蔵を一瞥した。

「どのみち用心棒は間に合うてます。住み込みの使用人の中には腕の立つ者もおりますし、何より、うちは八坂神社や清水寺にもお灯明の油を納めさせてもろてる問屋ですさかいな。神さん仏さんのご加護がございます。もしそないな賊が来るならば、事前にお告げの一つでもありましょう」

「いや、信心でどうにかなるものではないのだ。相手は並の賊ではないのだぞ？」

「そうです。夜目が利き、暗闇の中でも自在に動き、獣のように身が軽く、人を傷つけることも火付けもためらわない連中なのですよ」

「そないな化物みたいな盗っ人がおりますかいな。あほらしい」

頼政の後を受けた泰親の警告を長者がさらりと受け流す。警告を全く信じようとしないその態度を前に、頼政たち二人はどちらからともなく困惑した顔を見合わせた。

この平安時代末期、貨幣経済の発展に伴い、商いによって大きな財を成した商人が各地に現れ、武士や寺社とはまた別の勢力として台頭しつつあった。彼らは京風の屋敷を好んで建て、貴族と同じような生活を送っていたが、旧来の為政者たる朝廷や武家に対して必ずしも従順ではなかった。

信じてくれ、と頼政が苦悩した声を絞り出す。

「ここは油問屋であろう？　もし油に火が付いて燃え広がったら、この屋敷が、いや、宇治の町がどうなるか……！　なあ泰親」

「そうです。警戒を厳重にするべきです」

「せやからなんでそれを信じんとあかんのです？　堂々巡りですし、もう結構でございます。富家殿のお抱え言わはるさかい、話だけでも聞かせてもらおうかとお入りいただきましたが、うちも暇ではございませんよってに」

うんざりした野太い声が泰親の言葉に被さり、打ち消す。主人は「ではお引き取りを」と二人を追い返そうとしたが、そこによく通る女性の声が投げかけられた。

「失礼ながら。そのお二人の言葉、信じた方が賢いと思いますよ？」

聞き手を思わず引き付けるような張りのある声に、大崎長者、そして頼政と泰親が揃って振り返る。と、豪奢な庭先の一角、門の手前に立っていたのは、白の水干を纏った長身の若い娘であった。

艶やかな黒髪の上に紺の烏帽子を載せ、顔には薄く白粉を塗って唇に紅を差している。水干の胸元には鮮やかな緋色の菊綴が、袖口には黄緑色の括紐が揺れており、背中には縦長の笈を背負って、穿いているのは狐色の指貫袴。足首が出る程度に丈が短く、形も細く絞られた、当世流行の形状である。

男装とも女装ともつかない出で立ちは「白拍子」と呼ばれる遊行の芸人のものであったが、頼政たちにとって、この狐めいた顔や雰囲気には覚えがあった。頼政が名前を呼ぶより先に、泰親がはっと口を開く。

「玉藻……？」

「ええ。玉藻にございます。ご無沙汰ですね、泰親様。それに何とかってお武家様も」

「頼政だ。お主、宇治に戻ってきておったのか？ それにその格好、今度は白拍子を始めたのか？」

「いつ宇治を出たって言いました？ あと、これは元々私の本職ですよ。あ、歌や舞をお見せするわけじゃないですよ？ 私の売り物は外術と薬。本場仕込みの私の薬は、そこらのいかさま坊主や神官の寝言よりもよほど効くって評判でね」

驚く泰親たちに親しげに笑いかける玉藻である。一方大崎長者は、いきなり現れた謎の白拍子に戸惑い、玉藻の後方で困った顔をしている下男に呼びかけた。

「おい。何やこいつ。何で勝手に入れた」

「も、申し訳ございません！　この白拍子が、大事なお告げがある、これを聞かんと罰が当たると言いよりますもんで……」

「罰が当たる？　そういう怪しい話はこちらのお二人で間に合うとるんやが」

大仰に顔をしかめた主人が、頼政らを一瞥した後に玉藻をじろりと睨む。長年の駆け引きで鍛えたであろう眼力には相応の迫力があったが、玉藻は全く怯む様子を見せず、堂々と胸を張って口を開いた。

「ええ。今宵こちらのお屋敷に賊が押し入るというお告げがありましたので、それをお知らせに上がったのですが……どうやら先を越されていた様子」

玉藻はそこで一旦言葉を区切ると、眉をひそめている泰親をはっきり見やり、聞こえよがしにこう続けた。

「その占術の冴え、さすがは安倍晴明公の血を引く正統な後継者と感服いたしました」

「え」

「何？　晴明公の……？」

いきなり何を言い出すんだと驚く泰親だったが、大崎長者の驚きようはそれ以上だった。大きな体が勢いよく泰親に向き直り、ぎょろりと開かれた目が、しげしげ、じろじろと泰親を凝視する。

「この子……いや、この方が、あの晴明公の……？　うちはてっきり、お武家さんのお付きの小姓かお稚児（ちご）かと」

「あら。晴明公のお名前をご存じでしたか」

「白拍子風情が偉そうに。そら知っとるわい。晴明公言うたら、鬼神を操り、物の怪を散らした、まるで神様みたいなお人と、京のお客さんはみな言うてはるが……しかし、ほんまか？　あ、いや、ほんまでっかいな」

「え？　え、ええ、まあ……。一応、晴明公から数えて五代目になります」

家名に複雑な思いを抱いている泰親としては晴明の名前を出したくはなかったが、性格的にここで嘘を吐くのも気が進まない。というわけでおずおずと首肯し、念押しのように五芒星の紋入りの檜扇を見せると、大崎長者は言葉を失って固まった。同時に玉藻が自慢げに微笑む。

「当代の安倍家の長者殿は、年若くして陰陽術の真髄を得た占術の達人ながら、権能をひけらかすことを良しとされない奥ゆかしいお方と聞いております。おそらく、安倍家秘伝の占術で今宵の賊の侵入を知ったものの、あえてそのことを秘されていたのでは？」

「何？　そ、そうなのですか……？」

先ほどまでとは打って変わった真剣さで大崎長者が泰親に問う。見つめられた泰親は、一瞬困ったような顔を頼政に向けた後、何かを観念するように短く息を吐き、しっかりと首を縦に振ってみせた。

「……実はその通りです。今日の朝早く、いつものように卜占を行っておりましたところ、火天大有に難が生じるという卦を得ました。これ即ち、大きな財産が損なわれ、被害が生じるとの知らせ。驚いて詳しく占ってみたところ、今宵、こちらが狙われることが見えたのです。安倍家秘伝の占術は国に関わる大事にしか用いてはならぬと言い伝えられております故、本来であれば口外は控えるべきなのですが、どうしても見過ごすことができず……。さればとて、私のような若輩者が警告を訴えたところで聞き入れてはもらえまいと思い、こちらの頼政殿に同行いただいた次第なのです」

このことはできれば隠しておきたかったのだが……！　という顔をしつつ、かつ、五芒星がしっかり見えるように扇を示しつつ、つらつらと嘘を並べる泰親である。よくもまあこんなにもっともらしい言葉を即興で並べられるものだ。頼政は無言のまましみじみと感服し、一方、大崎長者は真っ青になって震えあがった。

「さ、左様でございましたか！　それはなんともありがたいご配慮！　そうとは知らず、ほんま、とんだご無礼を」

「お気になさらず。それよりも当面の問題は今宵の賊。屋敷の内に侵入されぬよう、塀の周りに見張りを配置されることをご提案いたします」

「はい必ず」

「それと、本日私がここを訪れたことはご内密に」

「はい必ず」

同じ言葉を繰り返し、大崎長者が深くひれ伏す。それを見た泰親は軽く肩をすくめて嘆息し、不本意そうな疲れた顔を頼政に向けた。

大崎長者に警備の厳重化を確約させた後、頼政たちは油問屋を後にした。屋敷から少し離れたところで、頼政は改めて玉藻に礼を言い、丁重に頭を下げられた玉藻は「この前放免してもらったからね。恩返し」と明るく笑った。

「門の前を通ったら知ってる声が聞こえたからね。困ってるみたいだったし、見過ごすのもなーって思ってさ。と言うか泰親様！　やり方が下手！」

「な、何ですいきなり」

玉藻が不意に声調を変えて泰親を睨んだ。驚きたじろぐ泰親を、玉藻は至近距離からじろりと見下ろし、腕を組んで続けた。

「あの長者みたいに頭の固いおっさんには、推測なんて幾ら並べても無駄に決まってるじゃない。理屈や理論が通じるのは、私みたいに頭の出来がいい人間だけだよ？」

「『私みたい』と来ましたか」

「事実だもん。君も頭いいんだからさ、あの長者が信心深いのは少し話せば分かったでしょ？　どうして晴明公の名前を出さないの？」

「私は私で晴明公は晴明公だからです。そもそも占術のような不確定なものに頼ろうとすること自体が非合理ですし……」

玉藻の大きな瞳に見つめられ、泰親は不本意そうに目を逸らして語尾を濁した。先祖の高名の重さや厄介さを知っている頼政は深く共感したが、玉藻は全く同情せず、冷ややかに言い放った。

「くっだらない。あんた思ってたより馬鹿なんだね」

「ば、馬鹿とは何ですか」

「だってそうでしょ。君の今回の目的は何？　あのおっさんの啓蒙なの？」

「違います。私たちはあくまで警こ――」

「そう。警告したかったんでしょ？　だったら話を信じてもらうために使える手は使うべきじゃない？　目的を見失ってどうするの。相手に合わせて言い方を工夫しないと、伝わるものも伝わらないよ」

「う。そ、それは……確かに」

「でしょ。なのにしょうもない矜持にこだわったりしてさ。せっかく顔と頭が良くても、それじゃ宝の持ち腐れもいいとこだよ。話を聞いてほしい時は脅す！　逆に、教えてほしい時は弱ったふりをしてみせる！　交渉事の基本でしょ？　なのにさあ君は」

「そのへんにしておけ。さすがに言いすぎだ」

「……いえ、頼政様。彼女の言う通りです」

　見ていられずについ口を挟んでしまった頼政だったが、そこに泰親が割り込んだ。え、と頼政が見下ろした先で、小柄で利発な陰陽師は、しゅんとしていた表情を毅然としたものに切り替え、自分に言い聞かせるように声を発した。

「玉藻の言う通りです。反省せねばなりませんね」

「泰親……」

「さすが頭がいいねえ少年」

押し黙る頼政の隣で玉藻が朗らかにうなずく。笑いかけられた泰親は、「だから『少年』はやめてください」と呆れ顔で、それでいてどこか親しげに苦笑した。

＊　＊　＊

その日の夜、大崎長者の屋敷には厳戒態勢が敷かれた。

塀の周囲には等間隔に並べられた篝火(かがりび)が明々と燃え、集められた見張り番たちがあちこちで目を光らせている。自主的に警備に加わった頼政はいかにも死角になりそうな屋敷の裏手に陣取っており、傍には正装した泰親が控えていた。

不満げな横顔を見る限り、泰親の機嫌はあまり良くないようだ。大崎長者にせがまれ、魔除けの祭文を延々唱えさせられたのが不満なのだろうなと頼政は思った。

ちなみに頼政も魔除けの儀式にはちょっとだけ駆り出されており、鏑矢(かぶらや)を空に向かって撃たされた。鏑矢とは先端に笛のような装置を取り付けた矢で、放つと風を受けて音を発する。本来は合戦で合図に使うもので、魔除けの効果もあると信じられているのだが、泰親に言わせると「何の意味もないです」とのことであった。

日が落ちて既に二時(ふたとき)半（約五時間）が経過しており、空はもうとうに暗くなっていたが、未だ賊の気配はない。いつもの直垂の上に手袋や足袋、脛巾を着け、弓矢と刀を携えた頼政は、近くの篝火がしっかり燃えていることを確認し、軽く肩を回して泰親に問うた。

「今宵、賊は来ると思うか？」

「押し入ってくることはないでしょうね。闇夜に乗じて忍び込むのが連中の手口。力任せの押し込みは流儀ではないはず」

「だろうな。まあ、来なければ来ないでそれでいいのだが……」

「どうせだったら来てほしいとも思っておられますね」

「ああ。今回は運よく備えられたが、狙いを変えられてしまえば打つ手はない。できればこの機会に、根城を見付けて一網打尽に――」

と、星空を見上げながらそんな会話を交わしていた時だった。

ひょーう、という高音の鳴き声が一つ、暗闇の中から細く響いた。

口笛か、あるいは鵺鳥を思わせるその声に、昼間に聞いた証言が頼政の脳裏に蘇る。弓を摑む手に思わず力を込めながら、頼政は息を呑んだ。

「鵺鳥の声――」

「しっ！」

つい声を発してしまった頼政を泰親がすかさず黙らせる。そのまま二人で耳をそばだてていると、「ひょう」「ひょう」と、同じような音が幾つか呼応した。音の出どころを探ってあたりを見回した頼政は、油問屋の屋敷のはす向かい、寺院の屋根にうずくまる人影を発見した。

　暗くてよく見えないが、どうも数人いるようだ。あれを、と頼政が無言で指し示すと、泰親はその方向に向かって目を凝らし、抑えた声をぼそりと発した。

「四人……いや、五人はいますね。さらに隣の屋敷の上にも数名」

「よく見えるな」

「星の観測で慣れておりますので。意外に大勢ですが、やはり言葉の代わりに鵺鳥の声に似せた口笛で意思疎通をしているようで――あっ」

　泰親の声がふいに途切れた。寺の屋根の上の人影がすっと身を翻したのである。「逃げたか」と口にしたのは頼政である。

「屋敷の警戒が厳重なので諦めたと見える」

「でしょうね。追跡しますか？」

「無論！　人を呼んで――いや、そんな時間はないか。陽動の可能性もある故、ひとまず拙者が跡を追う。泰親は危険なのでここに残っておれ」

「そうはいきませんよ。宇治の地理なら私の方が詳しいですし、頼政様一人で行かせる方がよほど危うい」

　篝火の炎を松明（たいまつ）に移した頼政に泰親が即座に言い返す。諭された頼政は一瞬眉をひそめたが、まあそれもそうだと納得したのか、「遅れるなよ」とだけ言って駆け出した。

　幾つかの黒い人影は、屋敷や寺社の屋根から塀へ、そしてまた屋根の上へと、暗がりの中を巧みに移動し、宇治川へと向かった。その足取りは猫か猿のように素早く、頼政たちが岸辺に到着した時には、盗賊たちは既に小舟に乗って下流へ向かっていた。

　いくら盗賊たちの夜目が利くといっても完全な暗闇を見通せるわけではないようで、遠ざかっていく小舟には炎が揺らめいていた。だが、その光は川面に漂う霧の中にどんどん小さくなっていく。

「おのれ、舟を用意しておったか！」

「そ、そのよう……です、ね……」

　悔しげに歯嚙みする頼政の隣で泰親が息も絶え絶えに相槌を打った。頭脳労働専門で、しかも動きづらい正装の陰陽師にしてみれば、大柄な武士の全力疾走についていくのはかなり大変だったようで、泰親の息はひどく荒れ、汗で濡れた衣が肉の薄い体に張り付いている。ぜえぜえと喘ぐ泰親の姿に、頼政は心配そうな目を向けた。肉体労働担当の武人だけあって、こちらは全く疲れた様子はない。

「……なあ、大丈夫か泰親？　水でも飲んで少し休んだ方が良くないか」

「私のことはいいですから！　それより追わないと……！　そこの舟を借りましょう」

「あ、ああ……！　そうだな」

　泰親に促され、頼政は岸に係留されていた鵜飼のものと思われる小舟を引き寄せて飛び乗った。泰親が続くのを待って木碇を上げ、櫓を摑んでぐいっと漕ぐと、小さな舟は勢いよく岸を離れ、小舟を追って進み始める。その手慣れた動作に、泰親は船縁にもたれて息を整えながら感心した。

「頼政様は舟の扱いに慣れておられるのですね……」

「拙者の故郷も水運が盛んな町であったからな」

「なるほど。確か摂津のお生まれでしたね」

「ああ。趣や風情では宇治に負けるが、活気のある良い町ぞ。いつか泰親にも見せたいものだが……それにしても連中、一体どこまで逃げる気だ？」

「それほど遠くはないはずです。昨夜に市中の屋敷を襲って根城に戻り、また宇治に来たわけですから」

「確かに。しかし奴ら、大人数で舟が重いはずなのになかなか速い……。追いつきたいが、振り切られんようにするのがやっとだぞ」

そんな会話を交わしながら、二人は霧の中の光を追った。そのまま宇治川を下ることおよそ一里（約四キロメートル）、視界が大きく開け、霧を湛えた水面が広がった。

巨椋池（おぐらいけ）である。宇治川や木津川、桂川などが注ぐこの巨椋池は、昭和の干拓事業で埋め立てられて消失するまでは、宇治の誇る景観地として、また淀川水系の水運の中心地として、広くその名を知られた池であった。

盗賊たちはそんな巨椋池のほとり、小高い山に面した岸辺に舟を接岸させ、無言のまま松明を持って山中へと消えた。あそこです、と泰親が指し示した場所に、頼政が慣れた様子で舟を着ける。上陸した二人は、盗賊たちが入っていった山を見上げ、そしてどちらからともなく顔を見合わせた。

　目の前には細い山道が延びており、足跡も残っている。間違いなく賊たちはここを通ったのだろうが、その道は摩耗した石碑の間に張られた注連縄で塞がれていたのである。

　松明で照らし出された古びた注連縄を前に、泰親が興味深そうな声を発する。

「この山はどうやら禁足地、つまり入ってはならない聖域のようですね。宇治の近郊にそういう山があるという話は、弥三郎に聞いたことはありますが……しかし妙だな」

「妙？　何か気になることでもあるのか？」

「ええ。聖地となる山というのは、近江の比叡山や加賀の白山、あるいは富士山や熊野の山々のように、深く高いのが普通です。しかしこの山はどう見てもそう大きくないですし、他の山と連なっているわけでもない。丘といってもいいくらいの規模ですよね？　なぜこんな山が禁足地になったのか、その謂れが大変気になるのです」

「……なるほど」

　博識な泰親らしい疑問だとは思うが、正直今はそこはどうでもいいと頼政は思った。問題は盗賊たちがここに逃げ込んだという事実である。

「信仰を利用して禁足地のお山に隠れておるのであれば、なおさら見過ごすわけにもいくまいが……」

「頼政様？　『いくまいが』、どうされたのです」

「……なあ、泰親。入っても罰が当たることはあるまいな？」

　山道に松明をかざした頼政がそれはもう不安げに尋ねる。武士とは思えない弱気な問いかけに、泰親はげんなりと嘆息し「絶対大丈夫です」と断言した。

「祟りなど存在しませんし、賊が祟られもせずに出入りしているのが何よりの証拠でしょう。むしろ気を付けるべきは熊や狼ですよ」

「わ、分かった……。よし、では泰親はここで待っておれ」

　そう言うと頼政は松明を二つに分け、その一つを泰親に差し出した。それはつまり一人で賊を追うということか？　意外な提案に泰親はきょとんと面食らい、反論しようとしたが、それより先に頼政が口を開いていた。

「分かってくれ。これはお主のためを思って言っておるのだ」

「しかし」

「頼む。街中ならともかく、丸腰で夜の山は危険すぎよう。何かあっては安倍家と陰陽寮に申し訳が立たぬ。情けない話だが、拙者の腕では何かあった時にお主を守り切る自信がないのだ……！」

「……承知いたしました」

　懇願するような頼政の言葉を受け、泰親は静かに首肯した。自分と頼政の体格や体力の差を考えれば、頼政の言葉にも充分に理はある。「お前についてこられても足手まといだ」とはっきり言わなかったのは、頼政の優しさの表れだろう。泰親は差し出された松明を素直に受け取った。

「どうかお気を付けて」

「任せよ。これでも拙者、源頼光の血を引いておるのだぞ？」

　実際かなり不安ではあるようで、頼政は弱気な声で自嘲し、おずおずと夜の山へと消えていった。その後ろ姿はいかにも危なっかしく頼りなく、残された泰親は、祈りに意味などないと分かっていながらも、無事を祈らざるを得なかった。


　それからしばらく、泰親は頼政を待ちながら目の前の山を観察して過ごした。

　月はないが、雲がなく星が出ているおかげで、山の輪郭線は把握できる。川沿いに少し歩いて視点を変えてみると、目の前の山、あるいは丘は、椀を伏せた形をしており、その後方に長い箱を寝かせた形の丘が連なっていることが分かった。上から見ると鍵穴のような形状をしているらしい。奇妙な形だなと泰親は首を捻り、それにしても、と注連縄の先の山道へと目を向けた。

　年上で図体も大きいのにどうにも頼りないあの武士の後ろ姿が、思い出そうともしないのに脳裏をよぎり、不安感がさらに増す。

「やはり、お一人で行かせるべきではなかったでしょうか……」

　自問の声が自然と漏れた。体力は既に回復している。自分には武芸のたしなみはないけれど、それでもいざという時に人を呼びに行くくらいのことはできるはずだ。であれば、ここで無駄に待っているよりも……。

「……うん。そうですね」

胸中の自問にうなずき返し、泰親は松明を掲げて歩き出した。

麓から延びていた山道は程なくして途切れていたが、踏み分けられた草や折れた枝、松明で焦げた蜘蛛の巣などの痕跡がそこかしこに残っていたので、観察眼の鋭い泰親にとって追跡は容易であった。

先ほど確認した山の形状と、木の枝の向こうに見える星の位置を照らし合わせれば、概ねの現在位置も把握できる。頼政が無事であることを祈りつつ、泰親は一心に先へと進み、やがて、山肌をくりぬくように穿たれた岩屋の前へ辿り着いた。

「これは……？」

訝る声がぼそりと漏れる。

位置は山頂のほど近く。地下に向かって掘り下げられた幅広の石段の先に、岩を積んで作られた地下室があった。入り口には粗末な木戸が設けられ、戸の隙間からはちらちらと光が漏れている。石段には複数の足跡が残っていたが、荒事があった気配はない。

どうやら自分は、頼政より先に盗賊たちのねぐらを見付けてしまったようだ。

そう泰親は気付き、同時に大きく眉をひそめた。猟師か樵の小屋のような粗末なねぐらを想像していたのだが、眼前の岩屋の様相はそれとはまるで違っていたのだ。

大部分は地下に埋まっているので全貌は見て取れないが、目に付く範囲からだけでも、切り出した岩を組んで作られた相当大掛かりなものだと分かる。おまけに古い。少なくとももここ十年二十年のうちに作ったものではは絶対にない。

一体ここはどういう場所で、盗賊たちは何者なのだ……？

湧き上がる好奇心に突き動かされ、泰親は静かに岩屋へと近づいた。今は頼政との合流を優先すべきだと頭では分かっているものの、石段を下る忍び足が止まらない。盗賊たちに気取られないよう息を殺し、泰親が木戸の隙間にそっと顔を近づけた――その矢先。

木戸が勢いよく引き開けられたかと思うと、蛇のような何かが泰親の首に巻き付いた。

「あ――」

細い喉が一気に絞め上げられ、擦れた短い声が漏れる。これは蛇ではなくて革紐を編んで作った鞭だと、そう理解した時にはもう、泰親の体は岩屋の中へと引き込まれ、石造りの床の上へと乱暴に投げ出されていた。

「うわっ！　くそ、迂闊――」

「動くな」

慌てて跳ね起きた泰親を幾つもの人影が取り囲み、抑えた声を投げかける。盗賊たちである。首の鞭は投げ出された弾みで解けたが、どうやら抵抗しない方がよさそうだ。泰親は無抵抗の意思を仕草で示した上で、岩屋の中の様子と、そこに集った十人あまりの盗賊を見回した。

盗賊の面々の年齢や性別は様々だったが、その出で立ちはいずれも異様なものだった。猿を思わせる平たい面を始め、まだらに染めた毛皮の外套、猛獣の爪を模した武器、あるいは蛇のような太い鞭など、獣を思わせる装飾や武具を全員が身に着けている。立ち位置からして、一番奥に控える猿面の人物が頭領格のようであった。

室内では小さな火皿が幾つか燃えているだけなので、あたりはかなり薄暗い。岩屋の隅までは見えないが、少なくとも三丈（約十メートル）四方は確実にあり、石の柱で支えられた天井は、長身の大人でも不自由がない程度には高い。暗がりには、銭や砂金の袋、米、反物などの略奪品の他、穀物や木の実、干した肉や茸、水瓶なども並んでおり、盗賊団がここで起居していることが見て取れた。

おそらく彼らは普段は狩猟や採集を基盤とした生活をしており、物資が欠乏すると麓の街を襲っていたのだろう。だが、出で立ちからしてもこの岩屋の様相からしても、ありふれた盗賊にはとても見えない。そもそも、遥か遠国ならともかく、宇治の市街からほど近い山中にこんな神代の蝦夷（えみし）か土蜘蛛（つちぐも）のような連中が潜んでいるなど、まるで聞いたことがない。詳しく知りたいという欲求が再び胸中に湧き上がり、泰親は猿面の人物に向かって思わず問いかけていた。

「あ、貴方たちは何者なのです……？　それに、ここは一体どういった」

「控えよ！　我らの大公殿下の御前であるぞ！」

泰親を一喝したのは、まだらに染めた毛皮を纏った老年の男性であった。「大公殿下」？　聞き慣れない言葉に泰親がたじろぐのと同時に、老年の盗賊は猿面の人物――

「大公殿下」――に向き直っておごそかに問うた。

「殿下。この者、いかがいたしましょう。身なりからして京の貴族のようですが、ここを知られた以上は、やはり」

「決まっておる。殺せ」

　猿面の奥から冷徹な声が短く響いた。

「京の貴族どもは――今の朝廷に連なる者は――皆、我と我らの仇敵ぞ。我らが野盗に身をやつしたのも、全ては京の内裏の責。偉大なる父祖をお山に追いやり、滅ぼした罪、その身をもって贖わせ、その魂魄はお山に捧げよ」

「御意」

　野盗の頭領とは思えない物々しい命令に、泰親を取り囲んでいた一人が応じ、大ぶりな爪が備え付けられた手甲を無造作に振り上げた。熊かあるいは巨大な猫の手を思わせる野卑な武器に、泰親の背筋がぞおっと冷えた。

　殺される、という恐怖が心を埋め、腰から一気に力が抜ける。

「待っ、待ってください！　助け――」

　泰親の口からほとんど反射的に命乞いの言葉が漏れた、その瞬間だった。

　ひゅおん、と風切り音が轟き、どこからともなく飛来した矢が手甲の男の肩口に突き刺さった。「ぐわっ！」と男が短い悲鳴を発してよろけ、張りのある声が響き渡る。

「そこまでだ、賊ども！　泰親、無事か!?」

「え。よ、頼政様――？」

いきなり名を呼ばれた泰親が困惑気味に応じる。木戸を蹴破って岩屋に乱入してきたのは、どう見ても頼政だったが、慣れた手つきで矢を番えた立ち姿は実に堂々としており、あの年上の癖に危なっかしくて頼りない武士と同一人物とは思えない。

泰親のみならず盗賊たちもが驚き戸惑い見つめる先で、源頼光の末裔たる若武者は鬼気迫る視線で盗賊たちをキッと威圧し、少年陰陽師に駆け寄った。

「間に合ったか！　息災で何よりだ、早くこちらへ！」

「え？　あ――」

「早く！」

「はっ、はい！」

「何をしているッ！　その狼藉者を殺せ！」

泰親が頼政の手を取るのと同じくして、我に返った猿面の怪人が叫んだ。賊たちは慌てて得物を構えたが、その時にはもう既に頼政が動いていた。

「御免！」

頼政の気合と共に放たれた二の矢、三の矢が、襲い掛かろうとした賊たちの手首や肩口に過たず突き刺さり、的確に動きを封じていく。泰親を庇って立つ頼政に、不埒な、と猿面の人物が吼えた。

「我らが父祖の眠る地で何たることを！　皆でかかれ、生かして帰すな！」

「はっ！」

「――来るか」

殺意を剝き出しにする盗賊たちにひるむことなく、頼政が腰の刀を抜く。自分を庇う大きな背中を、泰親は安堵と不安の入り混じった顔で見上げた。

「た、助かりました、ありがとうございます……。しかし、だっ、大丈夫ですか？　多勢に無勢というやつでは……」

「大丈夫だ」

危なげなく太刀を構えた頼政が、感情を押し殺したような声をぼそりと響かせ、「多分」と言い足す。普段とはまるで違うその声調に、泰親は言葉を返すことができずに黙り込み――そして、程なくして、頼政の言葉は偽りでないことを痛感した。

頼政はおそろしく強かったのである。

前後左右から繰り出される盗賊たちの爪や斧、刃物や鞭などの全てを紙一重でかわし、あるいは力任せに弾き返して、そのまま流れるように敵の急所を斬りつける。刀身が力強く一閃する度に赤黒い血が迸り、盗賊の苦悶の悲鳴が岩屋に響いた。

「ぐっ、くそっ……」

「おのれ……！」

「朝廷の犬めが……！」

倒れた盗賊がいずれも唸り続けているところを見ると、命までは奪っていないようだ。だが、手足の腱を断ち切られたり、指を切り落とされたりした者たちが血まみれで転がって呻く姿は目を塞ぎたくなるほど痛ましい。大人数をものともしない頼政の強さに、泰親はひどく驚き、また、生まれて初めて目の当たりにした命のやり取りの苛烈さに慄いた。

その間にも頼政の太刀は閃き続け、やがて立ち続けている盗賊は猿面の「大公殿下」のみとなった。利き腕の右手からダラダラと血を滴らせながら、猿面の怪人が腰の後ろから短い青銅の剣を左手で抜き、吼える。

「許さぬ……！　許さぬぞ！」

「もう観念せよ。お主らの負けだ。宇治の民より奪った文物を返してもらう」

「黙れ、下賤な侍風情が何を偉そうに！　ここは元より我らの地ぞ、民草から財を徴収して何が悪いか！」

「……何？　お主、一体何を言って――」

「貴様らと話す口など持たぬわ！」

頼政の問いかけを怒声で遮り、猿面の怪人は手にした短剣を投げつけた。まっすぐに飛んだ短剣は当然頼政へ向かう――と思いきや、その後ろで推移を見守っていた泰親の左の脛へと突き刺さった。

「うあっ！」

「しまった！　泰親！」

袴から赤い血が染み出し、悲鳴を上げた泰親がぐらりとよろける。血相を変えた頼政が慌てて泰親に駆け寄ると、その瞬間、猿面の怪人は傍らの石の柱をどんと蹴飛ばし、まさしく猿のような速さで岩屋の出口へ直進した。

「者ども、引け！　この場は引くのだ！」

「はっ！」

転がっていた盗賊たちが、どこにそんな力が残っていたのかと思うような勢いで次々に跳ね起き、猿面の怪人を追う。いずれも深手を負った面々は、血を流しながら岩屋の出口から飛び出し、真っ暗な山へと消えていった。

同時に岩屋がぐらぐらと揺れ始め、細かい砂礫が降ってきた。まずい、と泰親が大きく目を見開いた。脚に短剣が刺さったまま泰親が叫ぶ。

「崩れます！」

「不覚……！　おぶされ泰親！　その脚では走れまい」

「え？　いや、それよりも、連中を追わなければ」

「いいから早く！」

刀を納めた頼政が短く叫び、泰親の弱々しい声を打ち消す。その大声に突き動かされるように、泰親は押し黙り、頼政の大きな背中におぶさった。

泰親を背負った頼政がからくも脱出した直後、二人の眼前で岩屋は崩落し、盗賊たちの根城は盗品もろとも岩と土の底へと消えた。

　草の上に泰親を下ろした頼政は、岩の間に挿しておいた松明で泰親の傷口の様子を確かめ、短剣を抜いた上で血止めをした。

「腱に刺さっておらんかったのが不幸中の幸いだな。泰親はまだ若いし、傷口を洗って縛っておけば完治するだろう。当分は歩くと痛いだろうが」

「ありがとうございます。何から何まで……。と言いますか、この度は、とんだご迷惑をおかけしてしまいまして……本当にもう、も、申し訳ございません……！」

　切った袖で巻かれた脚を投げ出したまま、涙目の泰親がしょぼんと肩を丸める。穴があったら入りたいとはこのことだ。縮こまって恐れ入る泰親だったが、頼政は叱るでもなく咎めるでもなく、立ったまま「泰親に謝られることがあるとはなあ」と苦笑した。

「しかし驚いた。ようやく根城を見付けてみれば、麓で待っているはずの泰親が賊に取り囲まれておったのだからな。あれを見た時は肝が冷えたぞ」

「すみません……。完全に私の不注意でした。何とも恥ずかしい姿を見せてしまい」

「まあまあ、そう落ち込むでない。不意打ちに成功したのも、泰親が連中の気を引き付けてくれていたからだ」

「そう言っていただけるとありがたいですが――って、そうだ！　盗賊は追わなくていいのですか？」

「……最早、拙者が手を下すまでもあるまい」

思い出したように泰親が顔を上げると、頼政はやるせなさそうにぼそりとつぶやき、盗賊たちが逃げ去った先の真っ暗な森へと目を向けた。

「連中を探して山を彷徨っている途中、何度か狼の声を聞いたし、熊の爪痕の残った木も見た。猟師も入らぬ禁足地ゆえ、大きな獣が多いのだろう。火も武器も持たず、手負いの状態で、しかも血の匂いを撒き散らしながら、そんな山を彷徨ったところで――」

痛ましそうな表情の頼政はそこで言葉を区切り、森に向かって手を合わせた。間違いなく獣に襲われるだろう、ということか。すっきりしない結末ではあるが、少なくともこれでもう、あの連中が里を襲うことはなくなるはずだ。泰親は一つ溜息を落とし、森へ手を合わせている頼政へと語りかけた。

「それにしても驚きましたよ頼政様。まさか、あれほどにお強かったとは……！　私、感服いたしました」

「よしてくれ。鍛錬を積めば誰でもこの程度にはなれる」

「いや、それはさすがにないかと存じますが」

「そうか？　……まあ確かに、向き不向きはあるだろうし、そういう意味では、拙者は恵まれておるのだろうな。……だが、こんなもの、決して褒められるような技ではないし、褒められたいとも拙者は思わぬ」

「そうなのですか……？」

「……ああ。武芸だなんだと言葉を飾ったところで、所詮は他者を傷つけ、殺(あや)めるための野卑な技よ。言葉だけで心を通わせる歌や物語に比べると、なんと虚しく悲しいものかと、拙者はそう思ってしまうのだ。武士も刀も弓も矢も、本来はこの世には存在しない方が良い物だとも……」

泰親が見上げる先で、顔をしかめた頼政が重たい言葉を静かに重ねる。淡々とした寂しげなその語り口に、泰親は口をつぐんで聞き入り、そう言えば、と気が付いた。

思えば頼政は、「武芸は苦手だ」と断言してはいたが、「不得手」とは言っていなかった。あれは、「自分には戦う技術がない」という告白ではなく、「技量はあるがそれを使いたくはない」という意思表示だったのだろう。そんな人物に自分は矢を放たせ、刀を抜かせてしまった……。

「頼政様。本当に――本当に、申し訳ございませんでした……！」

「よしてくれ。お主が殊勝だとまるで別人のようで気味が悪い。それよりも泰親、ここは一体何で、あの賊たちは何者だったのだ？　よく分からぬことを言っておったが……」

泰親の謝罪を苦笑で受け流した頼政が、崩れた岩屋に視線を向ける。当然と言えば当然のその疑問に、泰親は「そうですね」と相槌を打ち、少し前から考えていたことを口に出した。

「古今東西、山や海などの過酷な環境で生きる民は、そこに君臨する強大な獣を崇め、その力を得るために在り様を真似るといいます。彼らが面や毛皮で獣の姿を模していたことは、それで説明できるかと」

「ほほう、なるほど。さすが泰親、博識だな。であれば、この岩屋は」

「……おそらく、陵（みささぎ）かと」

「陵？　高貴な方の墳墓ということか？　しかし、一体どなたの――」

「……頼政様は、『宇治天皇』という御名をご存じですか？」

「宇治天皇……？」

　抑えた声で告げられた聞き慣れない名に頼政が大きく眉根を寄せる。代々内裏に仕えてきた武士である以上、歴代の帝の名前は把握しているつもりだが、その名は初耳だ。

　困惑した顔の頼政が泰親の向かいに腰を下ろして胡坐を組むと、泰親は布を巻いた脚を引き寄せて頼政に顔を近づけ「ここから先の話はご内密に」と前置きして話し始めた。

　朝廷の編纂した正史である「日本書紀」によれば、今から七百年ほど前、時の帝である応神天皇の息子の一人に、菟道稚郎子（うじのわきいらつこ）という人物がいた。その名の通り宇治と関連の深い人物である。聡明な性格で知られたこの郎子は正統な皇位継承者であったが、自分より徳のある兄の仁徳天皇に皇位を譲ろうと考え、宇治に隠棲した後に自害した、とある。つまり正史の上では、宇治に帝がいたこともなければ、その地の名を冠した帝も存在していないとされている。

　だが、各地の習俗や出来事をまとめた記録集である「風土記」には、「宇治天皇の時代」という表現が用いられており、しかもこれは郎子が宇治に隠棲していたとされる時代と重なるのだ。

朝廷が正しい歴史として編纂を——言い換えれば「調整」を——行った「日本書紀」に比べ、市井の人々が語った内容をそのまま記した「風土記」の記述は信憑性が高いと見ていい。そもそも兄弟に皇位を譲るべく自ら死を選んだという話も不自然だ。

これは果たしてどういうことか？　もしかして過去の一時期、宇治に帝と都が存在していたのではないか。実際は応神天皇の息子たちの間で継承権を賭けた争いがあり、一旦は皇位を得た宇治の勢力が敗れたのではないか。そしてその事実は、後年の朝廷にとって不都合だったため、正史編纂の際になかったことにされたのではないだろうか……？

泰親が声をひそめてひそひそと語る。その一通りを聞いた頼政は、まさかそんな突拍子もない話が出てくるとは思っていなかったのだろう、面食らった顔になり、眉根を寄せてぼそりと言った。

「つ、つまり、泰親はこう言いたいのか……？　先の賊は——」

「……はい。歴史から消された王家の血筋が、自分たちの存在を抹消した勢力に従うのを良しとせず、山賊となり果ててまで先祖の墓に住み続けていたのではないか。私はそう申し上げているのです」

「先祖の墓……？　では、この岩屋がかつての帝の陵だと？」

「岩屋だけではありません」

「……何？」

「おそらく、この山全体が墳墓です」

眉をひそめる頼政にいっそう顔を近づけ、泰親はきっぱりと言い切った。こんな話を市中の屋敷や寺でしていたら朝廷への謀反と取られかねない。無人の山中であることに感謝しながら、泰親はあたりを見回した。

「麓から確認しましたが、この山は円に方形を繋いだ、あたかも鍵穴のような形をしています。鍵穴のごとき形状は、古代の大王の墳墓の定型」

「そ、それは知っておる。摂津にもそのような形の墳墓はあるからな。かつての帝の陵であれば、禁足地とされたのもうなずけるが……しかし、あの猿面の『大公殿下』が帝の末裔だとすれば、拙者は――」

青ざめた頼政が再度暗い森へと視線を向ける。もし泰親の推理通りならば、頼政は内裏に仕える武士であるにもかかわらず、皇族の末裔に刀を向けたことになってしまうのだ。泰親は必要以上に頼政を不安がらせてしまったことに気付き、穏やかな声で「ご安心ください」と言い足した。

「今のはあくまで仮定の話。証拠は何もございません。ここが陵だとして、賊の正体とは無関係という可能性も充分にあります。没落した貴族や豪族かもしれませんし、墳墓を見付けて入り込んだ山賊が、古代の王の墓に暮らすうち、自分もそれに類したものだと思い込んでしまっただけかもしれません。人の心は容易く揺らぐものですから」

「な、なるほど……。それはそうだが、しかし……」

崩壊した墳墓に目をやった頼政が複雑な顔で言葉を濁す。泰親が「どうかされましたか?」と問うと、頼政は――後に幾つもの合戦で活躍することになる武者は――普段見せたことのない神妙な顔でこう続けた。

「……拙者はこれまで、皇室の正統性を疑ったことは一度もなかったのだ。どこにも後ろ暗いところのない、万世一系の血筋の御方がこの国を治めておられるのだから、内裏を守るのは当然のことだと思っておった。だが……どう言えばいいのだろうな。今の話を聞いて、その気持ちが少し揺らいでしもうたのだ。『気付いた』、と言えばよいだろうか」

「気付いた?」

「ああ。国の在り方も歴史も、存外に脆く曖昧で、簡単に揺らいでしまうものなのだ、と、拙者はそう気付いたのだ。その時々の勝者の采配次第で、敗者は存在すらなかったことにされかねないのだと……。であれば――朝廷もまた、絶対的なものでも何でもなく、いずれ、何かに取って代わられ」

「頼政様」

直感的に泰親は頼政の言葉を遮っていた。何を言おうとしたのか正確に予測できたわけではないが、頼政の思考が危ういところに踏み込みつつあるように思えたのだ。「お言葉にお気を付けください」と釘を刺すと、頼政ははっと視線を墳墓から泰親へと戻し、見慣れた気安い表情を見せた。

「……そうだな。すまぬ。山の空気に毒されたか、ついおかしなことを口走ってしもうた。今の話は聞かなかったことにしてくれ」

「かしこまりました」

「頼む。それはそれとして……結局、拙者はどうすればよいのだ？　この岩屋のことも忠実様や藤原家に報告すべきだと思うか？」

「秘しておいた方が無難かと存じます。国の安寧を思われるならば、下手に皇室の正統性を揺るがすべきではないでしょうし、我々の口も封じられかねない」

「であるな。だが、山に入りましたが何もいませんでした、では、解決したとは言えぬであろう。賊がまた出ると思われてしまうぞ」

「そうですね……。あ、そうだ！　では、犯人は化け物だったということで」

「化け物？」

　またも大きく眉根を寄せる頼政である。戸惑う頼政を前に、泰親はしっかりと首肯し、自信満々に目を輝かせてうなずいた。

「はい。昼間に私が描いたあれ、『さるとらへび』ですよ。犯人はあれだったことにするのです。ああいう姿の、幾つもの獣の特徴を併せ持った化け物が山に出たが、頼政様はそれを見事に退治して、死体は川に流してしまわれた」

「何……？　いや、それはさすがに」

「大丈夫です。この手の話は皆様お好きですから、きっと受け入れられますし、すぐに広まることでしょう。後の世で京を舞台に語り直されたりするかもしれませんね」

「しれませんねではない！　あ、いや、せっかく考えてくれたのにこんなことを言うのはなんだが、鬼殺しの英雄の血筋だと言われる度に複雑な思いをしてきた身としては、化け物退治の逸話などはできれば御免被りたいのだが……。と言うか泰親、お主、物の怪などいないと明言しておったではないか」

「事態を丸く収めるという目的のためにはささいなことです。目的を見失うな、言い方を工夫せよ、ですよ」

弱り切った頼政に向かって泰親が玉藻の言葉を引いてみせる。駄目押しのように泰親が微笑むと、頼政はいっそう困った顔になったが、他に上手い説明も思いつかなかったのだろう、大きな肩をげっそりと落とし、溜息を吐いた。

「……それで行くか」

「行きましょう」


話がまとまった後、泰親は頼政に背負われて山を下りた。

泰親は「恥ずかしいですし自分で歩けます」と主張したのだが、頼政が聞き入れなかったのである。泰親が仕方なく広い背中に体重を預けていると、山道を下る頼政がふと思い出したようにつぶやいた。

「そう言えば……なぜ猿や虎だったのだろうな」

「え？　ああ、賊たちの装束の意匠のことですか？　それなら先に話したではありませんか。山を統べるような強大な獣を模倣したものと」

「うむ。さっきはそれで納得したが、ふと気になってな。その理屈であれば、もっと身近で強い獣……たとえば熊や狼や猪を真似るのではないか？」

「あ」

首を傾げた頼政の意見に泰親はぽかんと口を開けた。言われてみればそれもそうだ。

「確かに」と相槌を打つ泰親を背負ったまま、頼政が暗い森を見回して言う。

「ふと思ったのだ。先日の人魚のように、この世にはまだまだ未知の獣がおるはずだ。そして、山に隠れ住んでいた一族ならば、里の我らより山の獣には詳しかろうとも」

「それも確かに……。何を仰りたいのです？」

「……うむ。これは妙な考えだとは自分でも思うが、連中の装束は、猿や虎や蛇ではなく、山に潜む未知の獣を模しておったのではないだろうか。そう、猿のような顔に虎のような四肢、蛇のように長い尾を持ち、鵺鳥のような声で鳴く獣……」

「そんな獣は――」

聞いたことがない、と、泰親が言おうとした時だ。

ぴょおおおう、と、濁った口笛のような鳴き声が暗闇に響いた。

思わず二人が声の方向に視線を向けると、大人ほどもある大きな影が、暗い樹上を飛ぶように駆け抜けた。

顔は猿のように平たく、胴体は毛むくじゃら、尾は長く、四肢の先には太い爪。

いかなる既知の獣にも似ていないそれは、頼政と泰親が茫然と見つめる先で、もう一度口笛のような鳴き声を響かせ、枝から枝へと飛び移って森の奥へと消えていった。

後世に広く語られるようになった伝説によると、平安時代末期、トラツグミ（鵺）のような声で鳴き、猿や虎や蛇など複数の獣の特徴を備えた妖怪が内裏に現れ、時の天皇を悩ませたという。この妖怪、通称「鵺」は源頼政によって見事に退治され、その死体は川に流されて遠方の地に漂着したとされている。

この鵺が実在した証拠は勿論発見されていない。だが、「源平盛衰記」や「平家物語」内の描写が詳細で、まるで実物を見て記録したかのような筆致であることから、鵺とは現代ではもう絶滅した動物のことだったのではないかと考える専門家もいる。

なお、鵺の出現に際し、国の安寧を祈る祭司であるはずの帝は懊悩するだけで有効な手を打てず、鵺は呪術や霊力ではなく武士の武力によって退治される。このことから、鵺退治の物語は、朝廷の権威の失墜と武士の時代の始まりを象徴するものと位置づけられている。

また、泰親が語った宇治天皇と宇治の都についても、現在に至るまでその実在は確かめられてはいないが、一九八〇年代に行われた発掘調査により、宇治の一角、巨椋池の近くに、巨大な前方後円墳が存在していたことが判明している。全長二百二十メートル、幅二百メートルという、山城国（京都府）では最大規模のこの古墳は、多くの天皇陵と共通する特徴を備えていたが、その埋葬者は不明なままである。

第三話　竜宮帰り

浦島が子は、丹後国水江の浦の人なり。昔大きなる亀を釣り得たりしに、変じて婦人と成りぬ。閑しき色は及びなければ、即ち夫婦となりぬ。婦に引級されて、蓬萊に到り、通りて長生することを得たり。銀の台、金の闕、錦の帳、繡の屛、仙の楽は風に随ひ、綺へたる饌は日に弥てり。

居ること三年、（中略）浦島が子は親しき旧のひとを訪はむがために、強に帰る駕を催しければ、婦一の筥を与へて曰く、慎これを開くことなかれ。もし開かずは、自らに再び相逢はむといへり。

浦島が子、本の郷に到りたるに、林も園も零落して、親しき旧のひとは悉くに亡し。人に逢ひて問ふに、曰く、昔聞けり、浦島が子、仙と化して去り、漸くに百年を過ぎぬといへり。

（「本朝神仙伝」より）

ある日、頼政がいつものように市内を巡察していると、背後から「あの方が？」「そうや」と声が聞こえてきた。

肩越しにちらりと振り向いてみれば、二丈（約六メートル）ほど後方で、大きな野菜籠を背負った農夫が二人、頼政を見ながら言葉を交わしている。

「猿だの虎だのが混じったおっかない化け物を退治されたお侍様やぞ。宇治のお山から京の内裏まで追いかけて、帝の御前で見事に射落とし、のしかかって止めを刺されたそうな。庄司様の奥方様が言うてはった」

「へえ。お侍様って強いんやなあ」

「あほ。あの方が特別お強いんや。何でも、大江山のおっかない鬼を退治なさった方の五代目様やそうでな、しかも毎日ああして宇治を見回っておられるえらーいお方や。なむあみだぶなむあみだぶ……。惣兵衛、お前も拝んどけ」

「なむあみだぶ、なむあみだぶ」

野菜を運ぶ農夫たちが頼政の背中に向かって手を合わせる。背後に響く素朴な念仏に、頼政は何ともむずがゆい気持ちになった。

拙者を拝んだところで益はないし、その話は明らかに盛られているぞ！　と言ってやりたい気持ちはあるが、鵺退治の夜の詳細を説明するわけにもいかない。結局頼政は、いつものように聞こえないふりを決め込み、少し歩調を速めて農夫たちを引き離した上で、やれやれと肩をすくめて嘆息した。

鵺の一件からしばらく経ち、宇治を騒がせた化け物を頼光の子孫が退治してみせた話は、泰親の読み通り、いつの間にか市中にしっかり広まっていた。おかげで頼政がこうして見回っていても、怪しまれたり疎んじられたりすることはめっきり減ったし、頼政の存在を恐れてか、物取りや火付けの件数もまた減っていた。

事件が全く起きていないわけではなかったが、泰親が安倍家秘伝の占術で……というのは表向きの方便で、実際は観察眼と推理力でもって真相を即座に暴いてくれたので、いずれもあっさり解決している。なお、捕らえた罪人については、「事件が起きたのが私領であってもここは宇治郡なのだから」という理屈で郡衙の役人に押し付けることにした。

かくして、宇治の町は前より幾分平和になっており、荘園領主や寺院の協力の下、宇治橋の補修工事も始まった。居候先の忠実もご満悦ではあるのだが、今のように、やってもいないことで持ち上げられるのはどうにも居心地が悪い……というのが、最近の頼政の実感であった。

ついでに言えば、やり場のない厄介ごとが自分に持ちこまれがちなのも困る。人捜しや揉め事の仲裁くらいなら構わないけれど、川に堤防を作ってくれとか言われても頼政の手には余るのだ。市中で聞いた要望は一応忠実に伝えてはいるし、都の関白にも定期の文を通じて報告してはいるが、それくらいが限界で……などと考えながら宇治川のほとりに差し掛かった時である。

背後から聞き覚えのある声が投げかけられ、頼政の足を止めた。

「あ、いたいた！　ちょっとお武家様！　おーい！」

よく通る声とぞんざいな口調は間違いなく玉藻である。あの妙に堂々とした白拍子の娘は、いつの間にかすっかり宇治に居着き、頼政や泰親とは顔なじみの仲になっていた。立ち止まった頼政は「今日は何だ」と振り返り、そしてきょとんと目を丸くした。

見慣れた姿の玉藻の隣には、細身で細面の青年が一人寄り添っていたのである。

年の頃は二十代半ば、背丈は頼政よりは拳二つ分ほど低く、ひょろりとした痩身で、不安げにこちらを見つめている。下働きの雑色のような粗末な着物を着ているが、色白の顔は端整で、袖から伸びる腕や指は細く、まるで貴族のようだ。何ともちぐはぐな印象を与える人物だなと頼政が思っていると、その優男は隣の玉藻に小突かれ、慌てて会釈した。

「ど、どうも……」

「これはどうも。お初にお目に掛かる。拙者、源頼政と申す者。……玉藻、こちらはどなただ？　まさか、お主の亭主か？」

「はァ？」

いきなり玉藻が顔をしかめた。違ったらしい。腰に手を当てて眉を吊り上げた玉藻は、隣で所在なげに立つ男を横目でじろりと見やり、冗談じゃない、と吐き捨てた。

「何が悲しくてこんな青菜みたいなのと夫婦にならなきゃいけないの。私は独り身だし、婿を取るならもっとシャキッとしてて賢くて可愛いのを選びます！」

「そ、そうか。それはすまぬ」

その条件だと自分は当てはまらないな、と頼政は反射的に思って少し悲しくなり、そんなことを考える自分に呆れた。「それで何の用だ」と頼政に問われ、玉藻が隣の男を無造作に指差す。

「この人、昨日宇治川の川辺をふらついてたんだ。ボロッボロの衣を体に巻いて、今にも川に倒れ込んで流れて行っちゃいそうなくらい弱っててさ。目の前で死なれるのも寝覚めが悪いし、とりあえず呼び止めて、粥を食わせてやったのね。身なりもあんまりだったから、ついでに着物も買ってやった」

「ほう。お主、意外に優しいところもあるのだな」

「『意外』って何。私はいつも優しいよ」

感心する頼政に玉藻がきっぱり反論する。言われてみれば、先の人魚の一件も玉藻がおしらという孤児を引き取ったことから始まったわけで、口こそ悪いものの、困っている人間を見過ごせない優しさは持ち合わせている女性なのだろう。納得した頼政は無礼な言い方をしてしまったことを丁寧に詫び、不安げに立つ若い男に向き直った。

玉藻の話によると、どうやらこの男は物乞いとか宿無しの類のようだ。可哀想な身の上だとは思うものの、人の多い街ではありふれた存在でもあり、わざわざ頼政に引き合わせる理由が分からない。

「施しが必要なら寺にでも行った方が良いのではないか？　住み込める職が必要ならば、心当たりに聞いてみることくらいはできるが」

「違う違う。そんな用件だったらわざわざ頼政様呼び止めないよ。自分で行くし」

「それもそうか。いや、だったら何の用なのだ？」

眉をひそめた頼政が改めて問う。と、玉藻は、丁寧に整えられた眉を八の字に傾けつつ、横目を隣の優男へと向けつつ、歯切れの悪い声を発した。

「それがねえ。どう言えばいいかな……。粥を食わせて落ち着かせて話を聞いてみたら、どうもこれ、ただの宿無しじゃなくて、お武家様とか少年君の領分だなと思ってさ」

「少年？　泰親のことか？　しかし何が言いたいのかさっぱり分からんぞ」

「仕方ないでしょ。私もこんな話初めてなんだから……。とりあえず本人から直接いきさつ聞いてみてよ」

困った顔の玉藻が投げ出すように言う。ますます事情が分からない。困惑した頼政は、おどおど視線を動かしている男へと向き直り、ふと、まだこの人物の名前すら聞いていないことに気が付いた。というわけで「そもそもお主、名は何というのだ」と問うたところ、男はいっそう弱気な顔になり、蚊の鳴くような声を発した。

「分からないのです……」

＊
＊
＊

その後、頼政は、玉藻と名前不詳の優男を伴って平等院の経蔵を訪れた。頼政が蔵の外から呼びかけると、泰親は読みかけの「本朝神仙伝」を手にして姿を見せ、玉藻の隣に立つ優男を見て目を細めた。

「……もしや、そちらの方は……玉藻のご亭主ですか？」

「違うわ！　なんでみんなそう思うわけ？」

呆れかえる玉藻を前に、泰親が「なんだ」と拍子抜けして胸を撫で下ろす。安堵したかのようにも見えるその反応に、玉藻が楽しげににやついた。

「あれ、もしかして旦那がいると思ってがっかりした？　だったら傷つけてごめんね」

「違いますが？」

「何そのそっけない反応。可愛くないなー」

「貴方に可愛がっていただこうとは思っておりませんので。それで頼政様、一体何用なのです？　こちらの方は？」

「それがなあ……。拙者も一通り話は聞いたのだが、どう説明すればよいものか」

先の玉藻同様に困った顔で言葉を濁す頼政である。「ほら、やっぱりそうなるでしょ」と言いたそうな玉藻と視線を交わした後、頼政は弱気な若者を見やって言った。

「やはり、ご本人から話していただいた方がよいだろう」

　とりあえず場所を変えようと泰親が提案し、四人は平等院の境内の一角、多宝塔の裏手へと移動した。頼政だけなら経蔵や宿坊に入れても問題はないが、遊行者である玉藻に加え、どこの誰とも知れない男もいるとなるとそうもいかない。土塀越しに宇治川の流れる音が響く中、泰親が「立ち話で恐縮ですが」と謝った上で話を促すと、弱り顔の青年はか細い声で切り出した。

「実は……信じていただけないとは思いますが……」

「話していただかないと審議しようもありませんよ。お続けください」

「は、はい……！　実は私……つい先日まで……竜宮城に行っていたのです」

「……『竜宮城』？　竜宮城というのは……あ、あの竜宮城ですか？」

　面食らった泰親が反射的に問い返す。男はこくりと無言で首肯し、たどたどしい口調で先を続けた。

　自分は内裏に仕える下級の貴族であったはずだ、と男は語った。

　頭の中に靄が掛かっているようで、名前や身分は思い出せないのだが、都の華麗な街並や、艶やかに着飾った貴族や女官が会する歌合わせや祭礼の様子などなどは、風情のある宇治の様子と合わせて、はっきりと記憶に残っているのだという。

　そんな男はある時、理由は覚えていないが海へと赴き、そこで大きな亀を釣り上げた。と、その亀は麗しい姫へと姿を変え、男を海中の竜宮城へと誘ったのである。

竜宮は竜王の支配する壮麗な御殿であった。そこで男は歓待を受け、姫と夫婦となって三年を過ごしたが、生まれ育った都が恋しくなったので一旦帰ることにした。だが、竜王の力で送ってもらったところ、着いたのはなぜか宇治で、しかも世間の様相はまるで変わってしまっていた。

記憶の中の静かな宇治の光景はどこにもなく、助けてくれた玉藻に話を聞いたところ、お前の話はどれも何百年も前のことのようだと言われてしまい、それで気が付いた。どうやら竜宮で三年を過ごす間に、現世では数百年が経過していたらしい……。

自分で自分の言葉が信じられないのだろう、男はおぼつかない口調でそう語り、「というわけなのです」と締めくくった。お疲れ様、と玉藻が労う。

「とまあ、そういうことらしいんだよね」

「そういうことらしいのだが……これをどう思う、泰親？」

「どうもこうも……。亀が姿を変えた姫、竜王の統べる竜宮城、戻ってみれば数百年後の世界……。いずれをとっても、『浦島子（うらしまこ）』ではありませんか」

多宝塔の陰で泰親は一度短く息を吞み、よく知られた伝説の主人公の名前を口にした。

そうなんだよ、と相槌を打ったのは玉藻である。

「私びっくりしちゃってさ。そんな馬鹿なって思ったんだけど、彼はどう見ても本気だし、よし、こういう時はとりあえずお武家様と少年だと思って」

「拙者たちを何だと思っているのだお主は！　……それで、どうなのだ泰親」

「どうと仰いますと」

「うむ。こちらの方の言葉を疑うわけではないが……その、浦島子のような話は、本当にあると思って良いのだろうか……？」

　おずおずと頼政が問いかける。自分でも非現実的なことを聞いているのは分かっているので、その声は相当不安げだったが、泰親は意外にも真剣な面持ちのまま、一同を見回して口を開いた。

「……私の知る限り、浦島子についての最古の記述は四百年ほど前のものです。『日本書紀』の雄略二二年、つまり今から六百五十年ほど昔に、浦島子なる男が亀を釣ったら女性に姿を変え、蓬萊山あるいは常世の国へ連れて行ってくれたとあります」

「蓬萊山に常世の国？　竜宮じゃないの？」

「竜宮という概念は比較的新しいのですよ、玉藻。ちょうど先ほどまで読んでいた『本朝神仙伝』、大江匡房様がまとめられた説話集ですが、あれには水江の浦島子が海中の蓬萊国を訪れて神仙になる話が採録されていました。また『丹後国風土記』には、与謝の浦島子が釣った五色の亀が『亀姫』なる女性の姿となって海中の御殿へ連れていってくれた話が記されています。二人は夫婦となりますが、三年後に浦島子が故郷に戻ると三百年経っていた。浦島子は玉匣を開けて老人となり、遠く別れた亀姫と歌を交わし合う……という筋書きです。『万葉集』にも浦島子の名は出ていますね」

「おお、それは知っておる。住吉の浦島子が神女に会い、最後は老いて死ぬのだったな。

だが、あれには亀は出なかったのではないか？」

「さすが頼政様お詳しい。そうです、浦島子の話は古来多く語られ、あるいは記録されていますが、細部は少しずつ違うのですよ。『続浦島子伝記』では、亀姫と浦島子は前世で夫婦だったという話になっていますね」

　玉藻や頼政の疑問に即座に回答しつつ、泰親が浦島伝説をすらすらと解説してみせる。流れるような語り口とその博識さに、自称竜宮帰りの若者は目を丸くして感心した。

「お若いのにとてもお詳しいのですね……！」

「でしょー。この子凄いんだから」

「なぜ玉藻が胸を張るのです」

　呆れてみせる泰親だが、褒められたこと自体は嬉しいようで白い肌は薄赤く染まっている。それに気付いた頼政はつい顔をほころばせていた。

　なお、泰親が解説した浦島子の伝説は、現代では「浦島太郎」という昔話として知られるものと同一である。「浦島太郎」という名前は南北朝時代以降に御伽草子によって広められたものであり、さらに江戸時代以降、童話として親しまれる中で、浦島が助けた亀と竜宮城の姫である乙姫が分離されて別個の存在となり、現代の「浦島太郎」が完成するのだが、それはこの場の誰もまだ知らぬことであった。

　ともかく、と泰親が若者を見上げる。

「貴方も浦島子の話はご存じなのですね？」

「え、ええ……。自分で言うのもおかしな話ですが、私の体験はまさしくあの伝説の通りだと思っておりますので」

「なるほど。大変興味深いお話です」

神妙な顔で泰親が相槌を打つ。その応対の仕方に頼政は少なからず驚いていた。現実的で冷静な泰親のことだから、まず否定してくると思っていたのだが……。

「……泰親。お主、この方の話を信じるのか？」

「勿論、非現実的な話だとは思っていますよ。一般的に言ってあり得ないとも思います。ただ、この方がそんな嘘を吐いたところで得をするとも思えませんし、何より、この世にはどうも私が思っていたよりも未知の事象は多そうだ、ということが最近分かってきましたから。故に、否定から入らないようにしようと心掛けているのです」

落ち着いた口調のままきっぱりと言い切る泰親である。少年とは思えない客観性に頼政は素直に感心し、対照的に玉藻は眉をひそめてみせた。

「そういうところが可愛くないんだよね。てかそもそも、竜宮ってほんとにあるの？」

「また難しい質問を……。竜宮は浦島子とはまた別系統の伝説――いや、一種の信仰ですから、一言では言えません。竜宮という名こそ割と新しいものの、竜という存在や水中の異界の話は相当古く幅広く、簡単に総括できるようなものではありません。頼政様も類例は幾つかご存じでしょう？」

「何？　ああ、豊玉姫の故郷である綿津見神之宮（わたつみのかみのみや）などか」

「海幸彦と山幸彦の神話に出てくる海中の異界ですね。あれに出てくる豊玉姫の一族は鰐であって竜ではないですけれど、近いと言っていいでしょう。いわゆる竜宮の在り様がいつ広く知られるようになったのか、はっきりしたことは言えませんが、水を通じて至った先にここととは異なる世界があり、そこは竜の支配する宮廷である……という話自体は、平安京が出来る頃にはもう語られていたようですね」

「『水を通じて至った』？　なんでそんなもって回った言い方するのさ。竜宮ってのは海の底にあるんでしょ」

「一概には言い切れません。俵藤太殿の百足退治の逸話では竜宮は琵琶湖の湖中にあったとされていますし、宇治大納言殿が集められた巷の伝承には、池や滝、淵や井戸から竜宮に至ったという話もあり、いずれも出自は不明瞭。いつの間にか皆に知られていたけれど、その話がいつどうして出来上がったのか、誰が言い出したか分からない……。そういうものなのですよ、竜宮城とは」

　そう言って泰親は解説を一旦締めくくり、ぽかんと聞き入っていた若者に向き直った。

「話が逸れてしまいました。申し訳ございません」

「い、いえ……。知らない話ばかりで新鮮でした」

「いずれも書物の受け売りばかりですが。それで一つ提案なのですが、お名前が分からないと不便ですし、ひとまず『浦島様』とお呼びしても構いませんか？」

　依然不安な顔の若者を見上げて泰親が問う。若者がこくりとうなずくと、泰親は心持ち姿勢を正し、「では浦島様」と声を発した。

「改めてお尋ねしますが——本当に貴方は数百年前の都の住人で、竜宮城を経てここに来られたのですか？」

「えっ」

この話の流れで今更それを問われるとは思っていなかったのだろう、若者——浦島が言葉に詰まる。困惑する浦島を見かねて頼政は思わず口を挟んだ。

「泰親、やはり疑っておるのか？　信じたのではなかったのか」

「信じたとは言っていませんし、真偽を確かめない事には処遇も決めようがありません。記憶以外の証拠があるなら是非拝見したいのですが」

「証拠……。あっ、でしたらこれが！」

そう言って浦島が懐から取り出したのは一本の横笛であった。竜笛といわれる雅楽用の笛で、長さは一尺三寸（約四十センチメートル）ばかり、本体は竹製で指孔は七つ。胴には細い籐蔓が絡みつき、吹き口の側の断面には錦を巻いた栓が詰められている。浦島が差し出した竜笛を見て、ほほう、と頼政が目を細めた。

「これはまた、なんともたおやかな……。派手さはないが細工は見事で嫌みがない。実に良い品であるが、この竜笛は一体」

「は、はい……。竜宮にて、我が妻の父君……竜王陛下から賜ったものでございます」

「ほう……！」

「いや、竜宮って海の中でしょ。そんなところに竹があるわけ？」

目を輝かせる頼政の隣で玉藻があからさまに訝しむ。それに反論したのは浦島ではなく泰親だった。

「竜宮とは水中にあるのではなく、水を通じて辿り着く異界。竹くらいは生えていても不自然ではないでしょう」

「そ、そうです……！　こちらの泰親様の仰る通りで……。竜宮の宮殿では自由に息が出来ましたし、その四方には春夏秋冬の風景が保たれた四つの広大な庭がありました。この笛はその四つの庭の一つ、夏の庭の竹を用いたものなのです」

「四季の風景の庭……？　確か、頼光公の訪れた大江山の酒呑童子の城の庭もそのようであったと聞いたが」

「季節が固定された庭園というのは神仙や鬼神の世界の定型ですからね。私も幾つも読んだことがあります。というわけで、申し訳ありませんが浦島様、この笛だけでは証拠には弱いかと。何か、そこに行った人しか持ち帰れない文物や、そこに行かないと知り得ない事柄などはありませんか？　玉手箱などはもらっていないのですか？」

「も、もらっておりません……。少し様子見に帰るだけのつもりだったので……」

詰問された浦島が弱った顔で言葉を濁す。嘘を言っているようには見えないし、力になってやりたいとも思うが、さりとて信憑性に欠けるのもまた事実。どうしたものかと頼政が思案していると、玉藻が脇から割り込んだ。

「あんた——じゃなかった浦島様、竜王様のお墓にお参りしたとか言ってなかった？　そこで何か変わったもの見てないの？」

「え？　あ、そうだ、そうです！　王族の墳墓に、先代竜王の遺骨が祀られているのをこの目で見ました！」

玉藻の助け舟を受けた浦島が大きな声を発する。「遺骨？」と問い返す泰親を、浦島はしっかり見返し勢いよくうなずいた。

「竜王は普段は人の姿をしておいでなのですが、その本性は巨大な竜なのです！　竜族の寿命は人の何百倍もありますが決して不死ではなく、身罷られた歴代竜王の頭骨は墓所に祀られることとなっているのです」

「ふむ……。そういった記述は文献では読んだことがないですね。頭骨の様子は覚えておられますか？」

「はい勿論！　このように大きくて——」

再度浦島が首肯し、両手を広げてみせる。説明を続けるかと思いきや、竜宮帰りの若者は眉根を寄せて押し黙り、「よろしければ絵筆と紙をお借りできますか」と申し出た。

「ううむ……！」

筆を求めて向かった先、平等院の宿坊の一室、泰親の起居している部屋にて。浦島がさらさらと描いてみせた絵を前に、頼政は唸り声をあげた。

文机の上の紙に描かれているのは、二本の大きな角を備えた異形の頭蓋骨であった。

　全体はずんぐりと丸く、眼窩は暗く落ち窪み、その斜め後ろ、後頭部にあたる部分からは婉曲した長い角が一対伸びている。相当古い物なのだろう、全体がひどく摩耗しており、鼻や口先、角の先端部などは欠落してしまっていたが、二本の角を備えた異形の存在の頭骨であることは一目瞭然であった。疑り深い玉藻や泰親も同じように思ったのだろう、二人は目を丸くして顔を見合わせ、神妙な顔でうなずき合った。

「なるほどねえ。これは……」

「ええ。正しく、竜の頭骨……のように見えますね。想像で描いたら鹿のようなものになりそうなものですが、これは鹿どころかどんな獣にも似ていませんし、摩耗し、欠損しているのも、いかにも真実味があります。まるで本物を見たかのよう」

「あ、あの……『見たかのよう』ではなく、見たままを描いただけでございます」

　息を呑む泰親の言葉を浦島がぼそりと訂正し、「大きさは二尺余り、角の長さは三尺はありました」と付け足した。

　その控えめな補足を受け、頼政は再度絵を見つめた。竜の具体的な身の丈などこれまで考えたことがなかったので、頭頂部から目元までで二尺（約六十センチメートル）と言われても、どう反応していいのかよく分からない。

「それにしても浦島殿、絵が巧みなのだな。いくら自分の目で見たものとて、拙者、とてもこのようには描けぬぞ」

「あ、それは私も思った。浦島様、京にいた時は絵師だったんじゃないの？」

「そ、そうなのでしょうか……？」

「頼りないなあもう。しっかりしなよ。ともかくこの絵のおかげで泰親様もあんたの話を信じたみたいだし、後は面倒見てもらってね。じゃ」

筆を握ったまま戸惑う浦島に、玉藻があっけらかんと言い放つ。その宣言を受け、泰親と浦島は同時に「え」と意外そうな声をあげた。

「私はまだ完全に信じたわけではないですが」

「えー？　この期に及んでまだ疑ってるの？」

「反証できない以上、ひとまずそういうことにしておこうと思っているだけです。と言うか玉藻、この方を置いていくつもりなのですか？」

「そ、そうなのですか……？」

「何を不安がってるの。子供ならともかく、大の男の面倒見てられるほど暇じゃないんです、こっちは。日銭を稼がなきゃいけないんだから」

「だから安倍家直伝などと称して符や薬を売る、と？　勝手に人の家の名前を使うなど、あまり褒められたやり方ではないですね」

「あ、知ってた？　いやー、最近はそう言うとよく売れるんだよねえ。安倍晴明公の名前はみんな知ってるし」

泰親に冷ややかな視線を向けられ、玉藻は悪びれずに微笑んでみせた。

　この玉藻のように、高名な術者の威光を利用したり、その親族や弟子だと自称したりする民間宗教者は古代から多く存在していた。安倍晴明に由来するとされる史跡は日本各地に点在しているが、その背景には、勝手に逸話を広めて回った民間宗教者の存在があったと考えられている。

　咎めても無駄だと知っているのだろう、泰親はやれやれと溜息を落とし、くたびれた視線を頼政に向けた。

「しかし、浦島様の処遇はいかがいたしましょう。私も平等院に居候している身、素性も分からぬ人を受け入れろとは言いづらいのですが」

「ならば、拙者から忠実様に頼んでみるか」

　頼政が寝泊まりしている藤原忠実の屋敷は、宇治でも一、二を争う程に広大だ。政争に負けて隠棲した前関白を訪ねる人がそう多いはずもないため、常に来客用の棟が幾つか空いているし、忠実に頼めば浦島を京に送ってもらうこともできるはずだ。頼政の言葉を聞いた浦島は「よろしくお願いいたします」と一礼し、さらに玉藻にも頭を下げた。

「玉藻様にも本当にお世話になりました。このお礼は必ずいたしますので……」

「お気遣いなく。元の時代に帰れますように……ってのはかなり難しそうだけど、せめて昔のことをちゃんと思い出せるといいね。じゃ、元気で――って、忘れてた！　ちょっとちょっとお武家様」

「拙者か？　何だ、出し抜けに」

「この浦島様の着物を買ってあげたって言ったじゃない。その代金返してくれない」

帰ろうとしていた玉藻が無造作に頼政に掌を突き出す。頼政は「はあ？　なんで拙者が」と戸惑ったが、玉藻に「宇治の治安を守るお役目なんでしょ」と言われると、渋々懐に手を入れ、銭の袋を取り出した。

「持ち合わせはあまりないのだが」

「あるだけでいいよ」

「馬鹿を言え。古着一揃いなら、まあ、これくらいであろう」

ぶつぶつ言いながら頼政が数枚の銭を玉藻に手渡す。浦島は申し訳なさそうに恐縮しており、泰親は「何だかんだ言っても払うんですね頼政様……」と、賞賛とも呆れともつかないような言葉を漏らしていたが、ふと目を細めて玉藻に尋ねた。

「玉藻。この浦島様の前で着物を買ったのですか？」

「うん、古着だけどね。市に出すために古着を溜めてる家を知ってたからさ、そこを訪ねて……。それがどうかした？」

銭の枚数を確かめながら玉藻が問い返す。と、この中で一番若いが最も博識な少年は、きょとんとしている浦島を横目で見やり、「何でもないです」と首を横に振った。

＊　＊　＊

その後、頼政は浦島を連れて富家殿に戻り、屋敷の主である忠実に浦島を引き合わせた。見るからに粗末な身なりの浦島に、忠実は「何だこいつは」「こんなのを屋敷に入れるな」と言わんばかりの視線を向けていたが、頼政が浦島の境遇を話して聞かせると目を輝かせ、大きく身を乗り出した。

「何百年も前の京の都から、竜宮城を経て今の宇治に参ったとな？　それはまた、何とも数奇で面白い！」

「きょっ、恐縮でございます……」

広大な庭に向かって開けた主殿の広間で、浦島がかしこまって平伏する。「お辞儀をする」と言うよりも「這いつくばる」と言った方が正しいくらいのひれ伏しぶりに、円座に陣取った忠実は困惑気味に首を傾げた。

「そんなに怖がらずとも良いじゃろう。別に取って食いはせん」

「し、しかし……こちらの頼政様に伺ったところ、忠実様は、先の藤原家の氏長者にして、前関白であらせられるとか……！　私の乏しい記憶によれば、藤原家と言えば、朝廷、ひいてはこの国全てを差配される、神にも等しい偉大な一族で」

「いつの話をしておるんじゃい。実権はとっくに鳥羽の法皇陛下に移っておるぞ。お主、余をからかっておるのか？」

「……あの、忠実様、忠実様。浦島様は数百年前の方なので」

我ながら何と非現実的な指摘だと呆れつつ、頼政がぼそりと声を掛ける。それを聞いた忠実は、はっと目を瞬き、ああ、と相槌を打った。

「そうかそうか、藤原家全盛の時代のお人ということか。何せ竜宮帰りの者と会うのは初めてなものでな……。昔と今とでは勝手が違うから、驚くことも多かろう」

「は、はい……。道中で頼政様に伺ったのですが、仏暦によれば、今は末法の世だそうで……。衆生を救うべき各地の寺院は荘園の拡大にいそしみ、都に強訴を繰り返していると も聞きました。穏やかで艶やかな都しか知らぬ身としては、何と乱暴な世になってしまったものかと、ただもう、怯えるばかりでございます」

もともと色白な顔を蒼白に染め、浦島が細い体を震わせる。今にも血の気を失って倒れてしまいそうな浦島を前に、忠実は頼政と顔を見合わせた後、ふむ、と独り言ち、浦島に向き直った。

「それで浦島とやら、これからどうする？　その方が望むなら、元いた京に送らせることもできるが」

「め、滅相もございません……！」

忠実が口にした提案を浦島が慌てて否定する。さらに浦島は、念を押すように首を左右に激しく降り、青ざめた顔のまま続けた。

「聞くところによると、都の様相も随分変わってしまったようで……そのような都を見るのは辛うございます。私を知る者がまだ残っているとも思えませんし……」

「それはまあそうじゃろうなあ。よし、であれば、落ち着くまでここに逗留しておればよい。身の振り方はその後に考えよ」

「あ、ありがとうございます……！」

「そう大仰にかしこまるな。やりづらいじゃろうが。まずは湯浴みで身を清め、身なりを整えてくるがよい。頼政、風呂に案内してやれ。屋敷の者に着替えの支度もさせよ」

　竜宮帰りの男への物珍しさに加え、久々に客人が来たのが純粋に嬉しいのだろう、うきうきした口調で忠実が頼政に命じる。かしこまりました、と頭を下げる頼政の隣で、浦島は意外そうに目を丸くした。

「風呂……でございますか？」

「風呂はこの屋敷の自慢の一つじゃ。やはり宇治と言えば塩風呂じゃろう……と言うても分からんか。新しい流行じゃからな。まあ、一息吐いたら、ゆっくり話を聞かせてくれ」

「何から何までありがとうございます……。竜宮城の話で良ければいくらでも」

　忠実の鷹揚な言葉を受け、浦島がはは一っと頭を下げる。と、それを聞いた忠実はふと眉を寄せ、「竜宮か」とつぶやいた。あまり乗り気ではないような口ぶりである。

　どうしたのだろうと訝しんだ頼政、顔を上げた浦島が見つめる先で、かつて都を牛耳った一族の末裔であり、今やすっかり実権を失った元関白は、こう続けた。

「竜宮城の話も良いが——それよりも余は、昔の華やかな京のことを聞きたいのう」

＊　＊　＊

それから半月ほどが過ぎたある雨の日のこと。見回り中の頼政が平等院に立ち寄ると、経蔵の軒下の濡れ縁で、泰親と玉藻が双六盤を挟んで向かい合っていた。

泰親は盤を見据えて黙考中で、その対面に座っている玉藻は、菊の花びらを浮かべた白い盃を手に薄い笑みを浮かべている。蓑笠姿の頼政が声を掛けると、泰親は顔を上げて会釈し、玉藻は盃を飲み干した上でそれを掲げた。傍らに置かれた片口の酒器の中には、澄んだ酒の中に菊の花弁が舞っている。

「雨の日も大変だねー。お武家様もどう、一杯」

「ほう、菊酒か。これはどうも……。しかし菊酒は重陽の節句に飲むものであろう？　まだ少し早くないか」

笠と蓑を脱いだ頼政が空の盃を受け取りつつ怪訝な顔をする。玉藻は「固いこと言わないの」と菊酒を注ぎ、盤の向こうに控える泰親に横目を向けた。

「泰親様は酒には付き合ってくれないからさ、つまんないんだよね。雨だと商売あがったりだし、暇つぶしに来てやったのに」

「寺は暇つぶしに来る場所ではありませんよ、まったく……。では私はこれとこれをこう動かすこととします。はい、どうぞ」

「うわー、またそういういやらしいことをする！　そういう性格嫌われるよ」

「いやらしさなら貴方の方が私の数倍上でしょうに。本当にいやらしい」

「私が卑猥みたいな言い方やめてくれる？」

「すぐにそうやって曲解する……。玉藻の番ですよ」

　大袈裟に眉をひそめてみせる玉藻の視線を、泰親がしれっと受け流して言い返す。その表情や口調はいつも通り平静だったが、頼政には泰親が玉藻との双六勝負を楽しんでいることがよく分かった。利発な者同士、いい試合ができるのだろう。自分ではまるで勝負にならないからなあと自嘲しつつ、頼政が腰を下ろして菊酒を味わっていると、その表情に気付いた泰親が軽く首を傾げた。

「何がおかしいのです？」

「ああ。泰親にもようやく良い友人が出来たなと思ってな」

「玉藻と知己になったつもりはありませんが」

「これと友達になった覚えはないけど？」

　頼政が何気なく口にした一言に泰親と玉藻がほぼ同時に言い返す。その息の合いように頼政が思わず噴き出すと、笑われた二人はお互いの顔を見交わした。泰親がやれやれと肩をすくめ、玉藻がするりと話題を変える。

「頼政様、あの人はどうしてる？　元気？」

「あの人とは」

「竜宮帰りの浦島様。まだ富家殿にいるんでしょ？」

　賽子を振った玉藻が盤面から顔を上げることなく問いかける。放浪していた浦島を最初に保護した身としては、その後の様子が気になるようだ。「玉藻は本当に優しいのだな」と頼政が笑みを浮かべると、玉藻はぎろりと頼政を睨んだ。

「だからね、そのまっすぐな褒め方をやめなさい」

「なぜ褒めたのに怒られるのだ」

「自分で考えてよ。で？　彼は元気なの？」

「安心しろ。浦島殿はいたって息災だ。依然、名前や身分の記憶は戻ってはいないものの、竜宮に行く前に暮らしていた京の街の様子のことは随分詳しく思い出せるようになってきたと言っておられる。幸い今の生活にもなじまれたようでな、最近は顔色もいい」

「え。そうなんだ。……ちょっと意外だな」

「意外？　何がだ」

空になった盃を手に頼政が問い返す。きょとんとした顔を向けられた玉藻は、自分の駒を進めながら「だってさ」と応じた。

「彼、大事なお姫様を竜宮に置きっぱなしなわけでしょ？　姫君に会いたい気持ちが募って募って食事も喉を通らない……みたいな状態になってるものかと思ってた。ほら、ああいう青白いナヨナヨしたのって、心の不調がすぐ体に出て弱って死ぬじゃない」

「それは偏見だ」

玉藻の口の悪さに眉をひそめつつも、頼政は「言われてみれば」と得心してもいた。浦島によると、彼と竜宮城の姫は相思相愛の夫婦だったはずなのに、彼からは「一刻も早く妻と再会したい」という切迫感はあまり伝わってこないのだ。竜宮に帰ることを諦めてしまっているのだろうかと自問する頼政に、今度は泰親が問いかける。

「忠実様は随分と浦島様をお気に入りと聞きましたが」

「うむ。忠実様は、何ならこのまま富家殿におれば良いとまで仰せだ。忠実様が彼の話を広めたおかげで、最近は都からの客人も多くてな。皆、華やかだった都のことを聞きたがり、浦島殿も嬉しそうに応えておられる」

「竜宮じゃなくて昔の都の話が人気なの？　私だったら竜宮の方が気になるけど」

玉藻が素直な感想を漏らせば、それを聞いた泰親は無言のままなぜか軽く眉根を寄せた。

「そう思うのは分からんでもない」と頼政が玉藻に相槌を打つ。

「だが、実際に聞いてみると分かるぞ。浦島殿の語る往年の都の様子には、そこで生きていた方ならではの真実味があり、思わず引き込まれてしまうのだ。絢爛豪華な都には管弦の音が優雅に響き、色とりどりに飾られた牛車が夜道を行き交う。人々は、春には花見や曲水の宴、夏には蛍、秋には鈴虫、冬には紅葉と、四季折々の情景を心から慈しみ、麗しい若君は垣根越しに見た姫に恋をして、奥ゆかしく歌を交わす……。あの方の話す都は、実に煌びやかで鮮やかで、『源氏物語』に描かれたような世界そのものなのだ。話を聞かれた方は皆、願わくはその時代に生まれたかったと、口々に――」

「なるほどねえ。みんな、今を忘れたいんだ」

思い入れたっぷりな頼政の語りを受け、玉藻が抑えた声を漏らす。そういう感想が返ってくると思っていなかったのだろう、頼政は目を丸くした後、寂しそうに苦笑した。

「……まあ、そうかもしれんな。今はどこもかしこも殺伐とした末法の世。宇治は比較的落ち着いてはいるが、各地で反乱や争いは相次いでいるし、大きな合戦が近いという話も方々で聞く。そんな時世である以上、雅やかで豊かで平和だった過去に惹かれるのは当然のことであろう。拙者とて、戻れるものならそんな過去の時代に戻りたい」

「過去……ですか」

ぼそりと言ったのは黙っていた泰親である。思いつめたような泰親の表情に、頼政は軽く首を捻った。

「お主は最近、浦島殿の話題になるといつもそういう顔になるな。どうかしたのか？」

「それは――。ああ、いえ。何でもありません」

泰親は何かを言い淀み、盤面の上の賽子を取って振った。黙々と駒を進める泰親を前に、頼政は玉藻と顔を見合わせた。

その後、頼政は菊酒をちびりちびりと味わいながら双六の勝負を観戦し、玉藻が辛勝したのを見届けると、蓑と笠を身に着けて雨の中を歩き去った。

泰親とともに残された玉藻は、しばらくその後ろ姿を見送っていたが、やがて頼政が見えなくなると盤面の上に身を乗り出し、泰親に顔を近づけた。

「あのさ、少年。ずっと抱えてるのは体に良くないよ」

「……何のことです？　私が何か抱えているとでも」

「うん。確証はないけどね。賢い少年のことだから、言われなくても分かってるだろうけど……この世の中、放っておいて改善することなんてまずないよ。事態をどうにかしたいなら、気付いた人が動かないと」

　そう言うと玉藻はガチャガチャと駒を集めて片付け、市女笠を頭に載せて腰を上げた。

「じゃ、私はそろそろ帰るから」

「お気を付けて」

「相変わらずそっけないなあ。『たまには夜に会いたいものです』とか言いなさいよ」

「心にもないことは言えません」

「可愛くない事」

　澄ました顔の泰親を冷ややかに一瞥し、玉藻は雨の中を早足で去っていく。一人その場に残った泰親は、盤の前に座ったまま考え込んでいたが、ややあって勢いよく立ち上がり、双六盤一式を抱えて経蔵の中へと消えた。


　それから二刻（約一時間）後、泰親は平等院の本堂の脇で弥三郎を呼び止め、折り畳んだ懐紙の束を手渡した。いずれの表にも達筆で宛名が記されている。

「ここに書かれているお名前は、鳥羽や京の御方ばかりとお見受けしますが」

「ええ。それぞれの宛名の方のところへ届けてほしいのです。手数を掛けますが、ただ配るのではなく、その場で読んでいただき、回答をもらってくるように。なお、この件はくれぐれも内密にお願いします。……特に、頼政様には知られぬこと」

文を受け取った弥三郎を前に、腹を括った顔の泰親が淡々と命じる。泰親にしては不明瞭な指示に、弥三郎は一瞬だけ首を傾げたが、すぐに姿勢を正し、かしこまりました、と深く頭を下げた。

＊　＊　＊

それからまた半月ほどが経ったある日の夕刻、頼政宛ての文を携えた弥三郎が富家殿を訪れた。差出人は泰親で、明朝、浦島を連れて三室戸寺まで来てほしいとの旨が、泰親らしい正確な筆致で記されていた。

その日、浦島は、屋敷の主の忠実に笛を聞かせているところだったが、頼政が泰親からの呼び出しのことを伝えると、竜王から授かった笛を手にしたまま快諾した。

「しかし、安倍家の氏長者殿が私に何用なのでしょう」

「それが分からんのだ。泰親のやつ、普段は饒舌なくせに、この文にはただ来てくれとしか記されておらん」

「三室戸寺ということは、紅葉狩りの誘いではないのか？　紅葉を愛でて歌を詠む、実に風流ではないか」

「恐れながら、紅葉狩りにはまだ早いかと……」

口を挟んできた忠実に頼政が言葉を濁して首を傾げる。宇治川の東岸、小高い丘の上に位置する三室戸寺は紅葉の名所として知られる寺ではあるが、宇治の紅葉はようやく色づき始めたばかりだ。そもそも泰親とはしょっちゅう顔を合わせているのに、わざわざ文で呼び出すのも謎である。そう言えば玉藻や弥三郎をここ数日見ていなかったが、そのことと関係あるのだろうか……？

頼政の胸中に幾つかの疑問が浮かんだが、思案して答が分かるはずもない。明日泰親に聞けばよかろうと頼政は判断し、一礼してその場を後にした。

＊　＊　＊

翌朝、頼政と浦島が三室戸寺を訪れると、赤や黄色を帯び始めた紅葉の林の中、泰親が神妙な顔で立っていた。その隣には、白拍子姿の娘が一人、これまた難しい顔をして、横たえた笈に腰を掛けている。玉藻である。

いずれも見知った相手だがどうも雰囲気がおかしい。頼政と浦島は、挨拶もそこそこに困惑した顔を見合わせ、自分たちを呼び出した相手に歩み寄った。

「どうしたのだ泰親。何かあったのか？　なぜここに？」

「申し訳ございません。平等院や富家殿のように人の出入りの多い場所では、誰に聞かれるとも分かりませんので」

　頼政に応じる泰親の声は表情同様に神妙だ。頼政以上に戸惑った顔の浦島は「一体、何のお話を」と尋ねようとしたが、それより先に泰親が口を開いていた。

「……ここしばらくの間、弥三郎や玉藻の手も借りて、調べものをしておりました」

「調べもの？　最近姿を見なかったのはそういうわけか。しかし、人手が要ったのならば、拙者にも声を掛けてくれれば良かったものを」

「頼政様を巻き込みたくはなかったのです。私の取り越し苦労であれば、それに越したことはありませんでしたから……。しかし昨日、答が出ました。いや、答はずっと前から見えていたわけですから、『確信に至った』と言うべきですね」

　頼政やその隣の浦島とは視線を合わせようとしないまま、泰親がぽつりぽつりと言葉を重ねる。要領を得ない物言いに頼政はいっそう困惑した。いつもなら軽口で割り込んでくる玉藻が、やりきれない顔で沈黙しているのがまた不可解だ。

「待て、さっぱり分からんぞ泰親。一体何の話をしておるのだ？」

「失敬。では、結論から申し上げますが――」

　そこで一旦息継ぎを挟み、泰親は浦島へと向き直った。

　幼いが真剣で真摯な眼差しが、ひょろりとした優男をまっすぐ見据え、小さな口から発せられた若々しい声が、男の名前を明瞭に呼ぶ。

「浦島様。貴方は数百年前の都の住人でもなければ、竜宮城に行ってもいません」

「……え」

「貴方は紛うことなく、現代の貴族です」

「な、何を――」

「おい泰親？　今さら何を言い出すのだ？」

はっと息を呑んだ浦島の隣で頼政が面食らった声を出す。その話題については、反証できない以上、そういうことにしておくと、泰親が自分でそう言っていたではないか。眉をひそめる二人の前で、若く聡明な陰陽師は、冷静な態度を保ったまま「順を追ってご説明いたします」と言い足し、懐から折り畳んだ紙を取り出した。

広げられた紙には、二本の長い角を有した頭骨の絵が巧みな筆致で描かれていた。先日、浦島が描いてみせた竜王の頭骨の図である。これが何か、と浦島が首を傾げる。

「この絵は確かに私が見たままを描いたものですが……」

「これがどうしたというのだ？　泰親もよく描けていると評しておったではないか。どんな獣の骨にも似ていないし、摩耗し欠損しているのも真実味があると」

「はい。確かに申し上げました。……玉藻」

「はいはい」

ぶっきらぼうに応じた玉藻が笈から取り出したのは、鹿や狐、それに猿の頭蓋骨だった。まじないか外術で使うものなのだろう、いずれも煙で煤けており、頭頂部には梵字が記されている。

「商売道具なんだから壊さないでよ？」

「その点はご心配なく。さて浦島様、これらをご覧ください」

玉藻が笈の上に並べた獣の頭骨を泰親が示す。浦島が歩み寄ってしゃがみこむと、泰親はその正面に立って続けた。

「人を含めた多くの生き物は、その体に共通した構造を持っています。頭骨について言うならば、見ての通り、どんな獣であっても、眼窩が二つあってその下に鼻孔があり、さらに下には口があって、顎の部分で上下に分割される」

「は、はあ……。そのことは存じていますが、それが何か」

「はい。いかに姿や大きさが違っても、これらの要素は皆同じです。そのことを踏まえて考えると、おそらくこの図は、上下が逆なのです」

そう言うと泰親は、竜王の頭骨の図の上下をぐるりとひっくり返し、狐や鹿の頭骨の隣に置いた。待て、と声を出したのは頼政である。

「逆だと？　これでは竜の角が口元から生えることになってしまうぞ」

「そ、そうです！　この向きではまるで、角ではなく牙であるかのような……」

「その通りです浦島様」

「……え？」

「これはおそろしく長い牙なのですよ。角ではありません。そしてこれは竜ではない」

「牙？　竜ではない……？　何を言っておられるのです？　では、この骨は――」

「象でしょうね」

浦島が質問を言い終えるより早く、泰親がきっぱりと明言した。「象？」と問い返す頼政たちに向かって泰親はうなずき、口を開いて話し始めた。

「頼政様には先の鵺の一件の時にも説明しましたが、象とは長い鼻と長い牙を有した巨軀の獣。今では天竺より西にしかいないようですが、日本から海を隔てたすぐ隣、渤海の北部から象の古い骨が出土したという記録を読んだことがあります。おそらく象は、かつては今より広い範囲に生息しており、この国にもいたのでしょう。そうですね」

「みたいだね」

相槌を打ったのは玉藻だった。腕を組んだ玉藻は、少年に頼まれて聞き歩いたんだ、と前置きし、伏し目がちに続けた。

「これは、山に分け入って修行してる行者から聞いた話だけどね。そのおっさんが言うには、宇治の南のお山の中、宇治川に合流する川を遡った方角……あの日、浦島様がふらふら歩いてきた方角のずっと先の、狩人もまず行かないような深山に、こういう格好の古ーい頭蓋骨が、土の中から顔を出してる崖があるんだってさ」

「え？　お、お待ちください……！　何を仰りたいのです」

「……もうお分かりなのではないですか、浦島様？　玉藻の言った骨を貴方が見たとまで断言するつもりはありませんが、問題は、このような形の骨は近郊の山でも出土するということ。十中八九、浦島様が見たのは竜の骨ではありません。おそらく貴方は、深山を彷徨う中で、象の頭骨を目撃されたのです」

青ざめて震える浦島に向かって泰親が毅然と言い放つ。浦島は「そんな!」ととっさに言い返したが、その後に言葉が続く気配はなかった。

なお、出土した古代種の象の頭骨を竜のものと誤認する事例は実際に記録されている。京都府の隣に位置する滋賀県では、竜の頭骨が見つかったとされる場所に、時の領主が竜神を祀った祠を建てているが、後世の鑑定により、ここから出た化石は約三十万年前に絶滅したトウヨウゾウのものと認定された。

絶句したままの浦島に向かって泰親は「そして」と続ける。

「この絵が教えてくれたことはそれだけではありません。見たものをここまで正確に描けるということは、貴方は専門の絵師か、あるいは絵師に手ほどきを受けた人物である可能性が高い。鳥羽のご僧正に絵を習った時の伝手も使って、幾人かのお方に文で尋ねてみたところ、分かったことがありました」

「なっ、な、何が……」

「……何が分かったというのだ、泰親」

怯える声を漏らす浦島をそっと支えながら、頼政が抑えた声で問いかける。泰親はやりきれない顔で玉藻と視線を交わし、小さくうなずいて言った。

「現在、宮中で『源氏物語』を絵巻にする計画が進められているのです。『源氏』は既に広く読まれている作品ですが、文字より絵の方が圧倒的に伝わりやすいですからね。華やかで雅やかで平和だった時代を懐古し、朝廷の威信を広く印象付けるという目的の下、右中将の源師時様が中心となり、才能のある若手の貴族を集めて進めておられるそうです。そして、その計画に携わる貴族の一人が、しばらく前に行方をくらましているので……。位は五位の大夫、名を清原辰季」

「き――きよはらの、たつすえ」

「そうです浦島様。文で教えていただいたところによると、この辰季殿、かつての栄華の時代への思い入れが誰より強く、絵が達者で、笛が好きな若者だったそうです。周防の役人の家に生まれるも兵同士の争いで家族を失い、京の清原家の養子となられたとか……。ある若い女官と将来を誓い合っていたそうですが、この女性は流行り病の後遺症で長らく寝付いたままだったところを、さる寺院の僧兵が強訴のために起こした火災に巻き込まれ、あえなく命を落としてしまわれた。それ以来清原様は塞ぎこんでしまい、なぜ自分はこんな末法の時代に生まれてしまったのだ、こんな世界はもう嫌だ、どこかへ行きたいと繰り返していたようです」

「遁世願望ってやつだよね。まあこのご時世、珍しくはないけれど」

　やるせない声を漏らしたのは玉藻である。玉藻の言うように、世情が乱れつつあったこの時代、極楽往生を説く浄土信仰の広がりや、各地を回って出家を促す勧進聖の活動により、世間から離脱しようとする者は増加傾向にあった。詩文のような文化芸術を好む若手の貴族には、世間の文化への関心が薄くなったことに絶望して出家の道を選んだものも多く、西行などがよく知られている。

「……ま、待て、泰親！」

聞き手に徹していた頼政が口を挟んだ。泰親の言葉は理論的で説得力があるが、自分の心がそれを認めたくないと言っている。待て、と仕草でも念を押し、怯えて押し黙る浦島を見やった後、頼政は慎重な声で続けた。

「……つまり、お主はこう言いたいのか？　その、清原辰季なる人物が」

「はい。浦島様の正体です。そういうことなのですよ、浦島様……いいえ、清原様。貴方は世をはかなんだ現代の貴族です。かつての栄華の時代の住人でもなければ、竜宮城に行ってもいない」

「ち、違います！　私は、私は、本当に、何百年も前の都に」

「それを証明するものは何もないんですよ、清原辰季様」

「聞きたくないッ！　その名前で呼ばないでください！」

突如浦島が声を張り上げた。

紅葉の葉がざわりと揺れる中、線の細い優男が初めて発した大声に、頼政、そして玉藻もぎょっと目を見開く。

だが、泰親は全く動じることなく、冷徹な表情のまま――正確に描写するなら、「冷徹であらねばならない」と自分を律しているような表情のまま――首を強く横に振り、浦島、あるいは辰季に歩み寄った。たじろぐ若者を見上げ、年少の陰陽師がさらに続ける。

「申し訳ありませんが、そのお願いに応じるつもりはありませんし、聞いていただかなければ困ります。貴方は現代に生まれ育ち、現世に絶望した貴族です。遁世願望を抱いた人は出家するのが常ですが、寺院の強訴で恋人を失った方であれば、仏門に下る気にはなれないはず。おそらく貴方は、人のいない場所に消えてしまいたいと思って、単身、山に分け入ったのです。あり得る話だと思いませんか、頼政様？」

「え、拙者に聞くのか？　いやそれは……大いにありそうな話ではあるとは思うが」

「ご賛同ありがとうございます。そうです、そうして山に入った貴方は、山中で象の骨を見たのです。既に心身が弱り切っていた貴方の心には『人里離れた異郷で竜のような形の骨を見た』という印象だけが残り、貴方はそれを真実の記憶だと思い込んでしまった。竜と言えば竜宮城、竜宮城と言えば浦島子と連想するのは自然です。さらにそこに、貴方の中にあった思いが――平和で華やかだった時代に憧れる気持ちや現代への絶望が――混ざり込み、『数百年の昔の都の住人が竜宮城から帰ってきた』という記憶が出来上がってしまったのでしょう」

「……で、そのままふらふら下山してきたところを、私が見つけて拾った、と」

泰親の勢いのある解説を受け、玉藻が肩をすくめて補足する。そういうことです、と泰親がうなずき、無言で震え続ける浦島、もしくは辰季を見た。

「貴方が都に行くのを拒んだのは本能的な忌避感からだと思われます。都に戻ってしまえば、自分を知る人物と顔を合わせる可能性もある。そうすると、せっかく自分の中に作り上げた物語が崩れてしまいますから」

「『物語』？　い、いえ、物語などではありません……！　私は」

「物語ですよ。全ては貴方が作り上げたお話です。そう考えると、貴方が竜宮城の姫君との再会を切望しなかった理由も説明が付いてしまう。竜宮城の姫君とは、貴方と思いを交わした女性の在りし日の姿から生まれた架空の存在なのでしょう。その女性は既にこの世にはなく、故に再会は絶対に叶わないことを、貴方は心の奥底で理解してしまっていた。だから積極的に竜宮に戻ろうとしなかったのです」

「ち、違います！　なんてことを……！　私は本当に竜宮城に行ったのです！」

「行っていません。そんな場所はこの世のどこにも存在しない」

「嘘だッ！　私は――わた、私は、確かに――」

「……嘘ではないのですよ、辰季」

　ふいに響いた男性の声が、悲痛な叫び声を遮った。

　その場の全員がはっと振り返った先、紅葉の大樹の陰から現れたのは、落ち着いた雰囲気を湛えた、衣冠装束の貴族であった。年の頃は五十ほど、小柄な体に縫腋袍と呼ばれる上着を纏い、穏やかな顔には若干の皺。頼政にとっては知らない顔だったが、浦島あるいは辰季は、その顔を見るなり絶句して固まってしまった。

「長らくお控えいただき恐縮です」

　泰親が深々と一礼し、戸惑う頼政に向き直る。

「ご紹介いたします頼政様。こちら、右中将の源師時様であられます」

「源師時と申します。お初にお目にかかります、頼政様」

「これはどうもご丁寧に……待て。師時殿？　その名は今しがた泰親が」

はっと息を吞む頼政である。紹介されたばかりの師時が小さくうなずく。

「ええ。私、『源氏物語』の絵巻の作成にあたって責任者を務めておりまして、こちらの男……清原辰季の上司でございます。……話は全て、泰親様から伺いました。難儀したようですね、辰季」

「え。あ。いや、わた、私は、うら――」

浦島である、と言い切ることはもはやできなくなったのだろう、浦島、いや、清原辰季の声がふっと途切れる。見開いた目を師時に向けたまま静止した辰季を見て、泰親は玉藻と顔を見交わした。

「……どうやら、完全に思い出されたようですね」

「みたいだね。全部少年の読み通りだったってわけだ。喜びなよ」

「無理を言わないでください」

まじないの記された頭骨を片付けながら軽口を叩く玉藻に、泰親が寂しい自嘲を返す。そのやりとりに頼政は思わず「待て」と割り込んでいた。

当人を知る人物が現れた以上、浦島が清原辰季なる人物であることはもう疑う余地はない。だがしかし、泰親がそこに気付けた理由が分からない。

「泰親。お主は、浦島殿……清原殿の素性にいつから気付いておったのだ？」

「いつからと言われれば、最初からですよ」

「……何？」

「頼政様と玉藻が彼を平等院に連れてきた日、玉藻が、辰季様の前で古着を買った話をしたでしょう？　覚えておられますか？」

「あ、ああ……。それがどうした」

「筋が通らないのですよ。現在流通している銭は宋で作られた渡来銭。数百年前の時代には宋という国は存在していませんし、そもそも貨幣を用いた売買自体が一般化していません。『源氏物語』の時代は物品の交換が主流だったはずです。もし本当に数百年ぶりに帰って来られた方ならば、銭で品物を買う光景に違和感を覚えるのが自然でしょう？」

「な、なるほど……」

　頼政が大きく息を呑んだ。泰親の観察眼と知識量に感服しつつ、そこを不自然に思えなかった自分に頼政が呆れていると、ふいに辰季が膝からガクンと崩れ落ちた。

　一同が視線を向ける先で、記憶を取り戻した若者は、震える手で雑草を摑み、苦しげな声を絞り出した。

「思い出したくなかった……。思い出したくなかった……！　なのに――なのに、思い出してしまった……！　どうしてです泰親様！」

「……どうして、と仰いますと」

「どうしてこんなことをなされたのです……！　私は、正しい記憶など欲していなかった！　ずっと浦島のままでいたかったのに、どうして……！」

「申し訳ありません。ですが私には、どうしても見過ごすことができなかったのです」

くずおれたまま顔を上げた辰季に、泰親が歩み寄って静かに告げる。涙を浮かべた辰季を見下ろし、泰親は「申し訳ありません」と再度詫び、続けた。

「貴方が竜宮城を語る分には、黙認しておくつもりでした。ですが貴方は、過去をまるで理想の世界のように語り、そして貴方の話す過去の都の様相は、こちらの頼政様を始め、多くの方を魅了した……。そうですね？」

「え、あ、はい……。それがなぜ」

「嘘だからです」

泰親がばっさりと言い切った。うそ、と繰り返す辰季に向かって、この場の中で一番若い少年は、抑えた声を淡々と重ねた。

「貴方が生まれ育ったと語っていた時代の都も、決して平穏ではなかったはずです。疫病や火災は頻発し、都市計画の失敗で打ち捨てられた右京は荒れ放題の廃墟と化していた。平将門公や藤原純友公の乱、刀伊の入寇等々、合戦や争いが絶えたこともありません。『源氏物語』に描かれたような世界は美しいですけれど、あれはあくまで虚構です」

「きょ、きょこう」

「そうです。作り事です。作り話です。誰かがかくあれと思い描いた、どこにもあったことのない世界です。それを実在したかのように語って人を理想の過去に耽溺させるのは、のです」

人心を惑わす行為に他なりません。残酷なことを言うようですが、我々には、今しかない

「今しか……ない……」

「そうです。……我々は、今の、この世界で生きるしかないのですよ」

「――あ」

泰親の言葉を理解してしまったのだろう、辰季は一声だけを発し、そして顔を伏せて泣き始めた。紅葉の林にむせび泣く声が響き渡る中、辰季の上司である師時は、見守る泰親らに「ご苦労をお掛けいたしました」と頭を下げ、泣き続ける辰季の肩に手をやった。

「辛いでしょう辰季。ですが、絵の達者なお前がいないと絵巻は完成しません。すぐにとは言いませんが、心身の養生を終えたなら、都に戻ってきてください。貴方が思い描いた理想の世界を、絵という形で残すためにも」

「師時様……。あ、ありがとうございます……！　申し訳ありません……！」

うずくまったままの辰季が上司の名を呼んでさらに泣く。その様子を玉藻は細めた目で見やり、頼政たちに向き直った。

「……『一件落着、めでたしめでたし』って感じじゃないね」

「ああ。しかし……泰親の言う通りだ」

「何がさ」

「今を生きる我々には今しかない、ということがだ。そんな当たり前のことを、拙者は

うっかり忘れかけていた。いや、全く大したものだ、泰親は。……それに、強い」

「強い？　私がですか？」

「他に誰がいよう。お主は、大の大人を前に堂々と誤りを正してみせたのだぞ」

腕を組んだ頼政がしみじみと語る。だが、尊敬の眼差しを向けられた泰親は、いたたまれなさそうに目を逸らし、ふるふると首を横に振った。

「弱いですよ、私は。辰季様の記憶の誤りを指摘したいという願望を御しきれなかったのですから。我慢しようかとも思ったのですが、昔は良かった、過去に帰りたいと語られる頼政様を見ていられなくて……」

視線を地面に落としたまま泰親が、すぐ隣にしか聞こえないような小声をぼそぼそと発する。それを聞いた頼政は、改めて自分の不出来ぶりを反省し、同時に、自分に優秀な年下の知人がいることのありがたみを強く強く噛み締めた。

＊　＊　＊

その翌日は雨であった。

何となく巡回に出る気になれない頼政が富家殿で秋雨の降る庭を眺めていると、泰親と玉藻が連れ立って訪ねてきた。玉藻は物珍しげに屋敷や庭をしげしげと見回し、出迎えた頼政に顔を寄せて耳打ちした。

「今更な上にお前が言うなって話なんだけどさ、私みたいな胡散臭いの、あっさり入れちゃって大丈夫なの？　ここ、仮にも前の関白だかなんだかのお屋敷なんでしょ」

「なんだかではなくて関白だ。まあ、忠実様はよく芸人をお招きになるから、屋敷の者も慣れておるのだろう。泰親の連れであればなおのこと」

「なるほどね。だってさ泰親様」

「全部聞こえていましたよ。それで頼政様、浦島……いいえ、辰季様は、あれから？」

「……ずっと塗籠（ぬりごめ）の間に籠もっておいでだ」

沈んだ声の泰親の問いに頼政は溜息交じりに応じ、主殿の奥の濡れ縁の先、板戸で閉ざされた部屋に目をやった。

伝統的な貴族の邸宅には壁や戸などの遮蔽物は少ないが、物品の収納などのために土壁で囲まれた部屋も設けられており、これを塗籠と呼んでいた。

「昨夜は終日青い顔で塞ぎこんでおられて、忠実様も心配されていたのだ。今朝になると、外の景色が目に入るだけでも辛い、閉ざされた部屋で身の振り方を考えたいと仰って、お一人で塗籠に……」

「あー。やっぱり、昨日聞かされたことが受け止めきれなかったんだ」

「……やはり、私は余計なことをしてしまったのでしょうか」

「よせ。お主は正しいことをしたのだ」

しょんぼりと肩を落とす泰親に頼政が即座に言葉を掛ける。泰親が、はい、と一声うなずくと、頼政は優しい苦笑を返した。一方、玉藻は濡れ縁をひょいひょいと歩いて塗籠に近づき、閉ざされた分厚い板戸に顔を近づけた。顔をしかめた頼政が玉藻を睨む。

「開けるなよ。浦――ではない、辰季様は、誰も入れるな、入るなと仰せなのだ」

「分かってるって。にしても随分静かだね」

「朝からは笛の音が聞こえておったのだがな。しばらく前にぴたりと止んで、それっきりだ。色々と考えておられるのだろう」

「食事は摂られているのですか?」

塗籠に歩み寄る頼政に泰親が問う。頼政は首を縦にも横にも振らずに嘆息した。

「昨夜は粥を少し召し上がられたが、今日は何も。塗籠に入る時には、水差しと杯を持たせたが……」

「そっか。人間、水飲まないと死んじゃうからね」

そう言うと玉藻は板戸から耳を離し、その場に腰を下ろした。辰季が出てくるのを待つつもりのようだ。頼政と泰親も同じように簀子に座り、三人は何とはなしにお互いの顔を見交わした。

目の前の広い庭には雨がしとしとと降り続いている。池に雨のしずくが跳ねる音を聞きながら、肩を丸めた泰親は抑えた声をぼそりと発した。

「……昨日から、ずっと考えているのです。頼政様は正しかったと言ってくださいますし、玉藻も、気に病むことではないと慰めてくれたのですが……ですが、私の所業が、辰季様を苦悩させてしまったのは事実です。記憶を正すにしても、辰季様の負担にならないよう、伝え方を考えるべきではなかったのか、と。断定的に通達するのではなく……」

「……そうだな」

泰親の吐露に、頼政は穏やかにうなずきを返し、それができれば良かったかもしれんな、と言い足した。

「泰親は聡明で正しいし、おまけに心が強い。それは立派なことだが、世間には心の弱い者も多いのだ。拙者のようにな。だから……たとえ自分が強くとも、弱い相手を慮ってやれるなら、それに越したことはないと拙者は思う」

「だね。私なんかに言わせれば、あの人は充分恵まれてる部類に入ると思うんだけど……まあ、何をどこまで耐えられるかって、人によって違うもんね」

「……そうですね」

玉藻が漏らした感想に続き、泰親が短く相槌を打つ。頼政は泰親越しに玉藻と顔を見合わせて、薄い苦笑いを交わした。

そして、それからしばらく無言の時間が続いた頃。手持ち無沙汰に庭をぼんやり眺めていた玉藻が、ふと心配そうに声を発した。

「いくら何でも静かすぎない？　……あのさ、こんなこと考えたくはないけど……世をはかなんだ人間が一人になったら何をすると思う？」

「何？　まさか——自害を」

「あり得る話じゃない？　笛の音が止んでもうしばらく経つんだよね？　そもそも彼、山で死のうとしてたわけでしょ」

「め、滅多なことを申すな！　拙者はずっとここにおったが、そのような物音は聞いておらんし。第一、辰季殿は刃物など持っておられぬはず」

「塗籠って物置でしょ。探せば使える道具の一つくらいあるんじゃないの」

「それは――」

　玉藻の指摘に頼政は反論できずに押し黙り、傍らの泰親と青ざめた顔を見合わせた。一瞬の後、二人は同時に腰を上げ、眼前の板戸に手を掛けていた。「失礼いたします！」と頼政が叫び、板戸を勢いよく引き開ける。

　三人は揃って敷居をまたぎ――直後、目を見開いて固まった。

「えっ」

「あっ」

「いなくない？」

　三つの声が重なって響く。

　玉藻が漏らした声の通り、辰季の姿は部屋のどこにも見当たらなかった。板の間の上には、竜王から賜ったと言っていたあの横笛、頼政が辰季に手渡した水差し、そこから水を注いだであろう白い杯が並んでいたが、室内に人の気配はまるでない。

「いつの間にか抜け出してた……？」

「馬鹿を申せ！　拙者はこの部屋から一度も目を離しておらんし、ここには窓もないのだぞ？　壁を切った様子もないし……」

玉藻に言い返した頼政が狼狽しながら部屋の四方を何度も見回す。土壁の手前には、大小の唐櫃や折り畳まれた屏風などが積みあげられているものの、いずれも最近動かした様子は見受けられない。

頼政と玉藻が戸惑う中、泰親はふと床に置かれた白い杯に目をやった。

杯には六分目ほどまで水が注がれていたが、その水面はよく見ると微かに揺れていて、うっすらと波紋が広がっている。そのことに気付いた一、二秒の後、泰親は元々大きな目を最大限に見開き、はっと息を呑んでいた。

「あ――！」

「ど、どうしたのだ？」

「びっくりさせないでよ。何？」

いきなりの大きな声に頼政と玉藻が思わず振り返る。二人が見つめた先で、泰親は床の杯を凝視したまま「まさか」とだけつぶやき、そしてそのまま黙り込んでしまった。

三人しかいない塗籠の間に息をつめたような沈黙が満ちる。

どうやら泰親は何かの可能性に気付いたようで、それは泰親本人にも受け入れがたいものらしい、ということくらいは頼政にも察しが付いたが、一体何が「まさか」なのかはさっぱりだ。眉根を寄せて訝る玉藻と視線を交わした後、頼政が「一体どうしたのだ？」

と重ねて問うと、泰親は青白い顔を上げ、ゆっくりと口を開いた。

「……あの、これはあくまで仮説なのですが……もしかして、もしかしたら、辰季様は、本当に行ってしまわれたのかもしれません」

「行ってしまった？　いや、どこにさ」

「そうだ。この部屋はずっと閉ざされていたのだぞ。一体どこに行けるというのだ」

「竜宮城です」

頼政たちの眼前で泰親はしっかりと言い切った。

……竜宮城？

あまりに突拍子もない回答に頼政と玉藻が面食らう。絶句した二人が顔を見交わす中、泰親は、床の杯をそっと取り上げ、続けた。

「先日お話しした通り、竜宮城は海の中にだけあるとは限りません。竜宮とは水を通じて到達できる理想郷。あらゆる水はそこに通じる道になり、門になり得る……。この伝説がいつどうやって成立したのかについては、よく分かっていないと申し上げましたが」

「待て。もしや泰親、お主はこう言いたいのか？　……本当に、水を」

「水を通って行ける別の世界が実在してて……彼は、そこへ行っちゃった……？」

「――無論、あまりに荒唐無稽な説であるとは自覚しています。ですが、この閉ざされた部屋から辰季様が……いいえ、浦島様が抜け出せる方法は思いつきませんし……何より、そうであってくれればいいと思ってしまうのです」

波の収まりつつある杯の水面を眺めながら泰親が語る。ややあって、そうだね、と静かにうなずいたのは玉藻だった。

「……浮世離れした人だったし、竜宮がちょうどいいんだろうね。本物の浦島子になったわけか。てか、行けるなら私も行きたいけど」

「古来、竜宮の門戸は、選ばれた然るべき相手にのみ開かれるもの。玉藻のような心がけの人物は、門前で追い返されるのが関の山と存じますが」

「言ったなこのチビ」

「やめぬか玉藻。お主は昨日何を聞いておったのだ？　我々には今、この世しかないと泰親が申しておったろう。それに、お主や拙者のような凡人には竜宮は似合わん」

大袈裟に眉を吊り上げてみせる玉藻を苦笑いでいなし、頼政は床に残された笛を手に取り、持ち上げた。

――竜宮にて、我が妻の父君……竜王陛下から賜ったものでございます。

ほっそりとした青年の言葉が自然と脳裏に蘇る。それをどうするの、と玉藻に問われた頼政は、精緻な作りの笛を眺めながら答えた。

「忠実様にお預けするつもりだ。忠実様も、辰季様……浦島様のことは気に掛けておられたからな。藤原家の宝として大事に扱ってくださるであろう。平等院の宝蔵に収められることになるかもしれん」

「ならば、号が必要ですね。水界を統べる竜王から授かった竜笛――『水竜』というのはどうでしょう」

「『水竜』か。良いな」

杯を持ったままの泰親の提案に頼政は同意し、手元の笛を残していった若い貴族の——現世に生きるには心が弱すぎた哀れな男の——幸せを、ただただ、強く願った。

宇治の平等院の宝蔵には伝説的な名器や宝物がいくつも収められており、その中には「水竜」の名を持つ横笛があるという。これは宇治の宝蔵にまつわる伝説の中でも比較的広く知られていたものであったようで、鎌倉時代に記された「古事談」を始め、「糸竹口伝」「東斎随筆」「続教訓抄」「文机談」等々、数多くの書物に記されている。

また、源師時が主導した「源氏物語」の絵巻作成事業については、師時の日記「長秋記（ちょうしゅうき）」の中に進捗状況についての記載があるものの、絵巻が完成したことを示す史料は発見されていない。現在残っている源氏物語絵巻をこの時期の作品とする見解もあるが、確証はない。

朝廷と平安宮の威信の復活を賭けたこの事業が未完で終わってしまったのだとすると、その理由については、必要な人材が揃わなかった、あるいは集めた人材が途中で脱退してしまった等々、様々な可能性が考えられるが、正確なところは分かっていない。

第四話　妖狐玉藻前

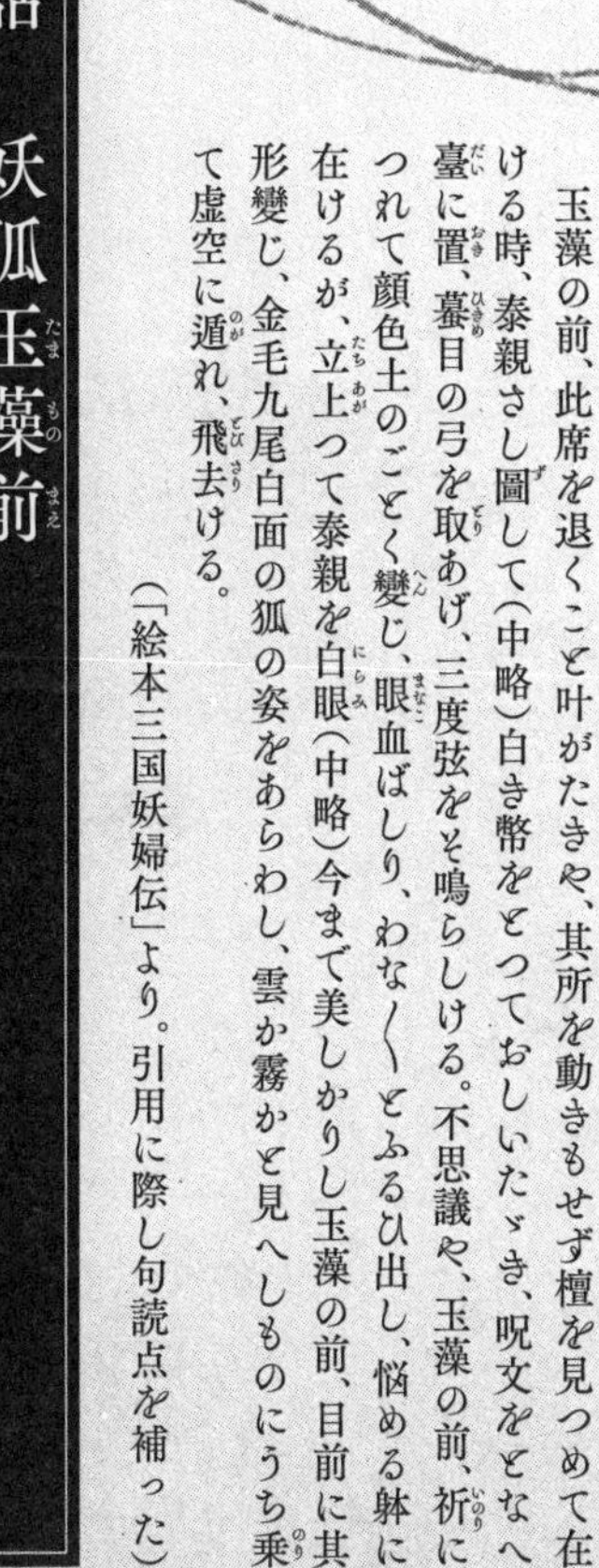

玉藻の前、此席を退くこと叶がたきや、其所を動きもせず檀を見つめて在ける時、泰親さし圖して（中略）白き幣をとつておしいたゞき、呪文をとなへ臺に置、蟇目の弓を取あげ、三度弦をそ鳴らしける。不思議や、玉藻の前、祈につれて顔色土のごとく變じ、眼血ばしり、わな〳〵とふるひ出し、悩める躰に在けるが、立上つて泰親を白眼（中略）今まで美しかりし玉藻の前、目前に其形變じ、金毛九尾白面の狐の姿をあらわし、雲か霧かと見へしものにうち乗て虚空に遁れ、飛去ける。

（「絵本三国妖婦伝」より。引用に際し句読点を補った）

「いい？　まずこうやって盛った土に小さな芽を挿すでしょ？　で、それを布で隠して、その間にちょっと育った苗と差し替えて、適当にまじないを掛けてから布を外すと――ほーら、大きくなった！　後はこれを繰り返すだけ」

「……え。それだけなのですか？　隠して差し替えただけではないですか。この本には、『見ている前でみるみるうちに苗が育つ術』とあるのですが」

「そんなことできるわけないでしょ。少年意外と純真なのね。つうか馬鹿だ」

「馬鹿とは何ですか」

　小さな盛り土を挟んでしゃがみこんだ玉藻と泰親が冷ややかな視線をぶつけ合う。そのやりとりを、手近な岩に腰かけて眺めていた頼政は、宇治川の川面を吹き抜けてきた冷たい風に軽く体を震わせた。

　浦島の一件からまた少しの時が過ぎ、宇治は冬を迎えていた。三人がいるのは、市街から少し離れた一角、玉藻の家船が係留された岸辺である。

　泰親が平等院の経蔵で唐の幻術について書かれた記録を見つけたのは、つい先日のことだ。興味深い書物ではあったが記述が曖昧で、術の具体的な方法が書かれていない。そこで外術師を自称する玉藻に聞いてみたところ、「ここに書いてある術ならやり方は分かるよ。教えてあげてもいいけど、仕事の種だからね。人の多いところで話すのは……」とのことだったので、泰親はこうして教わりに来ているのだった。頼政はその付き添いである。

とはいえ頼政は泰親のように知識に飢えているわけでもないので、二人の会話をどこか遠くに聞きながら、川を漫然と眺めていた。

この時期の宇治川には、氷魚、つまり鮎の稚魚を獲るために、網代という竹で編んだ網が設置されている。この網代こそ、「朝ぼらけ　宇治の川霧たえだえに　現れ渡る瀬々のあじろぎ」を始め、多くの名歌に詠まれた宇治を代表する美観であり、歌好きの頼政としてはいくら眺めていても飽きることはなかった。

これが早朝や夕方であればもっと美しいのだがなあ。にしてもなかなかいい歌が浮かばない。どれも先人のものに似てしまう……。

そんなことを考えながら川を眺め続ける頼政をよそに、玉藻は泰親に笑いかける。

「だから少年は固く考えすぎなんだって。馬鹿正直に観客の目の前でものの形を変えたり消したりする必要はないの。過程を隠して結果だけ見せても、意外なことが起これば人はびっくりするし、びっくりは観察する目を鈍らせる。心の隙を突けばいいんだよ」

「なるほど……。では次に、この『座敷が大海と化す』術について」

「床とか壁の低いところに水を吹き付けて、その部屋で煙を焚くだけ。煙は水気に絡むと上昇しなくなるでしょ？　低いところに溜まるから、それが海みたいに見えますよってわけ。この時、火種に高麗の朝顔の種の粉を振りかけておくと、なおいいね」

「高麗の朝顔の……？　ああ、意識を朦朧とさせる効果があるというやつですね。経蔵に保管されているのを見たことがあります」

玉藻が口にした「高麗の朝顔」とはチョウセンアサガオのことである。インドや中国原産のこのアサガオの種子には、強い眠気を誘発し、記憶の混濁や幻覚などの症状を引き起こす成分が含まれており、日本では古来これを煙草に混ぜて吸引する習慣があったという。この植物は今日でもなお一部で流通しており、二〇〇四年には、チョウセンアサガオの種子が渋谷でドラッグとして販売されていたことがある。

泰親は「なるほど」と興味深げに相槌を打ち、その上で軽く顔をしかめた。

「しかし、意識を混濁させて正常な判断力を奪うというのは、若干卑怯な気も」

「外術はそもそも狡いもんです」

「それも確かに。ではこの『亡魂を呼び出す術』というのは？」

「あー、これ夜じゃないとできないんだよね。蠟燭の手前に人の形に切り抜いた紙を置いて、その影を障子や紗幕に投影するの。この時、油をしみ込ませた紙燭で蠟燭の灯芯と型紙を繋いでおくと」

「型紙も一緒に燃えてしまうから証拠は何も残らない」

「ご名答ー！」

聞き手が優秀なので教える方も楽しくなってきたのだろう、玉藻の解説は興に乗っている。外術講座はその後もしばらく続き、日が傾きかけてきた頃ようやく終わった。頼政は沸かしておいた白湯で玉藻を労ってやり、それにしても、と感心の眼差しを向けた。

「お主、おそろしく詳しいのだな。それだけの術を一体どこで習ったのだ？」

「独学」

「嘘を言いなさい。今更ですが、そもそも貴方は何者なのです、玉藻？　聖徳太子の逸話を引いて人魚を語ってみせた時から気になっていましたが、並の白拍子や外術師にしては知識量が桁外れです」

「あらあら、お誉めに与り光栄にございますわ泰親様。でも秘密」

取り澄ました顔をしてみせた後、玉藻は脚を組み直してにたっと笑った。今日も自身の素性を教えるつもりはないようだ。頼政たち二人が顔を見合わせて呆れていると、玉藻は泰親をじろりと見返した。

「と言うか、知識量で言えば泰親様も充分おかしいでしょ。普通、高麗の朝顔の種の効用なんか知らないよ？　陰陽師にしておくのはもったいない。外術師の方が向いてるよ」

「それは褒めてくれているのですか……？」

「素直に受け取りなさいよ。泰親様、目鼻立ちも声もいいから客受けするだろうし、どう、外術師にならない？　どうせ安倍家の繁栄とか維持とか興味ないんでしょ」

「こら玉藻。滅多なことを言うものではない。泰親にはお主と違って立場があるのだ。泰親、お前からも言ってやれ」

「外術師も面白そうですね」

「泰親!?」

本気で安倍家を捨てるつもりなのか。頼政が思わず真顔を向けた先で、晴明の五代目である若き氏長者は「冗談です」と微笑し、どうどうと流れる宇治川に目をやった。

「ただ、今後の身の振り方を考えることはあるのです。今の安倍家と陰陽寮を取り仕切っておられる天文博士の晴道様は、家柄こそ傍流ですが、分別も責任感もある立派なお方。晴明公の神格化を目論む年寄りは、嫡流の私を担ぎ上げたいようですが……」

抑えた声が冬の川辺に静かに響く。泰親の口調はいつものように落ち着いたものだったが、付き合いを重ねてきた頼政には、この聡明で好奇心旺盛な少年の肩に家督の重みがのしかかっていること、それが泰親を縛っていることがはっきりと伝わっていた。

「泰親、大変なのだな」

「お心遣い痛み入ります。ですが、お気遣いなく。持ち上げられたり期待されたりするのは疲れますけれど、様々な書籍や知識に触れることができているのは、安倍家嫡流として生まれたからこそ。損ばかりしていると言うつもりはありませんし、と言うか頼政様、その他人事のような物言いは何ですか」

肩をすくめた泰親が頼政を睨んでみせる。同情したのに怒られるとは思っておらず戸惑う頼政を、泰親がキッと見据えて言葉を重ねる。

「頼政様も頼光公の玄孫として色々大変なはずでしょう」

「まあそれはそうだが、拙者の場合はちと事情が違うと言うか……。いかにも才能のありそうな泰親と違い、拙者は見るからに頼りないからなあ。期待を掛けられるより、初対面で失望されることの方が多いのだ」

「あー、分かるかも。若いのに年寄りの馬か犬みたいだもんね頼政様」

「であろう。よく言われる」

「失礼ですよ玉藻。頼政様もそこで同意しない！　そんなことだから舐められるのです」

けろりと玉藻にうなずく頼政を見て、泰親が心底呆れて溜息を吐く。それを見た玉藻がまた茶々を入れようとした、その時だった。

「いたぞ！　逃すな！」

ふいに川下の方から猛々しい声が轟いたかと思うと、武装した一団がわらわらと河原に現れた。指揮を執っているのは馬上の武士で、弓矢や槍を携えた徒歩の兵士が八人ほど付き従っている。

「え、何？　合戦でも始まったの？」

「そのような話は聞いておらぬが――」

戸惑って立ち上がった三人に、武装集団は砂礫を巻き上げながら急接近し、身構えながら取り囲んだ。剝き出しの敵意をぶつけられ、反射的に刀に手を掛けた頼政を、泰親はすかさず片手で制した。

頼政の強さは知っているが、相手の素性や目的も分からないのに暴れると後々厄介になりかねない。ひとまず事情を確認しようと泰親が顔を上げた矢先、一団を指揮する馬上の武士は、抜いた刀を玉藻へと向け、武骨な声を発した。

「緋色の菊綴に狐色の指貫袴の白拍子……。間違いない、この女だ。捕らえよ」

「え。まさかの私狙い？」

「はっ！」

「待て！」

玉藻が驚く声、兵士たちの呼応の声、そして頼政が制する声がほぼ重なって河原に響く。頼政は自分たち三人を取り囲む兵士たちをじろりと見回して威圧し、その上で指揮官を見上げて口を開いた。

「一体全体、これは何事です？　そもそも貴殿は一体」

「誰とも知れぬ相手に名乗らねばならぬ道理がどこにある？」

馬上の武士が乾いた声で言い返す。年の頃は四十前後、太い眉にぎろっとした目という意志の強そうな顔立ちで、骨太な体に狩衣を纏い、頭上には真っ黒な風折烏帽子。露骨に相手を見下した表情や態度は、いかにも中央の軍事貴族らしい高圧的なものだ。

こういう手合いと話すには、こちらの身分を明かした方が早い。頼政は溜息を一つ漏らし、姿勢を正して口を開いた。

「……申し遅れました。前関白藤原忠実様預かり、源頼政と申します。こちらは安倍家の氏長者、安倍泰親殿」

「安倍泰親です。以後お見知りおきを」

「……何。源に安倍？」

頼政の名乗りに続き泰親が一礼してみせると、馬上の武士の顔色が変わった。なぜこんなところにそんな者が、と、辛うじて聞こえる程度の小声が漏れた後、忌々しそうな名乗りが短く響く。

「――検非違使別当、藤原実能である」

「検非違使……!?」

今度は頼政が困惑する番だった。検非違使は朝廷に仕える治安維持組織で、別当と言えばその長官だが、彼らの活動範囲はあくまで内裏と京中に限られているはずだ。だからこそ頼政が宇治に遣わされたのに、なぜここに検非違使が……？

それに藤原実能という名も聞いたことがある。源氏同様に代々内裏を守ってきた北面武士の名門の出で、徳大寺家と呼ばれる一門を率いる大物だ。そんな人物がなぜ直々に玉藻を捕らえにやってくる？

訝しむ頼政の隣で、泰親は礼儀正しく頭を下げ、実能をまっすぐ見上げて問うた。

「恐れながらお尋ねいたします。この白拍子を捕らえに参られたようですが、禁中を守る検非違使の皆様が出向かれるとは、よほどのことと存じます。彼女は一体如何なる大罪を犯したのでしょうか？」

「確かに、まずはそれを明かされるのが道理でありましょう。……おい玉藻、お主、一体全体何をやらかしたのだ」

「何その顔！　私は何もしてません！」

そうは言っても後ろ暗いところが全くないわけではないのだろう、玉藻は「少なくともここ最近は」と頼政に小声で言い足したが、その声や表情はいたって真剣であった。捕縛される心当たりがないのは確かなようだ。それを確認した頼政は、実能に視線を戻して答を待ったが、検非違使を率いる別当はこう答えるのみだった。

「その女は、下賤な身分にもかかわらず、さる高貴なお方に不埒な振る舞いを働いた。故に捕らえ、都へと連行する」

「『さる高貴なお方』……？」

「自分から言えるのはそれだけだ。引っ捕らえろ！」

頼政の問いを乱暴に受け流し、実能が短い命を発した。それを聞くなり兵士たちが玉藻の体を押さえつける。後ろに回された両手を捻り上げられ、玉藻が悲鳴を上げた。

「痛っ！　何すんの！」

「やめぬか！　抵抗もしておらん娘を相手にそのように乱暴な――」

「頼政様！」

刀を抜きそうになった頼政の袖を小さな手が掴んで止める。頼政が思わず振り返った先で、泰親は頼政の腕を服ごと摑んだまま、感情を押し殺したような静かな声を発した。

「お納めください頼政様。朝廷直属の検非違使に逆らうということは、即ち内裏に逆らうことになるのですよ」

「……う。それは――」

「さすが安倍家の御嫡男！　物事の道理をよくご存じであらせられる」

歯噛みする頼政を見下ろし、馬上の実能が冷たく薄い笑みを浮かべる。泰親はそちらに顔を向けることなく、頼政の袖を握った手に力を込めて続けた。

「……間もなく日が落ちます。おそらく実能様方は今宵は宇治のどこかに――おそらくは平等院か富家殿にご一泊され、玉藻を京に連行するのは明日になるはず。詳細を確かめるのはそれからでも遅くないでしょう。事を荒立ててしまっては元も子もありません」

本当は自分が実能に反論したくて仕方ないのだろう、理不尽さへの怒りを声の奥に滲ませながら少年が言う。頼政は一瞬押し黙り、分かった、と静かにうなずいていた。

泰親の言う通りであるし、何より若い泰親が自制しているのに、年上の自分が声を荒らげるわけにはいかない。頼政が刀の柄に当てていた手を離すと、実能はそれを一瞥し、玉藻を縛り上げていた部下に威勢よく命じた。

「引っ立てい！」

＊　＊　＊

その日の夜、頼政は一人、平等院の境内の隅に建つ土蔵へ向かった。

味噌や油、薪などの消耗品の保管庫であるこの蔵は、泰親が入り浸っている経蔵や、藤原家の氏長者と皇族しか入れない宝蔵とは違って簡素な作りだが、それでも並の土蔵よりもはるかに頑強で、元は藤原家の別業だっただけのことはあると頼政は感心した。

外で番をしていた検非違使に懐の文を見せて鍵を開けさせ、小ぶりの松明を掲げて中に入ると、太い柱に若い娘が両手を繋がれていた。玉藻である。

「……お武家様？」

「ああ、拙者だ」

土を押し固めた床にぺたんと座り込んでいる玉藻にうなずき返し、頼政はその向かいに座った。玉藻の顔色には怒りと疲れ、それに不安が滲んでいたが、衣服の様子は数時前に連行された時のままで、頼政はひとまず安堵した。

「……息災か？」

「見ての通りですよ。一応晩飯は出たけどさ、手がこれだから犬食いだよ。私は人だっつうの！　……にしても、よく通してもらえたね。あの検非違使の偉いやつ、誰も入れないって言い張ってたのに」

「忠実様に口を利いていただいてな」

玉藻に苦笑いを返し、頼政は自分をこの宇治に招いた元関白の名を口にした。

罪状も言わず連行するのは乱暴だし、そもそも検非違使が宇治まで出向いてくることからして不自然だ。せめて事情を知りたいと思って駄目元で忠実に相談してみたところ、

「外術師やら白拍子やら、胡散臭くとも楽しい連中が大勢いるのが宇治のいいところじゃ

ろうが。それを検非違使風情が捕まえたじゃと？　都のつまらん阿呆どもに宇治の趣を害されてたまるか」と怒り、便宜を図るよう命じた文をしたためてくれたのである。

頼政は忠実のことを、政争に敗れて覇気を失った自堕落で適当な人だとばかり思っていたが、宇治という町への愛とこだわりはしっかり持ち合わせていたらしい。頼政が自分の見る目のなさを反省したのは言うまでもない。

「さすがに前関白直筆の文は迫力が違う。検非違使の面々も驚いておったぞ。まあ、向こうにも体面があるようで、何を言われても委細は説明できん、話すのは許可するが拙者一人だけ……と条件を付けられてしもうたがな。泰親も来たがっておったのに」

「光栄だこと。私はとりあえず元気だって言っといて」

くすぐったそうに玉藻が微笑む。頼政は「伝えておこう」と相槌を打ち、姿勢を正して声を抑えた。

「……それで玉藻。お主、一体何をやったのだ？　心当たりは本当にないのか？」

「縛られる前まではなかったんだけどね……。さっきまで、検非違使の偉いやつ――別当の藤原実能だっけ？　あいつに色々聞かれててさ、おかげで思い出した。ちょっと前、薬の材料を取りに山に入った時、森で倒れてた若い貴族を助けたんだよ」

「お主はよくよく人を助けるなあ。そういう星のめぐりあわせの下に生まれたのか？」

「私の方が聞きたいよ。で、その貴族ってのが、年の頃は二十ばかし、おそろしく立派なお召し物で、金と銀を散らした石帯なんか締めててさ。殿上人の中でも高級なやつだね、あれは。周りに牛車の破片が転がってたから、上の細道から車ごと落ちたんだと思う」

「なるほど。それで？」

「うん。気を失ってたし怪我してたし、おまけに雨も降ってきたから、とりあえず近くの洞穴まで引っ張ってって、そこで手当してしてやったわけ」

「それは感心な話だが……その方はどうなったのだ？　まさかそのまま亡くなられて、お主はそれをこっそり埋めたとか」

「違う違う！　軽傷だったし、介抱してる間に目が覚めたよ。ここはどこだ、お前は誰だって聞くもんで、『宇治の外術師の玉藻です』ってちゃんと名乗って事情を説明してやったのに、あいつ、自分の名前も言わないの。で、私の顔じーっと見てるかと思ったら、いきなり私を押し倒そうとしやがった」

「何!?」

「声が大きい」

つい声を荒らげた頼政を玉藻が睨む。できれば口元に人差し指を立てたかったのだが両手が縛られているので無理だったのだろう、表情だけで頼政を黙らせ、玉藻はやれやれと肩をすくめた。

「たまにいるんだよね、若い女と見ればそういうことしようとする男。特に貴族とか武士はほら、身分の低い相手はもう同じ生き物だと思ってないから」

「……め、面目ない……！」

「いや頼政様を責めてるわけじゃないって。……でもまあ、来たのがお武家様一人で良かったよ。少年には聞かせたくなかったからさ、こういう話」

「確かにな……。しかし、許せんのはその貴族。恩を仇で返す振る舞いではないか。殿上人の身でありながらそのような……！　それで玉藻、お主、無事だったのか？」

「当たり前でしょ。懐に忍ばせてた短刀で、あいつの脚の怪我してたところを思いっきり刺してやったよ。悲鳴を上げたところを洞穴から外に蹴り飛ばして、『ふざけんな、野垂れ死ね』って言い残して、私はそのまま下山した」

「それはまた何とも凄絶な……」

「何その顔。悪いのは向こうだからね？　その後どうなったか知らないけど、死ぬような怪我じゃなかったし、山を下りる途中、いかにも貴族のお付きっぽい連中が大勢で人捜ししてたから、見つかって連れ戻してもらえたんじゃない？」

「ふうむ……」

玉藻の説明を受け、頼政は眉根を寄せて考えた。

宇治周辺の街道は車も通れるように整備されているにもかかわらず、わざわざ細い山道を使うあたり、山中で倒れていた人物はお忍びで宇治に遊行に来ていた貴族である可能性が高い。殿上人であれば検非違使に命じる権限を持っていてもおかしくないが……。

「つまり、その人物がお主を逆恨みし、検非違使に命じて捕らえさせたということか」

「あの検非違使の偉そうなおっさんが言うには、そういうことらしいよ。名乗るんじゃなかったなー、もう……。しかもさ、あの若い貴族、私に惚れたみたいでね。『側付きの愛人になれば助けてやると仰せだ』とも言われた」

「何？　お主それでどう答えたのだ」

「『死ね』」

端的な二文字を玉藻が力強く口にする。敵意を剝き出しにした宣言で頼政を怯ませると、両手を柱に繋がれた外術師はいっそう目に力を込め、自分の意志を確認するかのようにつぶやいた。

「妾でも愛人でも側女でも、偉いやつの持ち物にされるのだけは、私は絶対嫌なんだ。それが嫌で、私は逃げてきたんだから……」

「『逃げてきた』？　……なあ玉藻。お主、どこの生まれの何者なのだ……？」

先刻にも受け流された問いかけを頼政は再度口にしていた。今はそれどころではないと理解しつつも、尋ねずにはいられなかったのだ。

まともな回答は元より期待していない。どうせ今回もはぐらかされるだろうと、頼政はそう思っていたのだが、意外にも玉藻は「そうだね。そろそろ話しておいてもいいか」と漏らし、落ち着いた声で話し始めた。

「――私はね、後宮で生まれたんだ」

「こ、後宮？　あの、大陸の皇帝が、皇妃の候補を集めるという、あれか……？」

意外な言葉に面食らう頼政である。その顔が面白かったのだろう、玉藻は人好きのする微笑を浮かべ、淡々と自身の生い立ちを語った。

玉藻の母は宋の後宮に集められた娘の一人であった。と言っても父は皇帝ではなく、貿易船でやってきた日本の僧であったらしい。退屈しのぎのため、海外の風俗を語る異国人はよく後宮に呼ばれていたので、その一人であったのだろうと玉藻は言った。

父無し子として後宮に生まれ落ちた玉藻は、こっそりと匿われながら育てられた。後宮勤めの侍女や女官には若い娘も多かったので、ある程度育ってしまえばそこに紛れることができた。博識だった母や女官たちに日本語を習い、出入りの医者や幻術師からも教えを乞うことで、やがて玉藻は年齢に見合わない知識を手に入れた。

だが、正当な身分を得るため、書類を捏造し、自分を皇妃候補として集められた娘の一人であることにしたのがまずかった。器量が良くて博学な玉藻は皇帝の目に留まってしまったのである。

閉鎖環境で生まれ育った玉藻にとって、たとえ皇帝であれ、誰かのものとして閉じ込められ続ける人生は真っ平だった。元より外の世界に憧れていた玉藻は意を決し、出入りの商人の荷に隠れて後宮を脱走、その勢いで私貿易の商人の船に乗り込んだのだという。

「……で、筑紫の港に着いたのが四年前だったかな？　その後は向こうで覚えた知識で外術を見せたり、薬を作って売ったりしながら今に至るというわけでした。以上」

「ほ、ほう……」

玉藻に笑いかけられ、頼政は気の抜けた声を漏らした。変わった経歴だろうと思ってはいたが、想像以上に波瀾万丈だったので感想の言葉が出てこない。上方をうろうろしているだけの自分とは規模も覚悟も違いすぎる。圧倒されて呆けていると、玉藻は馬鹿にされたと思ったのか、キッと顔をしかめた。

「ちゃんと聞いてた？　少年にも伝えてやってよ」

「も、もちろんだ。いやしかし、思っていたよりもはるかに――」

「いつまで話している？」

　ふいに居丈高な声が頼政の弁解に割り込んだ。振り返ると、部下を左右に従えた検非違使別当の藤原実能が土蔵の入り口を覗き込んでいた。

「先の関白様の頼みなのでやむなくお主を通しはしたが、本来、その女との面会は禁じられておるのだ。もう良いだろう」

「……だってさ。どうする頼政様、逢引きの時間はそろそろ終わりみたいだね」

「何が逢引きだ。……仕方ない、ではな」

　軽く溜息を漏らし、頼政はゆっくり腰を上げた。検非違使をこれ以上刺激するのは避けたいし、とりあえず玉藻が捕まった事情が分かっただけでも進展だ。

　玉藻に別れを告げた頼政が土蔵を出ると、目の前で重たい扉が無情に閉まる。やりきれない思いを抱えて扉を眺める頼政に、実能は冷ややかに言葉を掛けた。

「頼光公の玄孫殿ともあろう者が、下賤な外術師風情と何をそんなに話すことがあるのか……。余程、最後の別れが惜しかったと見えるな」

「だから拙者は頼光公とは違うと――何？　今、何と仰いました？」

「頼光公の玄孫ともあろう者が」

「そこではありません！　……今、『最後の別れ』と仰いませんでしたか」

「言ったが……もしや貴公、あの女から聞いておらんのか？　自分はあの女にこう伝えたのだぞ。お前が傷つけたさるお方のご厚意を受け入れるならばそれでよし、さもなくば都に引っ立てて即刻処刑する――と」

「何ですと!?」

　頼政の驚いた声が夜の平等院に響き渡った。

　ついさっき、玉藻は愛人になることを拒否したと確かに言っていた。実能の言葉と合わせれば、それはつまり、自分の処刑を受け入れたということになる。

「それは真なのですか実能様？　玉藻は助けた相手に襲われたから身を守っただけでありましょう。それで命を奪われるなど、あまりに理不尽すぎます」

「自分が決めたことではない。そう熱くなるな」

「なります！　そもそも処刑は廃止されて久しいはず。通例ならばせいぜい流刑では」

「落ち着かれよ。自分に処遇を決める権限はなく、貴公と言葉を交わす気もない」

　検非違使の指揮官の冷徹な声が頼政の反論に被さり、打ち消す。朝廷直属の武士として培ってきた経験の重みに頼政が思わず押し黙ると、実能は顔色一つ変えることなく門の方角を片手で示し、有無を言わせぬ声で「お引き取りを」と言い足した。

＊　＊　＊

土蔵を離れた頼政が向かったのは、泰親の起居する南泉坊であった。

普段ならもう寝ていてもおかしくない時間だが、泰親は夕方に別れた時の姿のまま、一人、小さな灯明皿を側に置き、暗い濡れ縁に腰を下ろして土蔵の方を眺めていた。

捕らわれの玉藻の身を案じているのだろう、まだ幼さの残る顔には不安と憔悴がありありと浮かんでいる。歩み寄った頼政が土蔵でのことを語ると、泰親は珍しく怒りを露わにした。膝に下ろした拳を握り、「理不尽です」と言い放つ泰親の姿に、隣に座った頼政は意外そうに目を丸くした。

「……泰親はそんな風に怒るのだな」

「自分でも少々驚いていますが……しかしこれは怒りますし、怒るべきでしょう？　人を助けて処刑されるだなんて話があっていいはずがありません。あと、玉藻の経歴についても驚きましたが」

「うむ。それは拙者も驚いた。波瀾万丈とはああいう生き方を言うのであろうなあ……！　そうは思わんか？」

「思いますが、正直、さすがに波瀾万丈すぎという気もします」

興奮する頼政にとりあえず同意した後、泰親は冷ややかな顔になり、「そんな物語を読んだこともありますし」と付け足した。それを聞いた頼政の目が丸くなる。

「何？　ではあれは全部作り話だというのか？」

「可能性はあるでしょう。彼女の普段の言動からしても」

「た、確かに……」

「しっかりしてくださいい頼政様。昨日今日の付き合いではあるまいし。それより問題は、どうすれば――」

　語尾を濁した泰親が、視線を頼政から境内の暗がりへと向ける。はっきりとは言っていないが、どうすれば玉藻の処刑を止められるのかと考えているのは明らかだ。頼政は泰親に倣い、平等院の境内に広がる暗闇へ――その奥にある、玉藻が幽閉されている土蔵へ――顔を向けた。玉藻と知り合って以来の出来事が、自然とその脳裏に蘇る。

「……そういえば玉藻のやつ、人魚の肉を食っておったかもしれんのだったな。もしやあやつ、自分は不老不死だから死なないと思っておったりせんだろうな」

「彼女のことですからないとは言い切れませんが……しかし、干からびた肉に効用が残っているとも思えませんし、第一、いくら不死でも首を落とされれば生き続けるのは無理でしょう。確実に助けようと思ったら、やはり……」

「……ああ。処刑を止めるしかないか」

　泰親の言葉を補足した後、頼政は「止めねばな」と言い足した。玉藻が語った経歴の真偽はともかくとして、山中で貴族を助けた話に嘘はなさそうだし、であれば彼女に非はなく、処刑される謂れもないのだ。知人を助けたい思いはもちろんあるが、国と民を司る朝廷に道理の通らないことをしてほしくないという気持ちが頼政の中では大きかった。「考えたのですけど」と泰親が言う。

「検非違使別当の実能様ともう一度話してみるというのは」

「無駄だと思うぞ。何度か話して分かったが、あの方は、自身の行為の正当性よりも、与えられた職務を正確に遂行することこそを重んじておられる。武家では美徳とされる性格だし、そういう意味では尊敬すべき御仁ではあるのだがなあ」

「まるでご自身が武人の家系ではないような物言いを……。ともかく説得は無駄だと」

「そう思う。この際、上から命令を撤回させるしかなかろう」

「都への直訴ということですか？　それは私も一応考えてはいましたけれど、しかし、どなたに？　玉藻を逆恨みしている殿上人がどなたかは存じませんが、検非違使別当を動かせるとなると、相当な地位の人物ですよ」

「分かっておるが、拙者を宇治に遣わされた忠通様ならどうだ？　お会いしたのは一度だけだが、道理が分かる方とお見受けした。事情を話せばご理解いただけるかもしれぬ」

「なるほど、関白様ですか！　それなら確かに」

「……止めておかれませ」

勢い込む泰親だったが、そこにしわがれた声が被さった。

唐突に割り込んだ第三者の声に泰親と頼政が振り返ると、暗闇の中から粗末な身なりの老人が一人、ゆっくりと現れ、灯火の光の届くギリギリの範囲で足を止めて会釈した。

平等院の下男の弥三郎である。

よく見知った相手であり、ここにいるのも不自然ではない。だが、それでも頼政と泰親は強い違和感を覚えていた。

物静かで従順で、基本的に自分から口を開くことはないこの老人が、なぜ今急に進言してきたのかが分からない。二人は怪訝な顔を見交わし、訝しみながら弥三郎に向き直った。

「止めておけ、というのは、直訴のことですか？」

「拙者たちの話を聞いておったのか？　第一、なぜそんなことをお主が言うのだ」

「私が申したのではありません。主様からの伝言をお伝えしたまででございます」

「『主様』……？　ますます分からんぞ。主とは平等院の僧正たちのことか？」

「それはあくまで表向きの話。今申しましたのは、私の本当の主様にございます」

いっそう不可解なことを言う弥三郎だったが、その発言や表情には有無を言わせぬ凄みがある。ただのおとなしい老人と思っていたけれど、どうやら自分はまんまと騙されていたらしい。そのことに気付いた頼政は、「今日は知人に驚かされてばかりだな……」とぼやき、前の老人を睨んだ。

「今宵はこれを聞いてばかりだが……お主、一体何者だ」

「それは後程お伝えいたします。玉藻様の一件について、主様がお二人にお話があるそうで……。夜分遅くで恐縮ですが、よろしければ、今からご足労願いたいのですけれど、いかがでしょうか」

物腰だけは丁寧な提案が静まりかえった境内に響く。何が何だか分からないが、やり過ごしたところで謎が残るだけだし、ここで考えていても手詰まりだ。であれば――。

頼政と泰親は一瞬だけ視線を交わし、同時に首を縦に振った。

＊　＊　＊

平等院を出た弥三郎が二人を連れて向かったのは、宇治川を下った先、巨椋池のほとりの林の中に佇む寺院であった。

「法定院」と記された扁額の下をくぐり、弥三郎に促されるままに御堂に入ると、中は板敷の広間になっており、向かって正面には目の粗い御簾が掛かっていた。

客人の席は高灯台で明々と照らされているのに対し、御簾の奥は薄暗い。御簾の向こうの主人からは客の顔が視認できるのに対し、客からは屋敷の主人の顔が見えない仕組みである。主は素顔を見せたくないらしい。誰だか知らないが物々しいことだな、と頼政は思った。促されるまま頼政と泰親が腰を下ろすと、弥三郎が御簾に向かって平伏した。

「仰せの通り、お二方をお連れいたしました」

「ご苦労でしたね。それに頼政様に泰親様も……。夜分遅くに申し訳ありません」

御簾の奥からゆっくりと響いた声は年老いた女性のものだった。てっきり男とばかり思い込んでいた頼政は驚いたが、その隣で泰親ははっと目を丸くしていた。そうか、と短い声を漏らした後、泰親は御簾の奥を見据えて一礼し、口を開いた。

「お招きいただきありがとうございます。安倍泰親と申します。無礼を承知でお尋ねいたしますが」

「何でございましょう」

「――四条宮(しじょうのみや)様でいらっしゃいますね？」

「えっ」

「四条宮……？」

御簾の向こうで息を呑む声が響き、同時に頼政は面食らった。

四条宮の名前はさすがに頼政も知っている。本名は藤原寛子(ふじわらのかんし)。藤原家全盛期の氏長者・藤原道長の孫娘にして、平等院を建立した頼通の長女であり、後冷泉天皇の皇后だ。摂関家の女性としては最高位に達した人物であるが、しかしまだご存命だっただろうかと頼政は困惑した。そう言えば四条宮が亡くなったという話は聞いたことがなかったが、生きていたならもう九十歳に近いはずである。

戸惑う頼政、そして沈黙する泰親が見据える先で、御簾の奥の人物はふっとかすれた笑い声を漏らし、長い息を吐いた。

「……さすがですね。晴明公の再来たる神童と聞き及んでいましたが、噂は伊達ではないようで……。如何様にしてお知りになったのです？　やはり占術で……？」

「推察したまででございます。この地と関係の深い高位の方で、しかもご高齢の女性となれば、自ずと候補は絞られます。宇治に藤原家の菩提寺を建立され、都を退かれた四条宮様ならば、条件に合致します故……」

頭を下げたまま泰親が淡々と告げる。それを聞いた御簾の向こうの老女――四条宮は、ほう、と感心の声を発し、脇に控えている部下の名を呼んだ。

「弥三郎。説明して差し上げなさい。もう知っていただいても良い頃合いです」

「かしこまりました。では僭越ながら……」

四条宮に深々と一礼した後、弥三郎は頼政たちに向き直り、この御堂の主と、そして自分たちのことを語った。

四条宮こと寛子は政治の表舞台から身を引いて久しいが、その人脈や手持ちの情報を頼って相談を持ち掛ける者は未だ多く、今でも政界の相談役として強い影響力を保っているのだという。そして皇族や殿上人も一目置く四条宮の情報源こそ、その子飼いの密偵集団「白川座」であった。

「白川座？」と口を挟んだのは頼政である。

「それは田楽法師の団体の名ではないのか。確か弥三郎も昔そこに属していたと」

「左様でございます。宇治の白川で生まれた白川座は、田楽を舞い、芸を披露する専業者の集まり……。ただし、それはあくまで一つの顔。表側の面に過ぎません」

「裏の顔は間諜集団、というわけですか。確かに田楽法師なら、貴族の屋敷や寺社の宴に呼ばれることも多い。噂を聞き集めるにはもってこいですね」

　弥三郎の回答を受けて得心したのは泰親だ。そういうことです、と御簾の向こうの四条宮が応じる。

「白川座に属しているのは田楽法師だけではありません。その大半は雑色や職人など、誰かに仕える者たちです。高貴な身分であればあるほど、使っているのが目も耳もある人間だということを忘れ、秘密も真意も漏らしてしまう……。私はそのことに気付き、この仕組みを作り上げました。彼らが集めた知見は、全て私のところに集約されます」

「何と……！　いや、さすがは四条宮様……！　し、しかし、密偵集団の存在を拙者たちに明かしてしまってよろしいのですか？」

「問題ないと思いますよ。今の四条宮様のお話からすると、白川座はどこにいてもおかしくなく、であれば警戒する術もない。となると四条宮様としては、自分はそういう手駒を持っていると積極的に示した方が、有利な立場を取れるわけですから」

　頼政の問いに答えたのは隣に座る泰親だった。なるほど、とうなずく頼政である。御簾の向こうで四条宮が薄く笑った。

「本当に利発なお子だこと……」

「恐縮です。して、四条宮様は何のためにそのような組織を？」

「無論、国を守るため。盤石に見える朝廷も、所詮は人という弱い生き物の集まりにすぎません。誰かが広い目で見守らねば、弱って途絶えてしまいかねませんので」

「な、なるほど……！　拙者、恐れ入りました」

「一つよろしいですか？　どうして都ではなく宇治にお住まいを構えられたのです？　政界の相談役と国の監視役を自負されるのであれば、内裏に近い都の方が、色々便が利くかと存じますが……」

　感服する頼政に続いて泰親が抑えた声で問う。問いかけられた四条宮は、なぜか数秒沈黙し、「宇治には平等院が、平等院には宝蔵がございますでしょう？」と曖昧な言葉を返したかと思うと、するりと話題を変えてしまった。

「それよりもお二人は、ここへお呼びした理由が気になるのでは」

「そうです。拙者はそれをまずお聞きしたかった。弥三郎が四条宮様に仕えておったのも驚きましたが、一体拙者たちにいかなる――」

「都への直訴はおやめなさいませ」

　慌てて尋ねる頼政の声を四条宮が遮った。柔らかな物腰とは裏腹な高圧的な命令で客人の二人を黙らせながら、御簾の奥の老女は淡々と続けた。

「白川座の働きのおかげで、委細はよく存じております。貴方たちの気持ちは分からなくもないですが、ただでさえ摂関家や朝廷の屋台骨が揺らぎつつあるこの時世、源氏と安倍家の嫡男が揃って内裏に盾突くのはいかにも悪手。各地のよからぬ輩に、朝廷が弱っていると見せつけることになってしまいます。白拍子一人の命と引き換えに国を揺るがすなど、決してあってはならぬこと。分かりますね」

「それは――ですが」

「わきまえなさい、安倍泰親。頼政様もお分かりですね」

「せ、拙者は……その……。いや、それならば、四条宮様からお口添えいただくことはできないのですか？　玉藻の処刑を取りやめて放免してやれと」

「無理です」

「無理とは？　四条宮様は皇族や殿上人からの信頼も厚い相談役であらせられるのでしょう？　そのようなお方の進言が通じないなど、一体、この件を差配されているのはどなたなのです？　玉藻が助けた貴族とは一体――」

「――あっ」

前傾姿勢で食い下がる頼政の隣で泰親がふいに息を呑んだ。思わずそちらを見た頼政の眼前で、泰親の顔はどんどん蒼白になっていく。何かに気付いてしまったようだ。どうしたのだと頼政が問うと、泰親は軽く頭を振り、擦れた声をぼそりと発した。

「四条宮様が……元皇后様が意見できない方となれば、候補はほとんどないでしょう」

「何？　それは――あ！　ま、まさか――」

……まさか、今の上皇陛下か。

そう口に出すことは頼政にはさすがにできなかった。

現在の上皇は幼い第一皇子に既に皇位を譲ってはいるが、まだまだ若い。玉藻の話した貴族と年齢的には合致するし、遊興地である宇治にお忍びで足を運ぶことがあってもおかしくはないが……もしそうだとしたら事があまりに大きすぎる。何しろ相手はこの国を治める存在なのだ。

頼政は自分の想像を否定してもらうべく、泰親、次いで御簾の向こうに目をやったが、四条宮が発したのは、否定でも肯定でもない、乾いた微かな声だった。

「……世の中には、専有し、囲い込む以外の方法で好意を示せない方もおられるのです。気に入ったからこそ自分のものにしたい、さすれば相手もきっと幸せなはずだと、そう信じ切っておられるお方が……。いずれ、世の中には数多の例外があるということにお気付きになる日も来ましょうが、あのお方はまだお若いので……、法皇様に実権を握られていることで、苛立ちも抱えておられるのでしょう」

後世に鳥羽上皇と呼ばれることになる当時の上皇は、この時点では二十歳を過ぎたばかりの若者であった。宝物や土地、さらには優秀な人材などを私有することに強いこだわりを見せ、「鳥獣人物戯画」で知られる鳥羽僧正の死後には、遺産分配についての遺言が残っていたにもかかわらず、全ての遺産を一旦専有したという逸話が残っている。

絶句する頼政と泰親の前で、四条宮はやるせない溜息を一つ落とし「お話は以上です」と言い足し、夜更けの面会は終わった。

＊　＊　＊

四条宮の御堂からの帰り道は静かだった。

松明を持った弥三郎が先導し、頼政と泰親が続く。見下ろした先の宇治川では、夜だというのに点々と炎が揺れていた。網代を仕掛けた漁師たちが光で氷魚を集めているのである。大きな蛍のように漂う無数の炎が冷え切った川面にゆらゆらと映る。幻想的な光景を横目に、頼政はしばらく無言で歩き、ややあって隣の泰親にぼそりと話しかけた。

「……滅多なことはするなよ、泰親」

「えっ」

前だけを見て黙々と歩いていた泰親が虚を衝かれたように顔を上げる。「玉藻を助ける方法を考えているのだろう」と頼政が続けると、泰親は一瞬押し黙り、視線を逸らした。

「……まさか。相手はこの国で最も身分の高いお方なのかもしれないのですよ」

「そうだな。であれば玉藻を助ける方法など拙者には到底思いつかぬし、術がないなら仕方ない。だがお主なら――泰親ならば、何か方法を考えつけるだろうし、既に思いついているのではないか？　……お主は先ほどから、そういう顔をしている」

頼政が抑えた声で言う。それを聞いた泰親は短く息を呑み、数歩先を行く弥三郎に問いかけた。

「……弥三郎。私たちの謀議を止めなくてよいのですか？」

「滅相もございません。私のお役目は、宮様のお言葉を言われるがままに伝えること……。出過ぎた真似はいたしかねます」

肩越しに振り向こうともしないまま弥三郎が言う。さっきは四条宮の命令があったから二人の会話に割って入っただけで、特段の指示がない限りは他人に干渉しないのが「白川座」の在り方ということらしい。泰親は「なるほど」とうなずき、頼政を見上げた。

「頼政様こそ、全く承服できないというお顔をしておられますが……と言いますか、こんな言い方は失礼かもしれませんが、頼政様は、どうしてそんなに玉藻を助けたいのです？知人だからですか？」

「無論、それもある。彼女は知己であるからな。だが、それだけではなく……拙者は、国を治める方たちには、正しく公平であってほしいのだ。誰でも私欲や私憤に駆られることはあろうが、情動に流されずに自らを律してこそ君主であろう。王であろう。もしそれができないならば、人を統べる資格は――」

「よく分かりました」

発言が激しくなりそうな気配を察し、泰親は頼政の言葉を遮った。

どうやら頼政は、泰親が思っていた以上に今回の一件に怒りを覚えているようだ。頼政は普段は温厚な人物だが、その内には強さと危うさが秘められていることを泰親は鵺の一件を経てよく知っている。下手に焚き付けないように注意しろ、と自分に言い聞かせ、泰親は言葉を選んで口を開いた。

「……先に申し上げておきますが、私は正面切って進言するつもりはありません。四条宮様の言われたように対外的な影響が大きくなりそうですし、家の者にも迷惑を掛けてしまう。それは本意ではありません」

「そこは同意だ。それで？」

「はい。あの、これはあくまで参考としてお聞きしたいのですが……頼政様は、力ずくで玉藻を解放することは可能ですか？　たとえば奇襲を掛けるとかで」

「検非違使たちを襲えと言うのか？」

「有り体に言えばそうなります」

「……まあ、状況にもよるが、見張りを昏倒させて玉藻を逃がすくらいはできるであろうな。実能様は手強そうだが、検非違使の兵たちの練度はそれほどでもなかった。だが、そんなことをしても解決にはならんだろう？　相手は個人ではなく組織であり、仕組みなのだ。逃がしたところで、別の追っ手が差し向けられるだけだぞ」

「分かっております」

「しかも逃がしたのが拙者とバレたらいっそう厄介なことになる。いずれの家名にも泥を塗らず、朝廷の顔も立てた上で、玉藻を無事に逃がせれば万事解決なのだが、そんな都合の良いやり方が――」

「一つ、あります」

「何？」

　思わず大きな声を出し、頼政は隣を歩く少年をまじまじと見た。

　そんな手があるのか。そう視線で問いかけた先で、若き天才陰陽師はこくりと首を縦に振り、微かな、しかし隣を歩く頼政にはしっかり届く声で、こう告げた。

「玉藻に死んでもらいます」

＊＊＊

京の御所(ごしょ)の中に設けられた清涼殿は、元々は時の帝が日常を過ごすための施設であったが、いつの頃からか政治の場としても使われるようになっていた。政治的な実権こそ鳥羽の法皇が握ってはいるものの、内裏を中心とした朝廷の仕組みはこの時代でも保たれており、関白以下の重鎮たちは日々、謁見の場である昼御座(ひのおまし)に参集し、上皇への報告や提案を行っていた。

そんな御前会議の場に泰親が堂々と乗り込んだのは、玉藻が検非違使に捕らえられた翌々日の朝のことであった。

「喫緊(きっきん)の上奏がございます！」

泰親が若々しい声を張り上げながら姿を見せると、その場に会していた全員がぎょっと驚いて振り返った。

急ぎ足で簀子を鳴らして現れたのは、まだ少年とも言える顔立ちの若者である。その隣には二十歳ほどの大柄な武士が困り切った顔で付き添っていたが、いずれも内裏では見ない顔だ。この不敬な若者は一体誰だと官人たちが顔を見合わせる中、真っ先に声を上げたのは、三十歳を少し過ぎた陰陽師だった。泰親の師匠でもある安倍晴道である。

「泰親ではないか!?　お前は宇治に行っておったはずでは——いや、それより何を考えている？　ここは御前ぞ？」

「存じております！　だからこそお伝えせねばならぬのです、今！」

青ざめる師を泰親が鬼気迫る顔でキッと見返す。そのただならぬ迫力に晴道が思わず押し黙ると、入れ替わるように、最前列に座していた関白の藤原忠通が口を開いた。

「そこにおられるのは源頼政殿ではありませんか。これは何事です」

「も、申し訳ございません、関白様！　拙者も必死に引き留めたのですが、この泰親が、あ、いや、泰親殿が、どうしても内裏に伝えねばならぬ託宣を得たのだと」

「託宣？　占いの結果ということですか」

「はい、関白様。事の始まりは一昨日。些末な事件ですのでご存じでない方も多いでしょうが、検非違使が宇治でとある女を捕縛し、京へ連行いたしました。玉藻と名乗る白拍子姿の外術師です」

落ち着きを取り戻しつつ泰親が告げる。ほとんどの役人は「何の話だ」と眉をひそめたが、検非違使別当の藤原実能、そして部屋の最奥部、巻き上げられた御簾の奥に座していた人影がびくっと反応したことに頼政は気付いた。「それがどうした」と実能が言う。

「あの件はもう終わったはずであろう。それとも貴殿ら、あの娘にまだ未練があると申されるのか？」

「違います！　実に恐ろしい……そして恥ずべきことですが、私たちも誑かされていたのです。あの娘に……いや、唐渡りの妖狐に！」

　泰親の必死の宣告が清涼殿に響き渡った。その切羽詰まった一声に、場が一瞬しんと静まり返り、ややあって、一同を代表するように関白の忠通が神妙な顔で口を開いた。

「……今、『妖狐』と申されましたか」

「いかにも。あの娘の本性は妖狐――狐にございます。しかもただの化け狐ではございません。大陸の大国を股にかけて荒らしまわった、齢八万歳の悪逆非道な大化け物……！古くは天竺の耶竭国は斑足太子の妃の華陽夫人、あるいは殷の紂王の妃・妲己や周の幽王の愛妾・褒姒等々、美しい娘に姿を変えて王に近づき、王の心を乱すことで数多の国を滅ぼしてきた、実に恐るべき妖狐です。かつて唐に渡られた吉備真備様が帰国される際、玄宗皇帝の家臣の娘を名乗って舟に乗り込み、本邦へ渡ってきたのが天平七年のこと。それより四百年近く雌伏を重ね、今、上皇様の御心を惑わしてこの国を滅ぼさんと動き出したのでございます」

　緊迫感のある早口で、それでいて聞き取れる速さで泰親が言う。いきなり告げられた突拍子もない話に官人たちがざわつく中、泰親の師匠の晴道が眉根を寄せて問いかけた。

「お前の才は知ってはいるが、にわかには信じがたい話であるな……。泰親、いかなる占いでその答を得た？」

「はい。斎戒沐浴して卜を行ったところ、坎の卦を得ました。坎は水と陰とを示し、隠れ伏す災いの兆しです。次に兌の卦を得ましたが、これは若い女性を表します。この二つの卦が意味するのが澤水困、災禍接近の知らせです。これに陰陽の交わりを加味すると、火天大有、地火明夷、水山蹇となり、人の理を離れた恐るべき妖異が誰にも気付かれぬまま内裏に入らんとしていることを示します。そうですね」

「た、確かに……。だがそのような不吉な卦が連続して出ることなど」

「そう。これまではありませんでした。故に私も我が目を疑いました。ですが何度試しても結果は同じだったのです……！　疑われるのももっともですが、どうか信じていただきたい。私は一介の陰陽師として申し上げているのではありません。安倍晴明公の五代目として皆様に警告しているのです！」

簀子の上に座した泰親が勢いよく言い切って頭を下げると、晴道は「ううむ」と唸って押し黙り、関白以下の役人たちの顔が一斉に青くなった。晴明の五代目という言葉が効いたようだ。

泰親の脇に控えた頼政はその名の威力に感心し、同時に、あっという間に場の空気を支配してしまった泰親の才能に舌を巻いていた。

言うまでもないが、泰親が真顔で語った内容は全て作り話である。大陸から渡ってきた妖狐云々という設定は、玉藻が宋の後宮から逃れてきたという話を基に、平等院の経蔵で読んだ唐や宋の怪異譚、さらに玄奘三蔵法師の探検記にあった化け狐の話等々を足して、泰親が適当に創作したものだ。

どうか、と再度頭を下げる泰親だったが、そこに検非違使別当の実能が反論を投げつけた。内心は怯えつつあるのだろう、居丈高ではあったが声の調子は弱々しい。

「ば、馬鹿馬鹿しい……！　そんな話を信じられるものか！」

「部下を案じられるならば信じられた方がよろしいかと存じますが」

「何だと？」

「あの娘……いいえ、かの妖狐は、目に見えぬ毒気を纏っております。人を惑わし、あるいは侵す恐ろしい毒気が、その身を常に取り巻いているのです。かの者には今も見張りが付いているのでしょう？　その方たちの身が無事であれば良いのですが……」

「なっ、何を――」

「押し問答していても仕方ありません。そこの方、牢の様子を見てきてください。さすれば私の言葉が真とご理解いただけるはず！」

実能が気圧された隙を突くように、泰親が階下の庭に控えていた若い兵士に指示を出す。兵士は一瞬戸惑ったが、泰親が駄目押しのように「早く！」と告げると、兵士は「はっ！」と反射的に応じ、青ざめた顔で走り出した。泰親に命令権などあるはずもないのだが、この場の全員がそれを黙認してしまっていることに頼政は驚いた。

緊張をはらんだ沈黙が場を満たし、程なくして兵士が走って戻ってくる。さっき以上に蒼白な顔の若い兵士は、一回派手に転んで慌てて起き上がり、悲痛な声を響かせた。

「も、申し上げます！　ろっ、牢の見張りの者が皆、気を失って倒れております！」

「何？　それで女は!?」

「そ、それが、牢の中におるのです！　何食わぬ顔でのほほんと……。それがかえって、いっそう不気味で……」

　実能の詰問に兵士が答える。兵士が怯えきった顔で牢の方を見やると、一同は——正確には、泰親と頼政を除く全員が——ぞっと身を震わせた。

　ちなみに見張りを昏倒させたのは頼政である。道に迷った体で牢に出向き、隙を見て一人ずつ後ろから襲って昏倒させたのであった。いけしゃあしゃあと泰親が言う。

「これでお分かりいただけましたか？　彼女は危険な妖狐であるということが。少なくとも、並の人間ではないことは確信いただけたかと存じますが……」

「そ、それは——しかし、だったらどうしろと？　即刻処刑すれば良いのか？」

「なりません実能様！　彼奴らのような化生にとって、肉の体は仮のもの。下手に斬ったり埋めたりすれば、本体たる魂魄が抜け出てしまい、そうなると誰に取り憑くか分かったものではありません。そもそも都に入れてしまったのがまずかった……！　今、内裏におられる方は、誰もが毒気を浴びている可能性がございます」

　大仰に溜息を吐いた泰親がうつむいて頭を振る。いかにも深刻そうな声を聞いた実能は、自身の責任問題になると気付いたのだろう、はっと息を呑んで固まった。

「何と……。で、であれば一体」

「ご安心ください。策あればこそ上奏に参ったのでございます。この泰親、宇治の経蔵に秘蔵されたる書物にて、大陸渡りの狐祓いの儀式を会得しております」

「狐祓いの儀式？　お前がそれをやるというのか？」

問いかけたのは安倍晴道だ。師匠にあたる人物の不安げな問いかけに、泰親はいかにも「確かに怖いですし自信もないです……」「でも、これは自分がやらねばならないことなのです！」という顔でうなずき返し、視線を上げて口を開いた。

「この儀式においては術者の資質が何より重要。僭越ではありますが、今の京においてこれなる儀を行うのであれば、晴明公の血を引く私が最適任と存じます。失敗しても失われるのは私の命一つのみ、その時は晴道様や陰陽寮の諸先輩方の出番と相成りましょう。なお、狐祓いは今宵、この清涼殿で執り行いたく存じます故、皆様ご協力ならびにご参列賜りますようお願い申し上げます……！」

必死を装った少年の、いかにも有無を言わせぬ口上が、静まりかえった清涼殿に響きわたる。緊張感に満ちた沈黙が場を支配する中、関白は上皇と視線を交わし、泰親の言葉を信じたのか、或いは信心深い上皇を慮ったのか、泰親に向き直ってうなずいた。

「――では、そのように」

＊＊＊

その日の夜、貴族たちが清涼殿に再び集うと、広い庭の中心には狐祓いのための祭壇が用意されていた。

祭壇の高さはおおよそ三尺（約九十センチメートル）。横に長い壇の上には、複雑な形状の紙垂を垂らした御幣や、神酒を満たした瓶子や杯、燭台などが幾何学的に配置され、祭壇の周りには、篝火に用いる鉄籠が幾つか置かれている。

祭壇の向こうでは、後ろ手に縛られた玉藻が白い布の上に座らされており、壇の前に控えるのは束帯姿に正装した泰親だ。濃紺の袍の上に山吹色の石帯を締め、安倍家伝統の冠を被った泰親の姿はいかにも若々しくも凜々しく、「なるほど、晴明公の五代目とは嘘ではないようだ」と小声を漏らす者もいた。

玉藻の脇には、儀式の補助役兼監視役として、弓を携え矢筒を付けた頼政が、武人の正装である武官束帯姿で控えている。

既に日が落ち切って二時（約四時間）以上が過ぎており、暗い清涼殿内には灯台が等間隔に並べられていた。庭の祭壇や泰親の手前側にも、背の高い灯台が幾つか配置されている。庭の広さに比して照明の数が少ないため見通しはあまり良くないが、それがかえって儀式の神秘性を増していた。

階上の貴族たちは庭に面した簀子に列座し、その奥、巻き上げられた御簾の向こうに座っているのは上皇である。参列者が揃ったのを確かめた上で、泰親は夜空の星を一瞥し、階上の参列者に向き直って一礼した。

「では、刻限が参りましたので、狐祓いの儀を執り行わせていただきます。日中にも申し上げましたが、これは私も初めて行う危険な儀。くれぐれもその場から動かれませんよう、特に、絶対にこの御溝水(みかわみず)を越えられませぬようお願いいたします。流れる水は邪鬼を防ぐ壁となります故に……」

泰親が簀子と庭を繋ぐ階段の下に流れる水路を指し示すと、階上の列席者たちはうなずいたり怯えたりとそれぞれの反応を示した。

庭が暗いのに対して階上は明るいので、階下の祭壇からは屋内の様子はよく見える。ここまでは計算通りだ、と泰親は内心でつぶやき、祭壇に向き直って、鉄籠の中に積まれた杉や松の葉を混ぜたものに点火した。

水気を多く含んだ細い葉は、狼煙や烽(とぶひ)などの合図にもよく使われるもので、燃やすと白に近い灰色の煙を発生させる。濃密な煙がもうもうと立ち上る中、泰親は大きな霊符を取り出して玉藻の眼前に突き付け、厳かに祭文を唱え始めた。

「東海の神、名は阿明(あめい)、西海の神、名は祝良(しゅくりょう)、南海の神、名は巨乗(きょじょう)、北海の神、名は禺強(ぐきょう)、四海の大神の名の下に……」

漢語交じりで意味の取りづらい祭文の合間合間には、ビン、ビンと弦を弾く音が鳴る。古来、弓には魔除けの効果があると言われていることを踏まえ、頼政が弓を弾いているのである。泰親に言われた通りに弓を鳴らしながら、頼政は祭文を唱え続ける泰親と、ずっと黙ったままの玉藻を見比べた。

日中は儀式の準備があったし、単独で動ける機会もなかったので、頼政も泰親も玉藻と打ち合わせはできていない。どうかうまく合わせてくれよと祈りつつ、頼政は神妙な顔で弓を弾き続けた。

「……おう、あれを！」

「煙がまるで海のように……！　これはまた何とも面妖な」

「恐るべきは安倍家の陰陽術……」

見守る参列者から声が上がった。その言葉通り、鉄籠から出る煙は夜空に上ることなく、雲海のごとく、庭に溜まって渦巻いているのだ。

これは陰陽術でもなんでもなく、儀式の直前、清めのためと称して庭に水を撒いたことで生じた湿気が煙に絡んで引き留めているに過ぎない。玉藻から習った幻術の応用だが効果はあったようだ。ひとまず安心しつつ泰親は祭文を続けた。

「一心奉請、北辰妙見、真武神仙、韓談関公、オン、サルバタタ、ギヤタバンナ、ヤノ、キヤロニルタ……」

煙の凝った中庭に、祭文と弓の音がいつ果てるともなく鳴り響く。

最初は固唾を呑んで見守っていた貴族たちも、二刻（約一時間）が経つ頃にはさすがに緊張が続かなくなってきたようで、眠たげに目を擦る者も増えていた。

頼政がそのことを目くばせで伝えると、泰親はぶつぶつと祭文を唱えたまま小さくうなずいてみせた。

それはそうなりますよね、と泰親が心の内でつぶやく。

普段ならとっくに寝ている時間に、動けないまま、意味の分からない文句を延々聞かされ、祭壇周りの様子は暗い上に煙が溜まってよく見えない。これでは集中力が持たないのも当然だ。駄目押しとして、階上で焚いている灯台の灯芯には、催眠を誘発するという高麗の朝顔の種を粉にしたものを混ぜてあるのだから、眠くならないわけがない。

泰親はそのまま祭文をしばらく続け、やがて高齢の貴族数名が居眠りを始めたあたりで、ふいに大きく声を張り上げた。

「――唵、急々如律令！　現れ出でたり、魔畜の本性！」

だらだらとした祭文とはまるで違った覇気のある声に、階上の列席者がはっと食いついた、その矢先のことであった。

祭壇を包む煙の中に、大きな獣のような影が一瞬だけ浮かんだかと思うと、何かが煙を突っ切るように飛び上がった。

――びょおおおおおおおおおおおおおおおおおおおおう！

禍々しい唸り声が清涼殿に鳴り響く。

奇妙な声を発した何かは、その場にいた全員の注目を集め、黒い煙を尾のように引きながら、まっすぐに南西の空へと飛び去った。

唐突な急展開に列席者たちはぽかんと呆気に取られ、ざわざわと顔を見合わせた。

「い、今のは一体」

「右京の方へと飛んで行ったが……」

「その前に煙の中に大きな影が！」

「そうです！　何かが見えたようにも思いましたが」

「──お静かに！」

　凜と轟いた泰親の声が、ざわつく貴族たちを黙らせる。一同の視線が注がれる中、泰親は堂々と歩み出て一礼し、頼政に指示を出して煙を発していた鉄籠に水を掛けさせた。

　火が消えて煙が薄れてしまうと、祭壇の向こうに座らされていたはずの白拍子の姿はなく、白い衣だけが残されている。布の上に投げ出された上着を見やって泰親が言う。

「ご安心ください、皆様。かの娘に姿を変えていた狐は、我が祭文と祈りに耐え切れず、本性を露わにするや否や、断末魔の悲鳴を発しながら西の空へと消えました。その一連は、皆様もしかと目撃されたと存じます」

　泰親の明朗な説明に、貴族たちは怪訝な顔を見合わせた。

　煙の中に大きな影がよぎったのを見た気はするし、妙な声を発するものが飛んでいくのも見たようにも思う。だが、祭壇周辺は暗い上に煙っていて見通しが悪かったので、「お前たちも目撃しただろう」と言われても「はいそうです」とは言いづらい。

　しかも、うつらうつらしていたところにいきなり起こった出来事だったので、何があったのかよく分かっていない者が大半だったが、さりとて、都と帝の安否に関わる重大な儀礼を「眠くてよく見ていませんでした」と言えるわけもない。

　であればここは、「見た」と言い切った方がいいのでは……？

不穏な空気が場を包む中、奥に座った誰かが「確かに見ました。あれは狐でした」と口にしたのをきっかけに、「私も見た」「わしもだ！」「見るからに恐ろしい狐だった」などと話を合わせる声が一気に広がり、「女に化けていた狐が本性を現し、躍り上がって逃げて行くのを全員が見た」という共通認識が一気に形成されていく。

「いや、恐ろしゅうございましたなあ」

「妖狐というのを初めて見ましたよ私は」

どこか安堵したように、殿上人たちが妖狐の恐ろしさを口々に語る。その光景を前に、頼政は改めて傍らに立つ少年の才能を痛感していた。


玉藻が実は妖狐だったことにして、それを一同の面前で退治する。

その計画を泰親から聞かされた頼政は当然驚いたし、さらに泰親が「狐は出さなくても大丈夫です」と言い足したことにもまた驚いた。

てっきり頼政は、傀儡と呼ばれるような操り人形か、あるいは張り子などを用意して、それを退治してみせると思ったのだが、泰親曰く「今から作っても間に合いませんし、作り物と生き物の質感は違います。すぐ見抜かれますよ」とのこと。ではどうするのかと思えば、泰親の計画は極めて単純かつ大胆なものだった。

まず観衆の視界を悪くした上で、煙に紛れて玉藻を解放し、清涼殿の庭を流れる御溝水から逃がす。この浅い水路は内裏の外まで通じているし、儀式のためという名目で下流にあたる範囲からは人を遠ざけておくので、見つかる心配はない。

逃げ道を口で伝えるわけにはいかないため、段取りや道筋は霊符に書いておき、それを玉藻にだけ見えるようにかざすことにする。勘のいい玉藻ならこちらの意図を察してくれるだろうし、儀式の途中で符は焼いてしまうので証拠は残らない、というわけである。

実際、玉藻は符を見るなり計画を了承したようで、不安そうな表情から一変、呆れたような、それでいて嬉しそうな苦笑を漏らし、覚悟を決めたかのようにおとなしくなった。

やがて煙があたりを埋め尽くし、一同の集中力が切れかかってきた頃、頼政は暗がりに紛れて玉藻を縛っていた縄を切った。解放された玉藻は軽やかに上衣を脱ぎ捨て、急いでその場を去ろうとしたが――ふと足を止め、祭文を唱え続ける泰親に顔を向けた。

祭壇を挟んで二人の視線がまっすぐに交わり、泰親の祭文が僅かに途切れる。

少しだけ長い息継ぎとともに、泰親の目が見開かれるのを頼政は見た。

いくつもの感情が入り混じったその視線の先で、玉藻の顔になんとも面映ゆそうな微笑みが浮かぶ。せめて別れの言葉を交わしたいと、どちらもそう強く願ったことだろうが、ここで声を出しては全てが水泡に帰してしまう。国を亡ぼす邪悪な妖狐の汚名を着せられた外術師と、その汚名を着せた陰陽師は無言で見つめ合い、そして同時にうなずいた。

玉藻の口が声を発さないまま動き、「ありがとう」「じゃあね」と別れを告げる。さらに玉藻は傍らの頼政にも軽く手を振って笑いかけ、滑るように水路へと消えた。

時間にするとわずか数秒間の出来事であった。

ひとまず玉藻を逃がせたことで気が抜けそうになった頼政だったが、本番はむしろここからだ。泰親は何もなかったかのように祭文を続け、観衆が眠気をこらえきれなくなり、居眠りをする者が複数出てきたあたりで――暗がりの中に揺れる炎や単純な祭文の繰り返しも、いずれも眠気を誘うためのものである――蠟燭で化物の影を映す玉藻直伝の仕掛けを使い、一瞬だけ煙の中に大きな獣を映し出した。

そこで頼政が間髪容れず矢を放った。飛ばすのは奇妙な音が出るように加工した鏑矢で、その先には、狼煙に使う葉を丸めて火を付けたものが固定されている。

観衆からすれば、突如、異様な声と煙を発する何かが夜空の彼方へ飛んでいく光景を見せられたことになる。驚いた一同が息を吞み、戸惑う中で、泰親は「狐が正体を現して逃げた」という物語を堂々と語り、それを見事に信じさせてしまったのであった。

果たしてそんなうまくいくのだろうかと訝しんでいた頼政だったが、こうして殿上人たちが妖狐の恐ろしさを口々に語る姿を見せられては何も言えない。傍らの陰陽師の頭の良さと度胸に頼政は改めて感服し、「狐を出して見せるなど、本当にできるのか？」と不安がった自分に泰親が告げた言葉を思い起こしていた。

「浦島様のことを覚えておられますね？　あの方は、山中で見た象の頭骨を、竜王のものだと完全に信じ込んでいた」

「人の記憶は存外簡単に書き換わってしまうのですよ。『思い出す』という行為は、本を読み返すようなものではなく、過去に聞いた話を自分の言葉で語り直すのに近いのです。

数秒前の記憶であっても、語り直す時には頭の中で自然と辻褄が合わせられ、そうして出来上がった物語は、当人も気付かぬうちに実際の記憶として定着してしまう」

「つまり、私は狐を出すのではありません。狐が確かに出たという記憶だけを、皆様に刷り込むのです」

＊　＊　＊

その数日後、宇治に戻った泰親は一人で宇治川に出かけた。

雪のちらつく無人の川辺では、玉藻が残した家船が寂しそうに揺れている。泰親はしばしの間、主のいない小舟を見つめ、岸辺の岩に掛けられた縄を外してやった。

解き放たれた小さな舟は、冷え切った川面を危うげに、どこかのびのびと流れていく。

泰親がそれを見送っていると、後ろから「おおい」と呼びかける声が響いた。頼政である。

明るい茶色の毛皮の束を抱えてやってきた頼政は、手近な岩の上に毛皮を下ろし、小さくなっていく家船に目をやった。

「流したのか」

「はい。玉藻の痕跡は残さない方がいいでしょう。何せ彼女は、国を惑わす恐ろしい狐だったことになっているわけですから」

「……そうだなあ」

一抹の寂しさは確かにあるが、泰親の言葉は正論だ。頼政は小さくうなずき、川から泰親へと向き直った。

「言われた通り、猟師たちから狐の毛皮を買い集めてきたぞ」

「ご苦労様です。すみません、お願いしてしまって」

「拙者も共犯だし、こればかりは人に頼むわけにもいかんからなあ。しかし思ったより数がなくてな。二匹分と、後は端切れが少ししかないのだが」

「これだけあれば充分ですよ」

「しかし、伝説の妖狐の死骸にしては小さすぎはしないか？　内裏の儀式で祓われた妖狐は、最後の力で飛び上がったが程なくして絶命して落下、お主は占いでその行方を追って死骸を見付けた……という筋書きなのであろう？　これはどう見ても、そこらの山にいるありふれた狐だぞ」

毛皮を広げながら訝る頼政だったが、泰親は「大丈夫です」と自信満々に断言した。

「適当に切り刻んだ上で縫い合わせれば分かりませんよ。『所々が朽ちていたので、まともな部分だけを集め、辛うじて形が分かるようにした』ということにするつもりです。頭や手足はさすがに複数あると変ですが……うん、そうですね。せっかく二匹分あるわけですし、尻尾は二本あったことにしましょうか」

「そんな狐がいるのか……？」

「尾の多い狐の記録はありますよ？　隋や唐の書物によれば、多尾の狐は瑞獣、すなわちめでたい神獣だったそうですが、悪いやつもいたことにしておきましょう」

「大胆な上に適当な……。お主、発想が玉藻に似てきていないか？」

頼政が呆れと感心の入り混じった感想を漏らす。と、それを聞いた泰親は意外そうな顔で頼政を見返し、軽く身震いして顔をしかめた。

「恐ろしいことを言わないでください。私はあの人とは違いますし、ああなるつもりもありません」

「分かった分かった。……しかし、どうしておるだろうな。無事でいるといいのだが」

泰親に苦笑を返した後、頼政は冷えた宇治川に目をやった。

あの狐祓いの儀式以降、二人は玉藻の姿を見ていない。捕らわれたとか殺されたという話は聞いていないものの、だからといって安心できるわけでもない。「せめて幾ばくかの銭でも持たせてやれれば良かったのだが」と頼政が言うと、泰親はそうですね、と小さくうなずき、少し間を置いてからきっぱりと言った。

「……でも、私は彼女は大丈夫だと思いますよ」

「言い切ったな。もしや占いで見えたのか」

「まさか。先ほど、舟を流す前に中の様子を確かめたところ、銭や着物、笈などがなくなっていたのです」

「玉藻が回収に来たと言いたいのか？　物取りに持っていかれた可能性もあるだろう」

「仰る通りです。ですが、もう一つ」

そう言って泰親が懐から取り出したのは、手のひらほどの大きさの一枚の葉であった。全体が濃い緑色で、先が三股に分かれている。「見ての通り」と泰親が言う。

「葛の葉です。今朝方、平等院の経蔵の戸の隙間に差し込まれていました」

「ふむ……？　それがどうしたというのだ」

「時に頼政様。安倍晴明公にまつわる逸話の一つに『その母は人間ではなく妖狐だった』という話があるのはご存じですか？」

「いや、初耳だが……有名な話なのか？」

頼政が眉をひそめると、泰親は「いえ全然」とあっさり首を横に振った。

「伝説というより、ごくごく狭い範囲で語られていた噂話ですしね。先祖が人間ではないというのは、禁中に参内する陰陽師としてはあまりよろしくない話ですから、晴明公の持ち上げに熱心な安倍家も積極的に広めていないようです。とは言え、晴明公を伝説化する今の時流が続けば、いずれ後世では広く知られることになるかもしれませんね」

「まあ、そういうことはあるだろうな。人の口に戸は立てられぬと言うし……。しかし、それがどうかしたのか？」

「ええ。その伝説によればですね。晴明公の母たる妖狐は『葛の葉』と名乗ったとされているのです」

「……葛の葉？」

告げられた妖狐の名前を繰り返し、頼政は泰親の持つ緑の葉に——葛の葉に——目をやった。はい、と再度泰親が相槌を打ち、手にした葉へと視線を落とす。

「伝説では、晴明公を生んだ後、葛の葉は夫に正体を知られてしまい、やむなく人里を離れることになります。その時に幼い我が子に向けて書き残した歌が、『恋しくば尋ね来て見よ、和泉なる信太の森のうらみ葛の葉』だったとか」

「ふむ。さすが晴明公の母君、狐とは思えぬ趣深い歌だな」

和歌好きの頼政が素直な感想を漏らす。それを聞いた泰親は「実際に狐が詠んだわけではないと思いますよ」と苦笑し、少し抑えた声で言葉を重ねた。

「……実は私、いつだったかの双六中に、この『葛の葉』の話を玉藻に聞かせたことがあるのです。宇治でこの話を知っているのは、私の他には彼女くらいでしょうね」

「何？」

はっと頼政が息を呑む。そういうことです、と泰親がすかさず首肯する。

「葉が飛んできて自然に板戸に挟まることなどまずないでしょうし、そもそも平等院の境内にも周辺にも葛はありません。私が思うにこれは、妖狐ということにされた彼女なりの別れの挨拶であり、自分は無事だから安心しろ、と告げる文なのではないかと思うのです。……確証はありませんけれど」

そう言って泰親は寂しそうに微笑み、葛の葉を大事そうにそっと両手で挟んだ。冷静な泰親にしては珍しいその表情に、頼政は「そうだな」と相槌を打ち、こう問いかけた。

「……なあ、泰親。お主、もしかして玉藻を好いておったのか」

「えっ？」

きょとんと目を丸くする泰親である。いや、そんなに面食らう質問でもないだろう。頼政が「年頃の男子ならば乙女に惹かれるのは当然であろう」と付け足すと、泰親はその発想はなかったと言いたげに目を瞬き、小さな肩をすくめた。

「……どうなのでしょう。お恥ずかしい話ですが、私には、愛情とか恋慕という気持ちが未だによく分からないのです」

「そうなのか？」

「はい。私にとっての玉藻は、あくまで気のおけない友人で、私の知らない知識をもたらしてくれる大事な師でした。ですから、玉藻に対して抱いていた感情は、友愛であり尊敬なのですが――そう思っていたのですが――まあ……それはつまり、好きだった、ということなのかもしれませんね」

自己の内心を分析するように泰親が語る。それを聞いた頼政は、ふとあることに気が付いた。

自分のようなありふれた人間は、異性への関心や愛を自覚しながら成長し、落ち着くのはその後だ。だが、泰親の場合は逆なのかもしれない。今は人間的な感情を徐々に覚えているところなのだとしたら、年上の平凡な友人としては、せめてまっすぐ育てるよう、出来る限り見守ってやりたい……。

そんなことを思っているうちに、つい慈しむような目つきになってしまっていたようで、泰親は気味悪そうに眉をひそめた。

「何です、ニタニタと」

「ああ、失敬。あれだ、丸く収まって良かったと改めて思ってな」

「それは確かに。お力添えありがとうございました」

「何を言う。ほとんどお主の働きではないか。……にしても、泰親。此度のこと、本当にあれで良かったのか？　お主はそもそも、晴明公の神格化にも、それを背負って安倍家の氏長者となることにも反対しておったはずだろう。なのに――」

「……ええ。内裏であれだけ大掛かりな儀式を成功させてしまった以上、今までのように気楽にしているわけにはいかなくなるでしょうね。せめて今年の終わりまでは、宇治にいたいと思っていたのですが……」

「今年の終わり？　何かあるのか？」

「秘密です。私の観測と計算が正しければ、変わったものが見られるはずですよ」

そう言って微笑み、泰親は川面から冬空へと視線を上げた。釣られて空を見る頼政の隣で、小柄で聡明な少年が言葉を重ねる。

「おそらく私には、近いうちに陰陽寮から帰還命令が出るでしょう。正式に家督を継がされてしまえば、このように一人で出歩くことすら難しくなってしまうかもしれない。それは正直、不本意ですし、寂しいことですが」

そこで一旦言葉を区切ると、泰親は視線を下ろして胸を張り、「私は後悔していませんから」と言い足した。「それは拙者もだ」と頼政は答えた。

大陸より日本に渡ってきた強大な妖狐が「玉藻前」という名の美女に化け、鳥羽上皇に近づくも、優秀な陰陽師である安倍泰親によってその正体を見破られて退治される――。いわゆる九尾の狐の伝説である。この有名な伝説がいつ頃成立したのか、明確なところは分かっていないが、室町時代頃には既に広く知られていたと言われている。

玉藻前の正体である妖狐は、現代では九本の尾を持つとされるのが一般的ではあるものの、実は伝説や媒体によって尾の数は異なる。「玉藻の草子」のような初期の記録では尾の数は二本であったり、あるいは単に大きな白狐であったりと様々で、九尾という設定が一般化するのは江戸時代以降、「安倍晴明の母親は葛の葉という妖狐であった」という伝説が定着したのとおおよそ同時期であった。

また、後世に定型化した伝説では、内裏から逃げた妖狐は那須野が原で退治されて殺生石に姿を変えたと語られることが多いが、「神明鏡」などの複数の書物によれば、妖狐の死体は宇治の平等院の宝蔵に保管されていたとされている。

第五話　鬼の王の首

伊勢の國すゝか山に、おほだけ丸とて鬼神出き、ゆきかふ人をなやまし、みつき物もたえ〳〵なり。御門此よしきこしめし、としむねに仰付、いそきほろぼすべしとのせんじなり。（中略）大たけ腹をすへかね、手取にせんと、半町ばかり一飛にとんで懸るを、飛ちかへて切給へは、首は前に落けるか、其まゝ天へ舞あがる。すゝか御前は御覧じて、此首たゝ今おちかゝるべし、用心あれとて、よろひ甲を重てき給ふに、二時計有てなり渡り、田村の甲のてへんにくらひ付、俊宗甲をぬぎ御覧するに、其まゝ首は死にける。殘のけんぞく共にはなわをかけ、引上り、皆切てごくもんに懸られける。又大たけ丸が首をは、末代のつたへにとて、うち（宇治）のほうさう（宝蔵）に納、千本の大頭と申て、今の世までも、みこしのさきに渡るは、この大たけ丸が頭なり。

（「たむらのさうし」より。引用に際し句読点等を補った）

占術の大名人を自称するその怪人が宇治に現れ、泰親に勝負を挑んできたのは、玉藻の一件から少し経った後、霜月（十一月）末の頃だった。

その日泰親は、平等院の経蔵で腕を組んで溜息を吐いていた。眼前の文机に広げられているのは、都の本家から届いたばかりの一通の文である。安倍家の跡継ぎがいつまでも宇治に引っ込んでいるのは外聞が悪い、今すぐ陰陽寮に戻って嫡流の陰陽師としての務めを果たせ、上皇陛下や関白様もそれを望んでおられる……といったような内容が、堅苦しい筆跡で綴られている。

狐祓いの儀式を大々的に成功させてしまった以上、都に戻れと言われることは予想も覚悟もしていたが、召喚状が来るのが思ったより早い。正直、全く気乗りはしないものの、上皇や関白の名を出されては無下に断ることもできないし、さて、どう返事したものか。そう泰親が思案していたところ、下男の弥三郎が呼びに来たのである。

「申し上げます。門前におかしなものが参りまして、安倍晴明公の五代目殿と占術の勝負をしたいと申しております。居合わせた頼政様が追い払おうとしてくださったのですが、そやつは『すぐ終わる勝負なのに負けるのが怖いのか』『出て来るまでここで待つ』と言い張って動こうとせず、既に大勢が集まって騒ぎになっておりまして……」

「分かりました。すぐ行きます」

申し訳なさそうな弥三郎の説明を遮り、泰親は緒太草履を履いて経蔵を出た。

なぜそんなことのために出向かねばならんのだ、という気はあるにはあるが、殺し合いを挑まれたわけでもなし、自分が出て収まるならそっちの方が手っ取り早いし、そろそろ外の空気も吸いたい。というわけで泰親が弥三郎の案内で門の前まで出向くと、三十人近い群衆がざわめいていた。困った顔の頼政が泰親に気付いて頭を下げる。

「来てくれたか。すまぬな、わざわざ」

「お気遣いなく。丁度、気分転換をしたいところでしたので」

「気分転換？　何か疲れることでもあったのか？」

「え？　……ああ、いえ、大したことでは」

泰親はつい話題を逸らし、同時に、はぐらかしてしまった自分に少し驚いた。隠すようなことでもないはずなのに、という声が胸中に響く。その態度に違和感を覚えたのだろう、頼政は軽く顔をしかめたが、泰親はあえて無視して「それで」と続けた。

「私に勝負を挑んでこられた方というのは……」

「ああ。それなら――」

「おう！　参られたか五代目安倍晴明殿！」

豪快な大声が頼政の言葉を遮る。「待ちわびましたぞ！」と笑いながら群衆を押しのけて現れたのは、年の頃三十前後の大男であった。

身の丈は頼政とそう変わらないものの、手足も胴も太いのでいっそう大きく見える。小さな頭巾を被って、長く伸ばした髪を後ろに流し、いかめしい顔には薄く白粉を塗り、眉尻や目の下、口元には紅を差している。小袖に袖なしの直垂を重ね、穿いているのは脛を絞った括袴。山で修行する行者のような出で立ちだが、小袖は赤で直垂は緑で袴は真っ青、手にしているのも錫杖や法螺貝ではなく鉄製の金剛杖と口を縛った革の袋なので、よくいる修行僧とはまるで印象が違った。派手な上に怪しい姿の怪人物を前に、泰親は一瞬眉をひそめ、姿勢を正して会釈した。

「お初にお目にかかります。安倍泰親と申します」

「これはご丁寧に！　それがしは、諸国を遍歴して鬼道を修める阿久路(あくろ)童子と号す者。内裏で妖狐を祓われた噂を拝聴し、是非一度お手合わせをと思いたちまして、こうしてまかり越した次第でござる」

「それはそれは……。『きどう』とは、鬼の道と書くのですか？」

「いかにも！　鬼神の声に耳を傾け、世の理の裏を知り、先を読むのが鬼道でござる。どうだ皆の衆！　それがしが予言した通り、五代目殿がお見えになったであろう！」

泰親への説明もそこそこに、阿久路童子と名乗った男が声を張り上げると、取り囲んでいた群衆の中から「確かに」と納得する声が漏れた。集まっていたのは百姓や漁師や職人がほとんどだったが、下級貴族や僧もいる。随分幅広い顔ぶれが集まったものだと思いつつ、泰親は肩をすくめて嘆息した。

「……自分は『五代目』ではなく安倍泰親なのですが」

「これは失敬！　では泰親殿、早速ですがいざ勝負！」

そう言うと阿久路童子は、手元の革袋から、同じ大きさの三つの木椀と、一つの小ぶりな橙（だいだい）の実を取り出した。踏み固められた土の上にそれらを並べ、阿久路童子が嬉しそうに泰親を見る。

「よろしいかな？　この三つの椀を伏せておき、どれかの中に橙を隠すので」

「どれに入っているかを当ててみせろ、というわけですか？　いや、陰陽術というのは、そういうことのためにあるものではないのですけれど……」

「おや！　これはまた何とも意外、そして心外！　まさか安倍家の氏長者ともあろうお方が、負けを恐れて逃げられるとは！」

眉をひそめた泰親を前に、阿久路童子が聞こえよがしに声量を上げ、周囲からは残念そうな声が響く。頼政が睨むと群衆は一時的に静かになったが、「ずるいぞ」「負けると思ってるのか」「晴明公の子孫なのに？」などとささやく声がひそひそと続いた。不満げな失望感が場に醸成されていく中、泰親は少し沈黙し、観念したように大きく溜息を吐いた。

この態度が大きくてうるさい占い師は、どうやら泰親の……と言うより安倍家の名前を利用して名を売るのが目的のようだ。よくいる手合いではあるので一々咎めようとは思わないが、長く関わるだけ相手に得をさせることになり、それはちょっと不本意で、であれば手短に終わらせるのが一番だろう。結果を外して失望されても、そもそも陰陽術の神格化に拒否感を持っている身としては痛くも痒くもない。

「……分かりました。一勝負だけお付き合いいたします」

「おお、それでこそ！　それでは」

「お待ちを。橙を椀に隠した後に、無作為に選んだ第三者が椀を動かし、その間、私たち並びに立ち会う皆様は目を逸らすか伏せるかしておく。その条件でお願いいたします」

「なるほど、それは公平でござるな。では皆の衆、そういうことで！」

泰親の出した条件に阿久路童子がうなずき、見物客にも周知する。阿久路童子は皆の見ている中で、椀の一つに橙を入れて伏せ、その位置を動かす係には、泰親が後ろ向きに放った砂利で一人の若い僧が選ばれた。

一同が目を背けている間に僧は三つの椀を伏せたまま動かし、「終わりました」の一声で占いの勝負が始まった。地面の上に等間隔に伏せられた三つの椀を前にして、阿久路童子がうきうきと言う。

「五代目殿、まじないを唱えたりされなくてよろしいのかな？」

「ですから陰陽術というものはそういうものではなくて……。そちらは？」

「それがしは何もする必要はござらん。鬼神の声が全て教えてくれるのです！　さあさ、どうぞお先にお選びください」

自信満々に笑った阿久路童子が泰親を促す。泰親は「分かりました」とうなずいて椀に顔を近づけ、そして軽く訝しんだ。

隠した時に橙を潰すか傷つけるかしたようで、柑橘類特有の香りが右端の椀から漂っているのだ。一見しただけでは分からないが顔を近づけてみれば明確である。これでは勝負にならないのでは……と内心で呆れながら、泰親は顔を上げた。

「決めました」

「それがしももう決まっております。では、一、二の三で同時に椀を開けることにいたしましょう。よろしいな」

「構いません。では、一、二の――」

「三っ！」

ああっ、という声が周囲から起こった。

阿久路童子が手を伸ばした先は地面の上の椀ではなく自分の頭巾で、しかもその頭巾の中から橙が転がり出てきたのである。泰親が持ち上げた椀の中は空であった。

伏せた椀を動かした僧が「え？」と驚くのと同時に、阿久路童子は橙を掲げ、勢いよく立ち上がった。

「この阿久路童子、見事橙の行方を当ててみせましたぞ！　これこそが、晴明公の陰陽術をも凌ぐ、我が鬼道の神髄なり！　さあ皆様、ご喝采ご喝采！」

満面の笑みの阿久路童子が自信満々に煽ると、四方から感嘆の声や拍手が響いた。賞賛を浴びる阿久路童子をよそに、泰親は無言で立ち上がり、見守っていた頼政と視線を交わして肩をすくめた。

目的を果たした阿久路童子は泰親に礼を言ってどこかへ去った。泰親は、用事があるという弥三郎と門前で別れ、頼政とともに平等院へ戻った。元より勝ち負けに興味の薄い泰親は平然としていたが、隣を歩く頼政は対照的に納得のいかない顔であった。

「あんな占いがあるものか！　鬼神のお告げも何も、自分の頭巾に橙が入っていたなら分かるに決まっているではないか」

「まあまあ。私がしてやられたのは確かですから」

「お主はいつも落ち着いておるなあ……。しかし、あれはどういう手を使ったのだ？」

「椀に入れて伏せると見せかけ、橙を袖に隠したのでしょう。それを隙を見て頭巾へ移しておく。いたって単純な外術ですが、意外性はありますし、目の前で誰かが……できれば高名な人物が失敗していると、なお効果的です。私はまんまと当て馬に利用されてしまったわけですね」

精進せねば、と泰親が苦笑する。その冷静さに頼政はしみじみと感服した。

「全く大人だな、泰親は。それに引き換え拙者ときたら、いいように驚かされてばかりで情けない……。ああいうハッタリの利いた輩はどうも苦手でな」

やるせない顔で頼政がこぼすと、泰親は玉藻のことを思い出したのだろう、ふと懐かしそうな顔になり、優しげな視線で頼政を見上げた。

「お気になさいませんように。頼政様は頼政様で私は私です。比べる必要はないかと」

「すまぬな、気を遣わせてしまって……」

そう言って苦笑いを返し、頼政はふと門の方向へ振り返った。

「なあ泰親。あの阿久路童子なる男、放っておいていいと思うか？」

「いいのではありませんか？　実害を出したわけでもなし、そもそも、ああいう手合いは宇治にはよくおります。いつも通り、何か問題が起きたらその時に対応されるということで良いのでは」

「そうだな」

泰親の提案に頼政は素直に同意したが、胸中には、ざわつくような不安が微かに首をもたげていた。頼政は軽く首を横に振り、その予感が外れることを願った。

＊　＊　＊

それからほどなくして、阿久路童子なる怪しい行者が、五代目安倍晴明に占いで勝ったという噂が宇治中に広がった。

平等院の門前でのいきさつを見た者が伝えたのに加え、阿久路童子本人が喧伝して回ったためである。郊外の廃寺に勝手に居着いた阿久路童子は、至高の占術家と自称、辻々で占いをする一方で、貴族の屋敷や寺院に押しかけて失せ物の在処を言い当てたり、火災や泥棒などを予言してみせたりした。しかもそれがよく当たるものだから阿久路童子の評判は高まる一方で、そうなると頼政も気に掛けないわけにはいかなくなった。

「さっぱり分からんのだ」と平等院の経蔵で頼政が言う。

「あれは一体何者で、一体何がしたいのだ？　占いの的中率は桁外れで、その癖、報酬をせびるわけでもないと来ておる」

「噂は私も聞いています。占いが本当に当たるらしいというのも謎ですが、そんな力があるのなら、単純な外術で私を欺く必要はなかったはず。玉藻が人魚を使った時のように、自発的に寄進させているわけでもないのでしょう？」

「そうなのだ。むしろ金を払おうとしても断り、ただ、飯だけを食って帰るのだとか。その振る舞いが受けて、奴の人気は高まるばかり」

「実際、行いだけを見ればただの善人ですからね。いずれ教団でも立ち上げるつもりでしょうか？　あるいは、単にそういう奇特な人物ということもあり得ますが」

「それならそれで良いのだが……拙者、最初から、どうもあやつには何かありそうな気がしてならんのだ」

頼政がそう言って大きく眉をひそめた、その時だった。

「頼政様！　泰親様！　いらっしゃいますか？　あやつが――阿久路童子が、とんでもないことを！」

しわがれた声が経蔵の外で響いた。弥三郎のようだが慌てようが只事ではない。頼政たちが急いで出向くと、怯えた顔で控えていた弥三郎は、挨拶も説明もそこそこに、「ともかく、こちらへ」と二人を先導した。平等院の門前、先日泰親が勝負に負けたあの場所には、百人近くが集まっており、その中心で阿久路童子が吼えている。

「託宣をゆめゆめ疑うことなかれ、我が鬼道は絶対なり！　それがしの予見は必ず成就するゆえに――」

「静かにせぬか、門前であるぞ！」

群衆を掻き分けて前に出ながら頼政が叫ぶ。それに気付いた阿久路童子は紅で縁取った目を細めた。頼政に続いた泰親が問う。

「穏やかではありませんね。いかなる託宣を得られたのです？」

「おやおや！　そこにおわすは先日それがしに敗れた五代目殿ではございませぬか！」

「お主！　何を抜け抜けと」

「構いません頼政様。それよりも知りたいのは託宣の中身。どのような未来をご覧になったというのです？」

「この平等院に大いなる災厄が起こるのでございます！　故にこそ、こうやって警告に参った次第にて」

泰親の静かな問いに阿久路童子が堂々と答える。頼政たちが聞き入る中、派手な衣装の行者風の大男は、一旦目を閉じて沈黙した後、双眸を見開き、梵鐘のような声を響かせた。

「――来たるべき晦日(みそか)の日、今年最後のその日の夜！　『鬼やらい』の儀式の最中、怨みに燃える鬼どもが宇治は平等院へと参集するのでございます！」

阿久路童子が口にした「鬼やらい」とは、毎年大晦日に執り行われる鬼を祓う儀式の名で、別名を「追儺（ついな）」とも言う。陰陽師が祭文を唱えると、四つ目の仮面を付けた鬼神「方相氏」が現れ、邪気や悪鬼を追い払うというもので、現在の節分の豆まきの原型でもある。平等院の鬼やらいは毎年恒例の行事であり、ここでは田楽や今様などの舞楽も披露されることになっていた。

堂々たる宣告を受け、泰親は「鬼……？」と首を捻った。

「鬼というのは、あの鬼ですか？」

「鬼といったらあの鬼でございますよ、五代目殿！　赤やら青やら緑の体で、頭に角を、口に牙を生やしており、人を食う怪物どもでございます！　その鬼どもの目的はただ一つ、ここ、平等院の宝蔵に収められたる第一の秘宝——鬼の首をば奪うこと！」

「鬼の……首？」

「左様！　首と言ってもただの首ではございませんぞ？　かの鬼の中の鬼、鬼を統べたる鬼の王！　『大獄丸（おおたけまる）』の首にござる！」

阿久路童子の大声が平等院の門前に轟く。あまりに非現実的な予言に、ざわめきが波紋のように広がる中、泰親と頼政は困惑した顔を見交わした。

鬼の首などという不吉な物が平等院の宝蔵に収められているなどという話は聞いたことがないし、それが「第一の秘宝」というのも初耳だ。頼政は軽く首を傾げ、阿久路童子に歩み寄った。今はひとまずこの騒ぎを鎮めることが先決だ。

「滅多なことを申すでない！　害がないので黙認しておったが、人心を誑かすようであれば宇治より退去を命じるぞ」

「誑かすとは心外な！　それがしはただ知ったことを伝えているのみにございます！　時に源頼政殿、貴殿は、鬼殺しの英雄、源頼光殿の血を引いておいでであるとか」

「それがどうした」

「警告でございますよ！　貴殿の体に流れる血を、鬼どもはひどく恨んで呪っております。潰してやりたい、引き裂きたい、血をすすり肉を食ろうてやりたい……。そんな声が十重に二十重に聞こえまする。どうか、くれぐれもご自愛くださいませ」

　さっきまでの扇動者のような物言いから一転、頼政に顔を近づけた阿久路童子が抑えた声で静かに告げる。淡々とした警告に、頼政の背筋に悪寒が走った。頼政がはっと息を呑むと、阿久路童子はその隙を突くかのように身を引き、慇懃に一礼してみせた。

「……では、用件も済みました故、それがしはこれにて失礼いたします。五代目殿も頼政殿もお集まりの皆々様も、鬼にはどうぞご注意を」

　頭を下げたまま、まるで笑っているかのような声でそう告げると、巨軀の予言者は顔を上げて身を翻し、堂々とその場を後にした。

「やられました」

　平等院の境内に戻るなり泰親は歯噛みした。

「彼のこれまでの振る舞いは全て、あの予言に耳目を集めるための下ごしらえだったのでしょう。知名度を上げ評価を高め、信用も集まったところで物々しい予言を出せば、注目されるに決まっている……！」

境内を速足で歩きながら泰親が言い、隣に並ぶ頼政は深刻な顔で「むう」と唸った。弥三郎は管理職の僧正たちに報告に行かせたが、既に院内にも阿久路童子の予言の話は広がっているようで、境内のそこかしこで僧たちが不安な顔を突き合わせている。そんな様子を一瞥し、泰親はいっそう神妙な顔になった。

「しかし、奴の目的は一体何なのでしょう……？　鬼やらいには摂関家のお歴々も参列されますから、当然、平等院の警戒も厳重になります。曲者が忍び込むのは困難でしょうし、鬼が本当に出るとも思えない。せっかく得た信用を捨てる意味がどこにあるのか」

「捕らえて問い詰めてみたところで、素直に答えるとも思えんしなあ。拷問などは避けたいし……。それはそうと泰親、拙者、一つ分からんことがあるのだが」

「何です？」

「……奴の言っていた大獄丸とは、そもそもどういう鬼なのだ？　田村将軍こと坂上田村麻呂公が退治された鬼の王ということしか知らんのだが、その理解で良いのだろうか」

初歩的なことを聞いてしまって申し訳ない……という顔で頼政が問う。その質問が意外だったのだろう、阿字池の前に差し掛かっていた泰親はきょとんと立ち止まり、頼政の顔をまじまじと見た後、嘆息した。

「――そうですね。まずはそこからです。情報を整理しなければ、見えるものも見えてこない。阿久路童子にしてやられたと思うあまり、視野が狭くなっておりました。ありがとうございます」

「礼を言われることでもないが。それで」

「はい。頼政様が仰った通り、大嶽丸とは、今を去ること三百余年前、鈴鹿山に巣くって朝廷を脅かし、田村将軍、坂上田村麻呂公に討たれたとされる鬼の王の名でございます。……一般的には」

「『一般的には』？」

含みのある補足を頼政が繰り返す。見返された泰親はこくりとうなずき、「大嶽丸と呼ばれる鬼は、実はよく分からないのです」と続けた。

「坂上田村麻呂公は東国や奥州を平定された高名な武人ですが、十一面観音を篤く信仰され、清水寺を建立された方でもあります。故に清水寺の勧進聖には、田村将軍に縁深い東国を巡り歩くものもおりました。今からお話しするのは、そういった勧進聖が東国で聞いた話を、宇治大納言様こと源隆国様が聞き取って記録されたものです」

そう前置きすると、泰親は大嶽丸なる鬼のあやふやさについて話し始めた。

文献によって名前の表記が異なっており、正しい名前からして分からない上に、「おおたけまる」という名を持つ鬼は実は相当数が多い。今でこそ鈴鹿山に巣くった鬼として知られているが、陸奥には岩手山の城に君臨した鬼の首領「大武丸」を田村将軍が討ったという話があるし、出羽の米木山には「大滝丸」が、陸奥の篦岳には「大竹丸」が、同じく陸奥の大滝根山には「大滝丸」が君臨していたという。

「性格や顛末は大体どれも似通っています。超常的な力を備えた鬼の首魁で、奮戦及ばず田村将軍に討ち取られる……。そして、ここからがまたややこしいのですが、大滝根山の大滝丸はその別名を『悪路王(あくろおう)』というのだとか」

「あくろ……？　阿久路童子と同じ音であるな」

「そうなのですよ。おそらく奴の名の由来はこの悪路王。まあ、鬼神の託宣を授かると自称している以上、古く強力な鬼にあやかるのは不自然ではないですが、この悪路王というのがまた数が多いのです。陸奥の達谷窟にいたとする話もあれば、出羽の切畑山に君臨していたという記録もあり、常陸や下総にも話が残っている……。他にもまだまだあります が、ひとまずこれくらいにしておきます」

「助かる。するとつまり……え、ええと、どういうことなのだ？　そもそも鬼が実在するとも思えんが、同じ名前の者があちこちにいるのはなお解せんぞ。一つの話が方々に広がって根付いたということか？」

腕組みをした頼政が難しい顔で問いかけると、泰親は訝しげに首を傾げた。

「それはどうでしょう。以前、浦島子の話をしましたよね。あれが良い例ですが、普通、一つの話がいくら拡散しても、物語の舞台とされる土地は不変のままか、もしくはどことも知れない場所とされるものです。なのにこの大嶽丸、あるいは悪路王に限っては、東国のあちこちに『この土地にそういうものがいた』『ここそがその最期の地である』という話が残っているのです。これは一体どういうことなのか、なぜそんなことが起きたのか、以前から気になっていたのですが……頼政様はどう思われます？」

「何？　いや、拙者に聞かれても」

「頼政様だからこそお尋ねしているのです。頼政様のご先祖が退治されたという酒呑童子もまた鬼の王。鬼殺しの家系にのみ伝えられている話などはありませんか？」

　勢い込んだ泰親が頼政にぐっと近づき顔を見上げる。好奇心に満ちた猫のような大きな瞳を向けられ、頼政は申し訳なさそうに眉尻を下げて頭を掻いた。

「すまんが何も聞いてはおらん。もしかしたら父は祖父から何か聞いていたりするのかもしれんが、あいにく今は下野に赴任中でな」

「下野……。遠いですね」

「そうなのだ……。それとな、拙者がもう一つ気になっておるのが、阿久路童子が大嶽丸の首こそ『宝蔵第一の秘宝』と言いおったこと。全く信じがたい話だが、まずは真偽を確かめたい」

「同感です。とは言え、誰に聞けばよいものか……。宝蔵は平等院の敷地の中にありますが、あの建物は摂関家の管轄。入れるのは藤原家の氏長者か皇族のみですから、僧正や僧都に聞いたところで噂以上の情報を得られるとは思えません」

「それは確かに。まさか宝蔵に押し入ってこの目で確かめるわけにもいくまいし……。しかし、ならば誰に――」

　誰に聞くべきか。頼政はそう口にしようとしたのだが、それより早く泰親は宇治川の方向に目を向け、きっぱりと言い切っていた。

「ここは元関白様にお尋ねしましょう」

＊　＊　＊

「お、大嶽丸の首じゃと!?」

　富家殿の主にして前関白の忠実は、頼政たちから事情を聞くなり、血相を変えて目を見開いた。酒のせいで薄赤く染まっていた顔がさあっと青ざめ、震えた手から空になっていた杯が落ちる。三人しかいない静かな広間に、からん、と乾いた音が響く中、忠実が不安な声で問いかける。

「その行者もどきは、本当にそう予言しおったのか……？」

「はい、大嶽丸の首こそが平等院の宝蔵の第一の秘宝であり、それが鬼やらいの夜に鬼どもに盗まれる――と。そうですね、頼政様」

「うむ。拙者もこの耳で確かに聞きました。にわかに信じがたい話でしたが……まさか、平等院の宝蔵には、大嶽丸の首なるものが本当に収蔵されているのですか？」

「しっ、知らん！　余は何も知らん！」

頼政に問われた忠実は視線を逸らし、首を必死に左右に振ったが、その反応は「何かを知っている」と明言しているのにほぼ等しい。意外な展開に頼政は驚き、座ったまま身を乗り出した。

「恐れながら申し上げます。阿久路童子なる者が何かを目論んでいるのはほぼ確実。彼奴の謀を探り、止めるにしても、現状を知らねば動きようがございません。一体、大嶽丸の首とは何なのです。あの蔵に何があるのです？」

「くどいぞ！　知らんと言っておるだろうが」

「しかし、忠実様は蔵に入られたことがあるはずですし、宇治の摂関家の代表ならば宝蔵の鍵もお持ちなのでは……」

「た、確かに……鍵は持っておるし蔵に入ったこともある。だが、あれについては本当に知らんのだ！　大体、知っていても言えるわけがなかろう……！」

蒼白な顔の忠実が食い下がる。摂関家の元長者がここまで狼狽するということは、思っていた以上に事は大きいようだ。だとすれば何としても正確なところが知りたいが、頼政と忠実との間には明確な地位や格の差があるので、詳しく教えろと強要することもできない。どうしたものかと頼政が苦慮していると、泰親が正座を保ったまま口を開いた。

「……忠実様。藤原忠文様をご存じですか？」

「忠文様？　民部卿のことか？　それはもちろん知っておるが……」

困惑気味に忠実が眉をひそめた。藤原忠文といえば、今から百八十年ほど前、関東で平将門が反乱を起こした際に征東大将軍に任じられた人物である。既に老いていた忠文は老骨に鞭打って東国に出向いたが、現地に着いた頃には討伐が終了しており、恩賞を一切得られなかった。その待遇に怒った忠文は自身をないがしろにした同族たちを呪って憤死、怨霊となって様々な災禍をもたらしたため、宇治の末多武利（またふり）神社に祀られたとされている。

宇治や京の人々に広く知られ、特に藤原家の人間からは畏怖され続けてきた人物――怨霊の名をいきなり出されて戸惑う忠実を前に、泰親は恐ろしげに身震いしてみせた。

「これは申し上げまいと思っていたのですが……実は先ほど易を行ったところ、かの民部卿の怨霊が、阿久路童子を加護しているかもしれないとの卦が出たのでございます」

「何？　ま――真か!?」

「はい。大変に恐ろしいことですが」

いっそう青くなる忠実を見返し、泰親が堂々と嘘を吐く。頼政が思わず睨んだ先で、少年陰陽師はそれはもういけしゃあしゃあと先を続けた。

「阿久路童子の真意は定かではありませんが、藤原家、ひいては内裏を恨む民部卿に護持されているのであれば、放置しておいてよいはずがありません」

「そ、それは確かに……！　そうだ泰親、お主の占いで、阿久路童子の謀の内容を知ることはできんのか？」

「申し訳ありませんが、今見えているのはここまでです。易で正しい答を得るためには、どうしても正確で詳細な情報が必要となります。ご存じのことがあるのなら、是非にご教示賜りたく……」

　泰親が深く頭を下げる。忠実は困った顔で視線を泳がせたが、ややあって「……分かった」とうなずき、二人を手招きして口を開いた。

「……あのな。これは藤原家の氏長者のみに代々受け継がれてきた話なんじゃがな、大嶽丸の首が平等院の宝蔵にあるというのは、真の話じゃ」

「何ですと!?」

「声が大きいぞ頼政！　そもそも平等院は、かの首を封じ守るために建立された寺だとも聞いておる」

「平等院が……？」

「元は別業であったものを寺に建て替えたのは、祈りの力でそれを封じるため、ということですか。しかし、大嶽丸の首というのは、そこまでして封じねばならないほど危険なものなのですか？」

　意外な話に面食らう頼政の隣で泰親が冷静な問いを投げかける。二人に見つめられた忠実は、不安げな顔を縦に振り、抑えた声をぼそぼそと発した。

「危険じゃ。何せ、一度箱から解放されたなら、大嶽丸は蘇ってしまうのだそうな」

「蘇る？　しかし首だけなのでしょう。しかも何百年も前の」

「余に聞かれても知らん！　じゃが、大嶽丸が退治された話は一つだけではなかろうが。泰親、博識なお前ならよく知っておるじゃろう……？」

「はい。それは先ほど頼政様にもご説明させていただきましたが……つまり、各地に大獄丸の話が残っているのは、倒される度に蘇っていたから、ということですか？　それなら話は繋がりますが……」

興味深そうな顔で得心する泰親だったが、頼政は大きく眉根を寄せていた。首だけになっても再生できる生き物がいるとは思えない。そもそも鬼が実在するという話からして信じがたい。忠実は本気で鬼を恐れているようで、「知っておるのはそこまでじゃ」と青い顔を背けたが、好奇心に目を輝かせた泰親はそれで納得しようとはしなかった。

「『そこまで』？　本当ですか？　まだ何かご存じなのではありませんか」

「し、知らんものは知らんのじゃ！　このことを口にするだけでも藤原家の禁忌に触れておるのだぞ？」

「それは承知しております。ですが私としましても、隠し事をされると救えるものも救えぬことになり――」

「いい加減にせぬか泰親！　忠実様を怯えさせて何とする」

気が付くと頼政は思わず泰親を遮っていた。詳しく知りたい気持ちは分かるが、いくら何でもやりすぎだ。頼政が抑えた声で「目的を履き違えてはおらぬか？」と言い足すと、泰親は、眉をひそめる頼政と、真っ青な忠実を見比べた後、何かに気付いたように息を呑み、忠実に向き直って深く頭を下げた。

　忠実に無礼を詫びて富家殿を出るなり、泰親は頼政にも謝った。

「先の私は、好奇心に駆られる余り自制を欠いておりました。忠実様には玉藻の一件で便宜を図っていただいたにもかかわらず、恩を仇で返すような振る舞いをしてしまったこと、真に恥ずかしく存じます」

「……まあ、好奇心が旺盛なのはお主の取り柄ではあるのだがな。先のは少し脅しすぎだ。それで、これからどうする？」

「忠実様は本当にあれ以上ご存じないようでしたが、やはりもう少し具体的な情報が欲しいところ。となれば、別の藤原家の方に話を聞いてみようかと」

「しかし宇治に忠実様以外に摂関家の方は――いや、そうか。四条宮様か」

　藤原家全盛時代の唯一の生き残りにして、密偵集団「白川座」を擁し、政界の相談役を自任するあの老女であれば、教えてくれるかどうかは別にして、確実に何かを知っているはず。そういうことだなと頼政が見下ろした先で泰親がうなずく。

　かくして二人は、白川座の一員でもある弥三郎を伴い、林の中の御堂を訪れた。

　前回同様、御簾越しに二人を出迎えた四条宮は、阿久路童子の予言のことは既に白川座を通じて知っていると語り、「鬼とは何か」「本当にいるのか」と問われると、しわがれた声でこう答えた。

「――鬼とは、人です」

「人……？」

「ええ。朝廷に従うことを良しとせず、徒党を組んで抗うも敵わず、討ち滅ぼされた敗者たち……。それこそが鬼です」

「つまり鬼とは、まつろわぬ異民族に与えられた賤称ということですか？　蝦夷や土蜘蛛、隼人のような」

「そうです泰親様。大嶽丸は、その中でも最も激しく抵抗した王の名……。鬼は田村将軍たちに滅ぼされたはずでしたが、生き残っていた残党の子孫が、愚かしくも朝廷転覆を目論んだことがありました。彼らこそ、源頼光公が退治された大江山の酒呑童子一味」

「えっ？　で、では、酒呑童子も、その一味も、人であったと……？」

　御簾の前に控えた頼政が眉根を寄せる。同時にその隣の泰親が「お待ちください」と声を上げた。

「大嶽丸は何度倒されても生き返ったと聞きます。現に、東国の各地に大嶽丸が官軍と戦った話が残っています。また、その首を宝蔵から出すと蘇るとも聞きましたが、鬼とは人であるのなら、これは一体どういうことなのです？　そのような人がいるわけがない」

「……分かりません」

「え？」

「私が知っているのはここまでなのです。元来、宝蔵に鬼の王の首があることは秘事中の秘事。それがここまで広がってしまったのは不本意ですが……ですが、それ以上詳しく知る必要もないでしょう？　どうせ首が宝蔵から出ることはありませんし、出しさえしなければ、大嶽丸は二度と蘇ることもないのですから……」

　落ち着いた老女の声が御簾越しに静かな御堂に響く。その緊張感のなさに、頼政と泰親は思わず戸惑った顔を見合わせた。

　四条宮の言葉は正論に聞こえるが、阿久路童子は鬼やらいの日に鬼によって首が持ち出されると公言しており、しかも彼の予言はここのところ百発百中なのである。

　だからこそ自分たちは慌てており、そして四条宮も事情は知っているはずなのに、なぜこんなに落ち着いていられるのだ？　大きく首を捻る頼政の傍で、泰親がかしこまって口を開いた。

「四条宮様。恐れながら申し上げますが……平等院での鬼やらいを中止することは不可能でしょうか」

「何を申すのです」

「阿久路童子の予言によれば、首が持ち出されるのは鬼やらいの夜とのこと」

「そうか！　儀式自体を中止にしてしまえば、予言を無効化できるというわけか。さすが泰親！　いかがでしょう四条宮様、それならば――」

「なりません」

　勢い込んだ頼政の声にばっさりとした断言が被さった。御簾の奥の四条宮は、政界の相談役として長年鳴らした声で若い二人を黙らせ、「それはなりません」と繰り返した。

「阿久路童子なる者の不埒な予言は、明日には宇治市中に広がり、じきに京にも届くでしょう。そのような中で鬼やらいを取りやめるなど、平等院の……いいえ、朝廷と藤原家の沽券にかかわります。断固、例年通りに敢行させせます」

「し、しかし」

「落ち着きなさい頼政様。そなたは阿久路童子を恐れすぎです。我が白川座の調べによれば、彼奴は所詮ただの偽行者。後ろ盾もいなければ配下も同志もいない、どこにでもいる遊行者に過ぎないのですよ」

「え？　そ、そうなのですか……？　そうなのか弥三郎？」

驚いた頼政が尋ねると、御簾の手前の端に黙って控えていた弥三郎がうなずいた。

「四条宮様のお許しがあるまで、お二方にお伝えするのは控えておりました。仲間が昼夜問わず阿久路童子を監視しておりましたけれど、怪しい素振りは何も……」

「まさか！　であればあの予言の的中率は一体」

「偶然でありましょう」

「あり得ません！　ではなぜ奴は大嶽丸の首が宝蔵にあると知っていたのです？」

「それもまた偶然の一致では？　田村将軍が退治した大嶽丸の逸話は有名ですから、そこから想像を膨らませたものでしょう……」

戸惑いながらも食い下がる泰親に四条宮が落ち着いた声を投げかけ、「二人とも慌てすぎなのです」と付け足した。頼政や泰親からすれば四条宮が楽観しすぎに思えるのだが、それを納得させ得る根拠もない。

結局、双方のやり取りは平行線のまま交わらず、四条宮は呆れたのか疲れたのか、「そんなに心配なのであれば、自分たちでも調べてみれば良いでしょう。一時的に白川座を使うことを認めます。弥三郎、良いですね」と弥三郎に二人に協力するよう指示を出し、一方的に会談を打ち切ってしまったのだった。

＊　＊　＊

四条宮の御堂を出ると、既に日は山に落ちていた。夕闇の迫る宇治川沿いの街道を、二人は松明をかざす弥三郎に続いて歩いた。

頼政は沈んだ顔をしており、足取りも普段に比べて重たげだ。それに気付いた泰親が「懸念に共感してもらえなくて残念でしたね」と声を掛けると、頼政は弱々しい苦笑を返し、口を開いた。

「それもあるがな……。鬼とは人であり、頼光公が退治した酒呑童子もそうであったという話がな、こう、今になって、じわじわ効いてきておるのだ」

「じわじわ、ですか」

「……ああ。田村将軍の功績を詰るつもりは毛頭ないが……誰であれ、住んでいるところに攻め込まれれば応戦するのは当然だし、滅ぼされたら仕返しするのも当然であろう。なのに、勝った側が負かした側に一方的に汚名を着せ、『あいつらは人ではなかった』ということにしてしまうのは……どうもな。不公正に思えてしまうのだ」

「お気持ちはお察ししますが、それは古来よくあることですよ。たとえば大和の土蜘蛛なども、蜘蛛の名を与えられてはいますが、彼らもまた先住の部族」

「知っておる。戦に負けるとはそういうことだと、理屈の上では分かってもいる。だが、神代の昔のことならともかく、祖父の祖父の所業と言われると――自分の一族の栄誉が、不公正なものの上に成り立っているのだと断定されると――やはりこう、自責の念とでも言うか、申し訳なさが募ってしまうのだ。もし鬼が出たとしても、今の拙者は、とても戦うことはできぬ……」

頼政が力なく溜息を落とす。その弱々しい横顔に、泰親は「まずいな」と眉をひそめた。四条宮が語った鬼の正体は、泰親にとってはさほど衝撃的な真実でもなかったが、元より他者に共感しやすい性格の頼政にしてみれば違ったようだ。

「しっかりしてください頼政様。今はそれどころではないでしょう？　四条宮様は高をくくっておられますが、正直、私にはとても楽観できません。もし大嶽丸の首が宝蔵から盗み出されてしまえばどうなるか」

「どうなると言うのだ」

「本当に大嶽丸が蘇るとは思いませんが、恐ろしいのはその後です。無論、法皇様や関白様はその事実を包み隠そうとされるでしょう。ですが、たとえ詳細が秘されても、宮中に動揺や不安が広がることは確実ですし、上に立つ者の心の揺らぎは波のように世に広がり、威信や威光を薄れさせるもの。ただでさえ揺らいでいる朝廷の威信が地に落ちれば、各地の兵や寺院はいっそう増長し、世は間違いなく乱れる……。私はそんな世にはしたくありません。頼政様もそうでしょう？　であれば、事情を知る私たちが動くしか」

「そうだ」

泰親の淡々とした語りを、頼政がふいに遮った。思わず泰親が見上げた先で、頼政は「そうなのだ」と悲痛な声で繰り返し、頭を振った。

「全て泰親の言う通りだ。今は弱っている場合ではないと、拙者もさすがに分かっておるのに……理解しているはずなのに……なのに、気持ちが切り替えられんのだ……！　なんと情けないことか！　年若い泰親は冷静に対処しておるというのに、この体たらく……！こんなことでは、鬼と戦う資格も、玉藻に合わせる顔もない……！」

再度重たい溜息を落とし、頼政が大きな掌で顔を覆う。夜道に響く深刻な吐露に、先を行く弥三郎が心配そうに振り返った。主である四条宮から協力を命じられた身としては、頼政の精神状態が気に掛かるのだろう。

案じる気持ちは分かるものの、今はそっとしておいた方が良さそうだ。泰親が首を横に振ってみせると、弥三郎は無言で首肯し、視線を前方の暗がりへと戻した。

平等院が見えてきてもなお、頼政の沈鬱な表情は変わらなかった。見かねた泰親は「二人で少し話をしましょう」と頼政を引き留め、平等院の経蔵に誘った。

日はとっくに落ちており、広大な境内は寒々とした闇に包まれている。阿弥陀堂や僧房からは灯りが漏れていたが、経蔵は当然真っ暗だ。弥三郎に灯明皿を用意させた泰親は、頼政と二人だけで経蔵に入り、重たい戸をゆっくり閉めた。

そして、二人が経蔵に籠もる事、おおよそ二刻（約一時間）の後。

戸が再び開き、暗い顔の頼政と、肩を落とした泰親とが無言で姿を見せた。疲れた足取りの泰親は、門前に控えていた弥三郎に気付き、おや、と目を丸くした。

「弥三郎？　ずっと待っていたのですか？」

「主様にお二方のお力になるよう仰せつかった以上、泰親様と頼政様は今の主人でございますから」

「なるほど。心配してくれたというわけですか。ですが……」

語尾を濁しつつ、泰親は隣の大柄な武士を見た。無念と諦念の入り混じったような視線を向けられた頼政は、申し訳なさそうに顔を背け、「ではな」とぞんざいな挨拶だけを残してその場を後にした。

弱々しく境内を去っていく後ろ姿に弥三郎は目を細め、ややあって、黙りこくっている泰親へと向き直った。

「あ、あの……。頼政様は、一体どうなさったのです」

「気持ちを切り替えていただこうと思って説得したのですけどね。逆効果でした」

「逆効果とは」

「ご自身の家に伝わる名誉が、人に鬼の汚名を着せて得たものだったことが相当応えておられるようです。奮起するよう下手に急かしたことで、私はその心の傷を広げてしまいました。今の頼政様は、誰かや何かのために動ける状態ではありません。しばらく富家殿に籠って静養されるよう進言させていただきました」

「何とおいたわしい……！　しかし、では、阿久路童子の予言についてはどうされるおつもりで」

目を見開いて驚いた弥三郎が、とぼとぼと去っていく頼政から泰親へと視線を戻す。問いかけられた泰親は、そうですね、と寂しげに相槌を打った。

「四条宮さまはああ仰せでしたけれど、対策が必要だという考えは変わっていません。ここで頼政様の手を借りられないのは痛手ですが、ここまで知ってしまった以上、放置するわけにもいかないでしょう。私なりに打てる手を打ってみるつもりです。ついては弥三郎、貴方と白川座の力も借りたい」

「――何なりと」

頼政の去った方角を見据えたままの泰親の言葉に、腰を落とした弥三郎が即答する。その声や動きは、泰親がよく知る気のいい下男の老人ではなく、手練れの密偵のものであった。四条宮に重用されるだけのことはあるのだな、と泰親は思い、「頼りにしています」と言い添えた。

＊　＊　＊

それから数日は表向きには何事もなく過ぎ、師走（十二月）も折り返しを迎えたある日の夜更け。平等院の境内に堂々とそびえる宝蔵から、立方体の包みを抱えた小さな人影が一つ現れた。

小柄な細身に涼やかな白の水干を纏い、頭上には飾り気のない立烏帽子。普段と同じ出で立ちの泰親は、その手に一抱えほどの布の包みを携えていた。

包みの中身は一辺一尺（約三十センチメートル）あまりの正方形の木箱である。箱は全面を黒漆で塗り固められ、蓋は鍵穴の潰された錠前で封じられている。いかにも厳めしい箱を布越しに大事そうに抱えたまま、泰親は懐から取り出した鍵で宝蔵の扉に施錠し、深沓を鳴らしながらゆっくりと石段を下った。

十五夜の満月を過ぎたばかりとあって、空には正円に近い形の月が輝き、夜の境内を照らしている。泰親が石段を下り終えた先には、弥三郎を含めた六人の男が控えていた。

男たちの身なりはいずれも粗末で簡素だったが、全員が刀や鉄棒で武装しており、眼光は鋭く隙が無い。弥三郎が呼んだ白川座の面々である。一同を代表するかのように弥三郎が頭を下げる。

「お待ちしておりました、泰親様。それが例の――？」

「ええ」

　松明を手にした弥三郎の問いかけに泰親が短く応じた。人払いは済ませてあるとはいえ、誰かに聞かれる可能性がある場で「これが大嶽丸の首の入った箱です」と口に出すのは憚られる。そのことは弥三郎たち白川座の面々も理解しているようで、弥三郎はその話題をあっさり切り上げた。白川座の一人、細身の職人風の男が泰親に言う。

「お持ちいたしましょうか」

「結構です。貴方がたを信用しないわけではありませんが、自分で言い出した以上、これは自分の手で運びたいので。それより、これを」

　泰親が男に手渡したのは、今しがた使ったばかりの宝蔵の鍵だった。「必ず今夜中に忠実様にお返しください」と泰親が告げると、職人風の男はうなずき、早足にその場を立ち去った。残った男たちを見回して泰親が言う。

「では、参りましょうか」

「かしこまりました。――おい」

　うなずいた弥三郎が促すと、白川座が音もなく泰親を取り囲む。男たちに護衛されながら、泰親は静かに歩き出し、平等院を出た。

　冬の風は身を切りそうに冷たかったが、皓々と輝く月の光が道端の残雪に照り返しているので、松明がなくとも周りの様子はよく見える。湿った道に足を滑らせないよう気を付けながら、泰親は手元の包みを抱え直した。

　摂関家の体裁のために鬼やらいを中止できないのなら、大嶽丸の首を晦日の前に宝蔵から運び出してしまえばいい。こうすれば少なくとも「鬼やらいの夜に宝蔵から大嶽丸の首が鬼に奪われる」という阿久路童子の予言は無効化できる。

そう考えた泰親は、宝蔵の鍵を持つ忠実のところに出向いて「予言で大嶽丸の首が宝蔵にあるという話が巷に知れ渡った以上、保管場所は変えるべきです。封じた箱から出さなければ禁忌を犯すことにはなりません」と説得、今夜の移送にこぎつけたのであった。先ほど白川座の男に言づけた鍵は、忠実から貸してもらったものである。

移送先は都の陰陽寮の蔵。弥三郎に運ばせた文で安倍家には連絡済みだが、騒ぎを大きくしたくないので、何を運ぶとは伝えていない。

無言で歩を進めていると、斜め前を歩く弥三郎が不安そうに口を開いた。

「しかし泰親様、本当にこんな少ない人数で大丈夫なのでしょうか？　無論、何があっても全力でお守りいたしますが、我らは所詮は間諜です。頼政様がおられれば、まだ安心できるのですけれど……」

「頼政様のことは私も残念に思いますが、頼政様はまだ、何かを頼めるような状態ではありません。それに、宇治を出てしまえば迎えの車がいます。もう少しですよ」

自分自身をも安心させるような口ぶりで泰親が言う。市街を出て山道に差し掛かるあたりに、都からの迎えの牛車を待たせてあることは、弥三郎たちとも共有済みだ。平等院まで迎えに来させなかったのは、何かを運び出している素振りを外に見せないためである。

「弥三郎。最近の阿久路童子の動向は？」

「依然、怪しい素振りは何も……。また、首を狙う者が他にいる気配もありません」

「そうですか。私の取り越し苦労であったなら良いのですが……」

箱を抱えたまま泰親が言う。そのまま一行は静かに夜道を北上し、程なくして宇治川に差し掛かった。

どうどうと流れる大河の上には、ようやく補修が終わった橋がまっすぐに延びている。まだ欄干は一部しか設置されておらず、岸辺には木材を保管したり加工したりするための簡素な小屋が建っていたが、橋の土台や橋桁はもう完成しており、問題なく渡れることは泰親も弥三郎らも知っている。

にもかかわらず、泰親は橋の前で足を止めた。弥三郎が振り返って問いかける。

「どうなされました？　早く行かねば」

「……橋の向こうに邪な気配を感じます。この箱を狙う何者かの気配を」

「何と？　しかし、今宵の移送は我々しか知らぬはず。待ち伏せなど不可能では――」

「そこにいるのは分かっています！　堂々と姿を見せなさい！」

眉をひそめる弥三郎の言葉を無視し、泰親が声を張り上げた。若々しくよく通る声が橋上に響く。そして待つこと数秒の後、橋の対岸から鷹揚な声が轟いた。

「これは失敬！　いやいや、まさか感づかれるとは！　さすがは五代目晴明殿」

縦にも横にも大きな人影が、橋の向こうからのっそりと現れる。いかつい顔には白粉と紅、長い髪には小さな頭巾、手には丈夫な金剛杖、纏っているのは派手な原色の行者装束。

宇治市中にその名を轟かせる予言者、阿久路童子は、巨軀を揺すりながら橋を渡りきり、岸辺に立つ泰親の前で立ち止まって笑った。

「良い夜でござるな、五代目殿！　こんなところでお会いするとは何とも奇遇！」

「奇遇というのは解せませんね。私を待ち構えておられたのでしょうに」

箱を両手で抱えたまま泰親が即座に切り返す。それを聞くなり、阿久路童子は紅で象った目をスッと細め、弥三郎たち白川座が無言で身構えながら前に出た。泰親を守って構える白川座の五人に睨まれ、阿久路童子は大仰に驚いてみせた。

「これはまた剣呑な！　待ち構えていたと仰いますが、それがしにはそんなつもりは毛頭ござらぬし、何が何やらさっぱりでござる。大事そうに抱えておられるその箱に、何か事情がおありなのかな？」

「泰親様？　この者、かように申しておりますが」

「相手にする必要はありません、弥三郎。全てこちらの読み通りです」

「……『読み通り』？　こやつの待ち伏せも把握しておられたのですか？　しかし、我らはそんな話を一度も聞いておりませんが……」

「ええ。そのことについては謝ります」

弥三郎たちに守られた泰親がじりじりと後退しながら言い、「白川座にも全てを話すわけにはいかなかったもので」と付け足した。弥三郎がはっと驚く。

「まさか、他にもまだ我らに隠しておられることがあると？　なぜそのような……」

「それはそうでしょう。——何せ、貴方がた白川座は初めから阿久路童子と通じ、この首を奪おうとしていたわけですから」

大嶽丸の首の箱を持つ手に力を込め、泰親が抑えた声を発する。

さらりと放たれたその発言に、場がスッと静まりかえり、一瞬後、泡を食った顔で阿久路童子が叫んだ。

「バレておるぞ！　囲め！　奪えっ！」

「おう！」

余裕をかなぐり捨てた阿久路童子の掛け声に、弥三郎を含めた白川座の全員が一斉に踵を返して吼える。だが、その時にはもう泰親は駆け出していた。

逃がすなっ、と弥三郎が絶叫する。箱を抱えたまま全力で走る泰親は、慌てた様子で四方を見やり、川辺の資材小屋へと飛び込んだ。松明や得物を手にした白川座と阿久路童子が後を追う。

泰親が逃げ込んだ小屋の広さは二丈（約六メートル）四方。帆船の帆に使われるような大きな莚を掘っ立て柱で支えて屋根とし、壁代わりに板切れや古い苫を立て回した簡素な作りで、作業用の空間が広く取られており、隠れられる場所はない。元々体力のない泰親は、あっけなく小屋の中で白川座に取り囲まれ、板壁へと追い詰められた。

「くっ……！」

「口ほどにもありませんなあ、五代目殿？」

呆れ顔で笑ったのは金剛杖を携えた阿久路童子だ。派手な装束の行者もどきは、泰親の前でそれぞれの武器を構える弥三郎らと視線を交わし、呆れた様子で肩をすくめた。

「それがしたちの計略を言い当てられた時には肝が冷えましたが、詰めが甘うござる」

「油断するな阿久路。誰も気付かなかった我らの関係を悟っておられたお方であるぞ。……泰親様。一体、いかにして、いつ気付かれたのでございます？」

松明と短剣を手にしたまま弥三郎が不敵に問いかける。鋭い視線や詰問口調は堂に入ったもので、よくも化けたものだなと泰親は感心した。

「きっかけは四条宮様ですよ。藤原家と朝廷が守り通してきた宝が狙われているというのに、あの方のお言葉はあまりに……そう、不自然な程に、楽観に過ぎました。そこで、そう思わせるような情報のみを与えられているのではないかと気付いたのです。四条宮様が信頼する情報源といえば――」

「なるほど。我ら白川座」

「そうです。白川座が四条宮様に与える情報を操作していると考えれば、全て筋が通ってしまう。人の、こと年配の方の記憶や認識は、当人が思っているより遥かに容易に揺らぐことは、先の人魚の一件を通じてよく知っていますからね」

不老不死を自称する橋姫に対し、「確かに昔会っている」と主張した老人たちの話を思い出しながら泰親は語った。阿久路童子や白川座の面々は、泰親がどこまで知っているのかが気になるのだろう、身構えたまま動かない。不意を突いて箱を奪われないよう警戒しながら、泰親はゆっくりと言葉を重ねた。

「さらに、白川座が裏切っているとすれば、他の疑問も氷解してしまいます。白川座の表向きの顔は、田楽を演じる舞楽集団。来たる鬼やらいの日には、平等院で田楽の奉納がありますから、境内には簡単に入れます。隙を見て宝蔵に忍び込み、集まったお歴々に、宝蔵から大嶽丸の首が盗み出される場面を見せつけるつもりだったのでしょう？」

「……実に面白いお考えでござるな」

「お誉めに与り光栄です。そして阿久路童子殿、貴方の占いの的中率の背後にも白川座がいたと私は見ています。白川座の構成員の大半は雑色や職人であると、四条宮様は仰いました。紛失物の発見も突然の火災も泥棒も、屋敷で働く使用人や出入りの職人が手を回せば簡単に演出できますからね。いかがですか」

「――ご名答でございます」

　短く答えたのは弥三郎であった。普段とはまるで違う鋭さを湛えた老人は、無言で身構える仲間たちを軽く見回し、そうです、と続けた。

「我々は目も耳もある人間だということを、やんごとなきお方は普段すっかり忘れておられる。だからこそ高貴な皆様は、我らに平気で部外秘の文を運ばせ、逢引きに同行させ、密談の場所を整えさせる……。四条宮様はそのことにお気付きになり、間諜集団としての白川座を立ち上げられた。それは真に慧眼でした。ですが」

「自ら立ち上げた組織がいつの間にか変質し、主たる自分をも謀（たばか）っていたことには気付けていなかった——というわけですね」

「左様！　いや、ここまで全て見抜かれると、逆に気持ちが良うござるな！　さすが五代目晴明殿であらせられる。では今度はこちらからお尋ねいたすが、それがしたちは一体全体、どういう素性の集まりだとお考えで——」

「鬼の残党でしょう」

　阿久路童子の質問を泰親の断言がばっさり遮った。短く響いたその一声で小屋はしんと静まりかえり、沈黙する白川座を見回して泰親が言う。

「かつて天武天皇は、南九州を平定された際、隷属させた隼人族を畿内へと移住させ、彼らの歌舞を邪気祓いの神事として上奏させたと聞きます。田楽も元々はそうだったのではないですか？　東国から連れてこられた鬼たちが……いいえ、鬼と呼ばれた人たちが持ちこんだ故郷の舞楽。それが都で人気を博し、白川座のような専門集団が生まれるに至ったけれど、田楽座の中には、まつろわぬ者としての矜持と怒りを持ち続ける者たちがいた。それが貴方がたなのでしょう」

「……いやはや、全く、これはこれは……！　五代目殿は何でもかんでもお見通しでござるなあ。恐るべきは安倍家の陰陽術！」

「陰陽術で占ったわけではありませんよ。あくまで推察したまでです。ただ、分からないこともありまして」

「それがしどもの目的かな？」

「いえ、それは見当が付いております。秘蔵された鬼の王の首の存在を明らかにして、しかもそれを鬼を祓う儀式の最中に盗むことで、鬼、未だ健在なりと朝廷に見せつけることですよね？　分からないのは『なぜ今か』ということです。どうしてこの時期でなければならなかったのか——」

「うわっはっはっはっはっは！」

今度は阿久路童子が泰親を遮る番だった。唐突な大笑を薄暗い小屋に轟かせた阿久路童子は、何がおかしいのだと眉をひそめる泰親を、嬉しそうにまっすぐ見返した。

「貴方様でございますよ！　方々の使用人に紛れた同志によって、大嶽丸の首が宇治は平等院の宝蔵にあることはとっくに分かっておりました。ですが、ただ盗み出しても意味がない。まずは耳目を集めねばなりません！　『あいつが予言するならそうかもしれない』と思っていただく必要があったのでござる。そのきっかけとして考えたのが、名家の天才占術家を遊行の怪しい行者風情が打ち負かすという物語！　故にこそ——」

「ああ、なるほど。内裏で妖狐を祓ったばかりで、しかも宇治にいた私は丁度良い敵役だったというわけですか。納得しました。おかげで概ね疑問は解けました」

「それは良うござった」

「ええ、おかげさまで。……『話を聞いてほしい時は脅す。逆に、教えてほしい時は弱ったふりをしてみせる』でしたか。全く、玉藻の言った通りですね」

「何？」

「いえ、こっちの話です。ご説明ありがとうございました」

箱を抱え直した泰親が姿勢を正し、阿久路童子たちに丁寧に一礼してみせる。その緊張感のない振る舞いに、白川座の面々は怪訝な顔を見合わせたが、すぐに泰親へと視線を戻した。一同を代表して阿久路童子が口を開く。

「では、そろそろ首を頂戴いたしましょうか？　それは鬼やらいの日に大々的に盗み出すことになっておりますのでな」

「嫌だと言ったら？」

「無論力ずくで奪い、然る後、貴殿の口を封じるまで！　逃げたところで無駄ですからな？　こちらは大勢、そちらは一人、しかも今宵は月が皓々と照っております故、見逃すことはございません！　白川座が裏切っていることに感づいておきながら護衛を任せ、しかも移送にこんな明るい月の夜を選ぶとは、五代目殿も聡いようで抜けておりますなあ」

「手厳しいですね……。ですが、一つお忘れですよ、阿久路童子殿」

「はて。それがしが何を忘れていると？」

「私はこれでも陰陽師。かの安倍晴明公の五代目なのです」

追い詰められたはずの泰親がなぜか不敵に切り返す。「何？」と訝る阿久路童子たちが見据える先で、箱を小脇に抱えた泰親は、人差し指と中指を立てた右手を顔の前に持ち上げ、早口で祭文を唱え始めた。

「――夫れ、神は万物に妙にして、変化に通ずるものなり。天道を立て、是を陰陽と謂い、地道を立て、是を柔剛と謂い、人道を立て、是を仁義と謂う。三才兼ねて是を両つにす、故に六画卦を成す……」

「まじない？　この期に及んで何を……？」

「無駄なことはおやめください泰親様。陰陽師とは本来は暦を作る職、不思議な術など使えはしないと、貴方はいつも仰っていたではありませんか」

　いたたまれない顔で声を掛けたのは弥三郎である。表向きとは言え泰親と親しくしてきた老人としては、追い詰められた利発な少年が否定していたはずの迷信に逃避する姿を見ていられなかったのだろう。だが泰親はその声を無視して祭文を続けた。最初は小さかった声が次第に大きくなっていく。

「――急々如律令！」

　そして泰親がそう叫んだ矢先、どん、と小屋全体が震えた。

　掘っ立て柱が揺らいで倒れ、簡単な骨組みに掛けられていただけの莚屋根が夜風に煽られて飛び、一同の頭上に夜空が広がる。暗い空の下、白川座の面々は違和感を覚えたかのように眉をひそめ――そして、そのうちの誰かがはっと天を指差して叫んだ。

「つっ、月が――！」

「月？　月がどうしたと――なっ!?」

　仲間に促されて空を見上げた阿久路童子が絶句する。

　白く輝いていたはずの月は、いつの間にか禍々しい赤黒に染まっていた。

　その色はほとんど黒に近く、あたりは新月の日の夜のように真っ暗だ。戸惑う白川座たちに向かって、闇の中から泰親の声が響く。

「……陰陽術とはその名の通り、陰と陽とを司る術。先程『こんな明るい月の夜』と仰いましたので、月を暗くしてみました。いかがです？」

「こ、これが泰親様の仕業だと!?　馬鹿な……！」

「信じないのは勝手ですが、ならば弥三郎、この空をどう説明するのです？　――三川神三魂を守り通して、地精参軍窮鬼去る！　急々如律令！」

　再び泰親が早口で祭文を唱えると、ひゅっ、と風切り音が響き、白川座の男たちが持っていた松明が何かに弾かれた。宙に舞った松明は宇治川へと飛び、激しい流れに呑まれて消える。あたりを包む闇が一層濃くなり、その中から鈍い打撃音と短い悲鳴が続いた。

「な――ぐわっ」

「うおっ？」

「がっ」

　白川座の面々の呻きや叫び、そして人の体が地面に倒れ伏す音が、暗闇の中から次々と響く。最後に残った松明を持つ弥三郎は、傍らの阿久路童子と狼狽した顔を見交わし、闇に向かって呼びかけた。

「ど、どうした皆の衆！　何があった！」

「驚くことはないでしょう弥三郎。古来、鬼やらいの儀式では、災禍をもたらそうとする鬼は、陰陽師の呼ぶ鬼神『方相氏』に祓われるもの。加えてここは橋の袂です。かの安倍晴明公は、ご自身の使役される式神なる鬼神を橋の下に隠していたとか」

「き、貴殿が鬼神を呼び、我らの同志を打ち倒させたというのか？　そんな馬鹿な！　あり得ぬ！　何者だ、出てこいッ！」

　青ざめた阿久路童子が金剛杖を振り回す。見るからに冷静さを欠いたその姿に、弥三郎は「落ち着け！」と声を掛けたが、その直後、闇の中から白刃が閃いた。

　凄まじい勢いで翻った白刃は一閃目で金剛杖を叩き落とし、流れるような軌道で翻って阿久路童子の右腕を斬りつけた。ぎゃっ、と響く短い悲鳴、激しく飛び散る真っ赤な血。阿久路童子は傷つけられた利き腕を押さえて膝を突き、その眼前に、弓を背負い、抜き身の刀を携えた長身の武士が、濃密な闇から静かに歩み出る。

　折烏帽子を被って弓を負い、小袖に重ねた簡素な直垂、裾を絞った大口袴。

　松明の光に照らされるその姿を目の当たりにして、弥三郎は大きく息を呑んだ。

「よ――よっ、頼政様……？」

「いかにも」

　神妙な顔でうなずいたのは、正しく源頼政であった。泰親と視線を交わしてうなずき合った頼政は、血に濡れた刀の切っ先を弥三郎へと向け、押し殺した声を発した。

「得物を捨てよ、弥三郎。残るはお主ただ一人。抵抗したところで勝ち目はあるまい。拙者とて、年寄りを傷つけることはしたくない」

「……くそっ」

　抗っても無駄だと悟ったのだろう、歯噛みした弥三郎が観念し、短刀を投げ出す。頼政はその短刀を闇の中へと蹴飛ばした上で、恨めしげに自分を睨む弥三郎の手から松明を取り、泰親へと歩み寄った。

「無事か、泰親？」

「おかげさまで。しかし、さすがですね。あれだけの人数をあっという間に……」

「それほどでもなかろう。相手は黒い月に狼狽しており、しかも松明という目印を持っていて、一方、拙者は闇の中を自由に動けるわけだからな。こんな一方的な奇襲は成功して当然。褒められたものではない」

　拭った刀を納めながら頼政がぼやき、ご謙遜を、と泰親が微笑む。その息の合ったやり取りに、阿久路童子と弥三郎は茫然と見入り、ややあって震えた声を絞り出した。

「こ、これは一体……どういうことでござる……？」

「まさか——罠に嵌められたのは我々の方だった……ということですか、泰親様」

「そういうことです。白川座のみに護衛を任せ、宇治を出たところに都からの迎えを待たせておけば、必ず橋の近辺で仕掛けてくると踏んでいました。人目も逃げ場もない場所ですからね。どこで襲われるか予測が付けば、打てる手はいくらでもありますし、こちらが追い詰められたそぶりを見せれば、計略も教えていただけるかなと思いまして」

　しれっと応じる泰親である。その隣で、頼政は「すまぬな」と弥三郎に騙したことを詫び、あの日、平等院の経蔵で交わした会話を思い起こした。

　先祖が人に鬼の汚名を着せて英雄となったことへの自責の念、そして、泰親のように冷静になれないという自己嫌悪。二つの感情に苛まれた頼政を、誰もいない経蔵に引っ張り込んで座らせた泰親は、小さな灯明皿の光の中、幼さの残る顔を頼政に向け、言った。

「私のようになる必要などないでしょう。先にも申し上げましたが、頼政様は頼政様です。私にない資質を持っておられるのですから……」

「資質？　しかし、拙者が泰親に勝っているところなど……。あれか？　武芸か？」

「勿論それもあります。鵺の一件の時に頼政様がおられなければ、私は確実に命を落としていましたから。ですが」

　そこで一旦言葉を区切り、泰親は頼政を睨んで続けた。

「ですが私が申し上げたいのは、頼政様のそのお心の在り様です」

「心の……？」

「はい。頼政様は、鵺の事件の際には貧窮問答歌を引いて搾取される民に共感され、浦島様の一件では、辛い現実に疲れて虚構の世界を信じてしまった清原辰季様を気遣われました。危険を顧みず玉藻を救おうとされ、私が民部卿の祟りの話を持ち出して忠実様を脅した時も、すぐさま割って入られました。不正を憎み、苦しむ誰かに共感できるその優しさ……いいえ、強さは、何にも代えがたい資質ではありませんか」

泰親の声が静かに響く。真正面から言葉を投げかけられた頼政はしかし、力なく首を横に振り、逃げるように視線を逸らしてしまう。

「そう言ってくれるのは嬉しいが……拙者の心は強くなどない。心を痛めてみたところで、結局浦島殿――清原殿をお救いすることはできなかったではないか。玉藻の一件が成功したのも、泰親の計略があってこそ……。多少腕が立ったところで、自らを律する心の強さがなければ、ただのでくの坊に過ぎぬ。拙者は結局のところ、誰かに頼ってばかりの、情けない男に過ぎんのだ」

「人に頼って何が悪いのです？」

「何？」

意外な切り返しに頼政が思わず正面を向く。と、泰親はその顔をまっすぐ見返し、身を乗り出しながら続けた。

「頼って事態が好転するのなら、それは全く恥ずかしいことではないでしょう。少なくともこの私は、頼政様が頼ってくださったおかげで変わることができました。世を拗ね、人との交わりを断ち、経蔵に閉じこもっていた私を外に連れ出し、新しい視点や出会いを得るきっかけを与えてくださったのは、頼政様ではありませんか？　それに、玉藻を救えたのは私のおかげだと仰いましたが、私に言わせれば逆です。頼政様が手を貸してくださらなければ、彼女を無事に逃がすことは不可能でした。そもそも頼政様がいなければ、私は彼女と知り合うことすらなかったのですよ？」

揺れる小さな光の中、泰親が口早に言葉を重ねていく。その真摯な説得に、頼政は、玉藻という女性が泰親にとってかけがえのない存在だったことを改めて知り、そして同時に眉根を寄せていた。なぜこの少年はこんなにも必死なのだ。それに――。

「どうして、そのように悲しい顔をしているのだ……？」

「――え。悲しい顔？　……私がですか？」

「ああ。まるで今にも泣き出しそうで……お主のそんな顔を見るのは初めてだが、一体どうしたのだ……？」

心配そうな顔の頼政がおずおずと問いを投げ返す。その質問が意外だったのだろう、気遣われた泰親は、いつの間にか潤んでいた眼をきょとんと見開き、まったく、と小さく苦笑した。

「貴方は本当に……すぐに誰かを慮るのですね。ご自分のことで精一杯な時でさえも」

「め、面目ない……。いや、それよりお主だ。何か辛いことがあったのか？」

「あったのかも何もありません。私が誰より尊敬している大事な友人が、今まさに、自分自身を全力で卑下しているのですよ？　悲しいのは当然ではありませんか」

悲しさと呆れが入り混じったような答が小さな光を越えて響く。その回答に、頼政は数回目を瞬き、投げかけられたばかりの言葉を思わずぼそりと口にした。

「『大事な友人』……？　拙者がか？」

「……え、ええ。以前、頼政様は、玉藻を私の友と評されましたね。無論、玉藻も大事な知己ではありますが……」

泰親の声がふいに途切れる。急にどうしたのだろうと怪訝な顔の頼政が見据える先で、泰親はどこか気恥ずかしげに視線を泳がせ、抑えた声をぼそりと発した。

「……私は誰より、頼政様こそ無二の友と、そう思っておりました」

「そ、そうか」

「はい……。すみません、無礼だと思ったらお忘れください」

「無礼だなどと！　……ありがとう。とても光栄だ」

姿勢を正した頼政が、嬉しそうに微笑み、一礼する。頭を下げられた泰親は、はっと顔を赤らめた後、大仰に胸を撫で下ろした。「ありがとうございます」と礼を返した泰親が、その口調を少し柔らかいものに切り替えて話し出す。

「……言いそびれていたのですが、先日、本家より召喚状が届いたのです。今は適当に理由を付けて帰還を引き延ばしていますが、いつまでもこのままとはいきません。私はそう遠くないうちに京へ連れ戻され、陰陽師として勤めることになるでしょう」

「何？　そうなのか？　いや、お主が宮中で認められるのは喜ばしいのだが……そうか。もう来たのか。本当に大変だなあ、お主も……」

目を丸くした頼政がぽつりと素直な感想を漏らす。泰親は「本当です」と苦笑いで応じ、真剣な顔で頼政を見た。小さな口から抑えた声が静かに響く。

「おそらく、鬼の首にまつわるこの一件は、私が宇治で関わることのできる最後の事件となりましょう。であればこそ、きちんと向き合って対処したいと思いますし……何より、消沈したままの友人を残して宇治を去りたくもないのです」

そう語った後、泰親は「私の我儘ですが」と恥ずかしそうに小声で言い足して口を閉じ、頼政を見た。言うべきことは全部言ったぞ、という顔である。年下の友人に見つめられた頼政は、少し沈黙して思案した後、こくりと静かに首肯した。

「分かった」

抑えた声を確かに発しながら、頼政は胸中で自問した。

覚悟を決められたわけではない。割り切れたわけでもない。鬼と呼ばれた人たちに自分の一族がしてきたことに、どう向き合っていけばいいのか、その責をどう背負っていくべきなのか、その答はまだ見えてはいない。

だが、と頼政は思った。

だからと言って、自分に課せられた責務を放棄していいわけではない。何より——。

「いくら未熟で弱い身でも、せめて、友の我儘には付き合える人間ではありたいからな……。すまぬ泰親、心配を掛けた。拙者にできることがあれば、何でも言ってくれ」

「頼政様……！」

背筋を伸ばした頼政の言葉に泰親が大きく息を呑む。頼政が立ち直ってくれたことがよほど嬉しかったのだろう、色白の顔は上気し、その目尻には薄く涙が浮かんでさえいた。

そうして見つめ合うこと数秒間、自分の涙に気付いた泰親は慌てて袖で目尻を擦り、短い呼吸で息を整えると、打って変わって神妙な顔を頼政へ寄せた。

「……して、頼政様。実はもう一つお話が」

「どうした。まだ何かあるのか？」

「はい。と言いますか、実はここからが本題です」

いつもの冷静な口調で泰親が告げる。頼政が思わず身を引き締めると、泰親は再度周囲に誰もいないことを確認し、いっそう抑えた声を発した。

「これは私の推測ですが、おそらく白川座と阿久路童子は通じています」


それを聞かされた頼政が心底驚いたのは言うまでもないが、聞いてみれば確かに筋が通っている。というわけで二人はこっそり密談し、今夜の計画を立てたのであった。

「誰も襲ってこなければそれで良し、来たなら頼政様に一足早い鬼やらいを行っていただく。それが私たちの計略でした」

「……弥三郎が敵だとは思いたくはなかったがな」

箱を抱えた泰親を庇って前に出ながら、頼政が溜息を落とす。残念そうな視線を向けられた弥三郎は、うずくまる阿久路童子に寄り添い、キッと頼政を見返した。

「どうして……！　頼政様は、ご先祖の所業を恥じておられたのではなかったのですか？　今の自分は鬼と戦う資格はないと、そう言っておられましたのに……！」

「無論、申し訳ないとは思っておる。源の一族が取り返しのつかないことをしたとは分かっているし、お主らの怒りに同情もする。謝れと言うなら土下座でも何でもしよう。……だがな弥三郎、だとしても、徒に世を乱して不安を醸成するやり方には――過去に囚われて今をないがしろにすることには――拙者はやはり、賛同できぬのだ」

「なるほど……。だからこそ止める、というわけですか」

「そうだ。故にこそ、拙者は今宵、覚悟を決めた。お主らが今現在の平安を乱すというのであれば、断じてこの手で止めねばならぬ。――我々には、今しかないのだからな」

我々には今しかない。浦島の一件で泰親が口にした言葉を頼政が嚙み締めるように口にする。その覚悟に圧倒されたのか、弥三郎はうっと押し黙ったが、腕の傷を押さえた阿久路童子は「黙れ！」と叫んだ。

「いくら聞こえのいい言葉を並べたところで、結局は朝廷の犬ではないか！　貴殿が斬るのが、それがしのようなまつろわぬ者だけだと言うのなら」

「――違う」

「それは……何？　何が違うのだ」

「覚悟を決めたと申したであろう。誰であれ、たとえ人の上に立つ御方であっても、止めるべき時は止め、誤っていたら正す……！　それが鬼殺しの末裔として、人としての拙者の覚悟だ」

「ご立派な覚悟と存じます、頼政様。と言いつつ、白川座の者たちを逃がしましたね？」

一旦は賞賛した上で泰親が冷ややかな横目を向けると、頼政は「まあな」と視線を逸らした。それを聞いた弥三郎らが意外そうに目を見開く。

「に、逃がした？　てっきり全員殺されたものとばかり」

「拙者の今宵の目的は、あくまで首の強奪の阻止。追い払えればそれでよい。……まあ、甘いと分かってはいるがな。拙者なりの鬼へのせめてもの贖罪のつもりだ」

暗闇に目を向けた頼政が淡々と言う。それを聞いた阿久路童子は、恐れ入ったのかあるいは呆れたのか、ぽかんと目を丸くした後、肩を揺らして大きく笑った。

「参った参った！　どうやらそれがしたちの負けのようだ！　なあ親父！」

「……そうだな」

「ほう。お二人は親子でしたか。そこまでは読み切れなかった」

「天才陰陽師殿でも見抜けぬことがあるのだな！　時に五代目殿、同じ占術家のよしみで一つだけ教えてはくれぬだろうか？」

「馴れ馴れしいことで……。何です？」

「うむ。一体全体、いかにして月の色をかように変えたのでござる……？」

傷ついた右手を押さえたまま、阿久路童子が真剣な口調で問いかける。と、問われた泰親は、一瞬だけ呆けた顔になり、大きく肩をすくめて言った。

「人に月の色など変えられるわけがないでしょう。これはただの月蝕ですよ」

「げ――月蝕……？」

「ええ。大きな影が月を呑みこんでしまう天体現象です。古来何度も記録されており、不定期に起こるように見えますが、実は周期に法則があり、記録を入念に調べればそれが分かる。あと一刻ほどは続くはずですよ」

　赤黒い月の下、泰親が冷静に言葉を重ねる。

　この時に空で起こっていたのは、今で言う皆既月食であった。太陽と月の間に地球が入り込んだ時、地球の影が月を隠す現象である。

　当然ながらこの時代には地球という概念はなかったが、月食という現象は、日本のみならず世界各地で古代から何度も記録されている。観測を繰り返す中でその周期に法則があると気付いた者も多く、中国では漢の時代に周期性が発見されていたという。

「そ、それでは」と愕然とした声を発したのは阿久路童子である。

「貴殿は今宵これが起こると知っていたと……!?」

「そうか！　泰親様が首の移送に今日を選んだのも、屋根の下に逃げ込んだのも」

　驚愕する阿久路童子の隣で、弥三郎が絶句した。こくりと泰親が首肯する。

「そういうことです。全ては暗く染まった月を見せて意表を突き、頼政様による奇襲の隙を作るため。実を言うと、平等院を出た頃から月は少しずつ陰り始めていたのですよ。気付かれないかとひやひやしましたが、予測通りに進んでくれて助かりました」

「そこまで……そこまで、全て、計算されていたと……？」

「驚くことでもないでしょう。内裏や陰陽寮は、『陰陽師と言えば神秘的なまじない』という印象を広めたがっていますが、元来の陰陽師の本分は天体観測と暦の作成。とは言え、過去の観測記録が全て残っているわけでもないですからね。今宵のこの時に月蝕が起こるかどうかはある意味賭けでしたが……どうやら、私の計算は正しかったようです」

そう語った泰親は、赤黒い月をまっすぐ見上げ、感慨深く言い足した。

「……この空を、この宇治で見たかったのです」

万感の思いの籠もった声が冬空に響く。その語り口や空を見上げる大きな瞳は、いかにも好奇心旺盛な少年らしく、鬼の残党をまんまと罠にかけてみせた知略の持ち主とは思えない。全く大したやつだなあ、と頼政は改めて感服し、阿久路童子らに向き直った。

「もう気も済んだであろう。お主たちも早く行け」

「何？　それがしたちも見逃すと？」

「言ったろう。これは拙者なりの贖罪なのだ。だが、今後、宇治にも京にも近づくことはまかりならん。……良いな」

「わ、分かり申した……！　親父よ、ここはおとなしく……」

「あ、ああ……。寛大なご処置、感謝いたします……。で、ですが頼政様、泰親様……最後にお願いがございます」

「お願い？」

「はい……！　どうか最後に、このおいぼれに、大嶽丸の——我らが王の首を拝ませてはいただけませぬか……！」

粗末な身なりの老人はそう言うなり地面に両手を突き、お願いいたします、と頭を下げた。それなりに長い付き合いの相手の土下座に、泰親は困惑し、「いや、さすがに」と反論しようとしたが、そこに阿久路童子が口を挟んだ。

「五代目殿も、その箱の中が気になっておられるのでは？　好奇心の塊のような貴公のこと、内裏が恐れ続けた鬼の首がいかなるものか、何度倒されても蘇ってきた鬼の首とは何なのか……。見てみたくて仕方ないのではござらんかな」

「そ、それは――」

ゆっくりと立ち上がった阿久路童子の指摘を受け泰親が言葉を濁す。実際その通りであったのだろう、泰親は手元の施錠された箱を見ながらしばし逡巡し、傍らの頼政に顔を向けておずおずと、もしくはうずうずと問うた。

「あ、あの、頼政様？　つかぬことをお尋ねしますが……この箱、錠前は潰されていますけれど、開けることは可能でしょうか？」

「……まあ、木の箱であるからな。できなくはないが」

呆れた声で頼政が応じる。「お前！　そういうところだぞ！」と思わなくもないが、泰親の性格はよく知っているし、箱の中身が気になるのは自分も同じだ。というわけで頼政は箱を地面の上に置かせ、抜いた刀を振り下ろした。

ばきっ、と鈍い音が響き、蓋を支える蝶番だけが見事に弾け飛ぶ。頼政が溜息交じりで納刀する傍で、泰親は蓋に手を掛け、中から布の包みを取り出した。弥三郎や阿久路童子が凝視する先で、泰親は眉をひそめながら包みを開き――はっ、と大きく息を呑んだ。

「これは……木像……？」

泰親が漏らした言葉通り、箱に収められていたのは木彫りの首であった。

大人の頭とほぼ同じ大きさで、頭頂部には丸い髷、戦意に満ちた険しい目つきで前を睨み、口をぐっと閉じている。畏怖の念を抱かせる造形ではあったが、しかし、なぜ木像が……？　頼政は泰親と視線を交わして首を傾げた。

「偽物ということか？」

「ち……違います！　これぞ正しく、伝え聞いた通りの大嶽丸の首！　我らが王、悪路王の御印にございます……！」

震える声を発したのは弥三郎だ。ああ、と呻いた弥三郎は両手を合わせて伏し拝み、阿久路童子は感極まった顔で木像を凝視している。鬼の残党のその言葉と表情に、泰親は一瞬怪訝な顔になり、あっ、と短く叫んだ。

「そういうことか！　やはりこれは偽物などではありませんよ頼政様！　大嶽丸が——悪路王が、何度倒されても現れた理由もこれで分かった……！」

「何？　どういうことだ」

「弥三郎が今言ったように、これは印なのですよ。おそらく大嶽丸とは、特定の個人の名ではなく、東国の部族を束ねる役職の名称で、この木彫りの首こそがその証……！　そして、この首を持つ者が大嶽丸を名乗ることができるという仕組みだったとしたら？」

「役職？　仕組み……？　ああ、そうか！　首を持つ大嶽丸が倒され、その土地が奪われたとしても、首が――王の証が密かに持ち出され、別の誰かがそれを受け継げば、またも大嶽丸は現れる。そういうことか！」

「ええ！　そう考えれば、首を出したら蘇るという あの言い伝えの意味も、これを朝廷が封じ続ける理由も納得できます。朝廷に不満を持つ者にこれが渡ってしまったら、これは反乱の旗印となる……！　そうですね」

「ご推察の通りでございます……」

　興奮した面持ちを見せる泰親の前で、弥三郎は伏し拝んだ体勢のままうなずいた。「反乱するつもりだったのか」と頼政が問うと、阿久路童子が力なく首を横に振る。

「伊豆や鎌倉を治める源氏のお武家ならご存じであろう。神代の昔ならいざ知らず、今や東も北も見事に平定され、そんな余力はあり申さぬ。それがしたちはただ、朝廷に、『鬼、未だ健在なり』と誇示したかっただけでござる。盗み出した首は、いずれ時が来たら、どこかに祀るつもりであった……」

　そう言うと阿久路童子は目をつぶり、ひれ伏し続ける父親の隣で、自分たちの王の象徴たる首に向かって黙礼した。深い敬意を表しているようにも、詫びているようにも見えるその姿を前に、泰親と頼政は言葉を掛けることができず、場を沈黙が包んだ、その直後。

　後方の暗闇から無数の矢が飛来し、弥三郎と阿久路童子の体に突き刺さった。

「がっ――あ」

　後頭部と首を射貫かれた阿久路童子が、断末魔の声を上げることすらできぬまま絶命し、その場にばたりと倒れ伏す。

　うずくまっていた弥三郎は即死こそまぬがれたものの、胸や腹を五、六本の矢に貫かれ、激しく血を吐いた。致命傷を負わされた老人は、ふらつきながら立ち上がり、予期せぬ事態にたじろぐ泰親と頼政を血走った眼で睨みつける。

「伏兵か……！　謀られたな泰親様、頼政様！」

「ち、違う！　私はこのような差配はしていません！」

「そうだ！　拙者も――」

「問答無用！　この仕打ち、お怨み申す……！　お怨み申しますぞ……！」

　弥三郎の凄絶な怒号が頼政らの弁明を遮り、打ち消す。怒りに燃える瀕死の老人は、「かくなる上は！」と絶叫しながら地を蹴ると、青ざめた泰親の手から大嶽丸の首をもぎ取り、その勢いのまま宇治川へと身を躍らせた。

「あっ」

「やめろ！」

　絶句する二人が見据えた先の暗がりから、ざぶん、と水を潜る音が響いた。

　真夜中の、しかも冬の川に落ちたとあっては、弥三郎はまず助からないだろうし、首の回収も不可能だ。しかし今の矢は一体誰が……？　頼政たちが戸惑った顔を見交わしていると、背後から上品な声が投げかけられた。

「おやおや。首は流れてしまいましたか……。まあ、堂々と盗み出される事態は阻止できましたから、それでよしといたしましょう」

「えっ」

「た――忠通様？」

振り返った先に立つ上品な身なりの貴族を見て、頼政は思わずその名を口にしていた。

目の前に立っているのは、どう見ても、頼政をこの宇治に派遣した現関白にして当代の藤原家の氏長者、藤原忠通であったのだ。

その左右には、灯火を手にしたお付きの者や、弓矢を携えた兵士らが控えている。弥三郎らを射殺したのはこの兵士たちのようだが……？　挨拶も忘れて困惑する頼政の隣で、泰親が不審な声で問いかける。

「なぜ都におられるはずの関白様がここに……？」

「四条宮様が白川座を用いておられる如く、私も自分の情報網を持っているのですよ」

そうとだけ答えた忠通の表情は、頼政が京で初めて会った時と同じく穏やかなものだった。だが、その背後には内裏を牛耳ってきた一族ならではの凄みと迫力が確かに感じられ、泰親は息を呑んでいた。黙り込んだ泰親に代わり、頼政が拳を握って叫ぶ。

「何たることを……！　関白様は道理が分かっておられるお方と、拙者はそう思っておりましたのに……！」

「分かっているからこそ、ですよ。国を乱そうとした輩を放任できるはずがない」

「し、しかし！　しかし、命を奪うまでのことは――」

「お黙りなさい。国の宝に手を掛けた悪人を討つのは当然のこと。見逃そうとした貴方がたも、本来なら厳罰に処されてもおかしくないのですよ？」

「それは――どうぞ、そのおつもりならご随意に」

一瞬気圧されそうになった頼政だが、すぐにその顔には覚悟が戻る。まっすぐ睨みつけられた忠通は、頼政の視線に気圧されたのかすっと目を逸らしてしまい、大嶽丸の首の入っていた箱を持ち上げた。

「……ともあれ、この箱が残ったのは重畳でしたね。これさえ宝蔵に戻しておけば、摂関家と朝廷の格は充分に保たれる」

「何と。箱は空でもいいと仰るのですか」

「大事なのは実物ではありませんよ。物語であり印象です。宇治の平等院の宝蔵には、大嶽丸の首が秘蔵されている……。そんな話が広まってしまったのであれば、いっそ権威付けに利用すればよい。貴方がたと同じです」

「拙者たちと……？」

「……なるほど。源頼光の子孫が鵺を退治し、安倍晴明の子孫が妖狐を祓う。そのような英雄譚が世に広まれば、それを為し得るような人材を擁する朝廷の神秘性も保たれる……。そういうことですか」

「その通りです。泰親殿は理解が早くて助かりますね」

「虚構に頼らないと維持できないような構造は、遅かれ早かれ限界が来るのでは？」

　褒められた泰親がぼそりと言い返す。鋭い視線を向けられた忠通は、一瞬だけ忌まわしそうに眉根を寄せた後、「聞かなかったことにしておきます」と受け流し、うつぶせになって転がる阿久路童子の死体に目をやった。

「とはいえ、箱が空っぽというのも風情がない。この者の首を都の河原に晒した後、髑髏にして収めるのも一興で――ひっ！」

　阿久路童子の襟首を持ち上げた忠通が短い悲鳴を上げた。何事だと驚いた泰親たちだったが、仰向けに投げ出された阿久路童子の顔を見るなり、忠通の驚愕のわけを理解した。

　阿久路童子の死顔には、滅ぼされ、裏切られたことへの怒りがくっきりと浮かび上がっていた。白目を剝いて眉を吊り上げて歯を食い縛り、眉間には深い皺が刻まれている。

　それだけでも充分に恐ろしいのに、犬歯はまるで肉食獣の牙のように尖り、前頭部からは、大人の親指ほどの角が――そうとしか形容できないものが――乱れた髪の中から伸びていたのである。

　物語に語られる人食いの怪物、鬼としか見えないその容貌に、頼政は震え慄いた。

「お、鬼……！」

「馬鹿なことを言うのはお止めなさい頼政殿！　こやつは人だ。ただの人です！　そうでしょう泰親殿？」

「……はい。関白様の仰る通り、彼は確かに人です。……いいえ、人ではありました。ですが、死に際の過剰な怒りが、その身を鬼と変えたのやもしれません」

「鬼と変える？　人が鬼になるなど、そのようなことが起こり得ると……？」

「分かりません。されど、この世にはまだ、人の知り得ぬ事柄が星の数ほどございます。そのことを私は、この宇治で学びましたので」

青ざめる忠通に泰親は冷静に応じ、「本当にこの首を京に晒されるおつもりですか」と聞き返した。忠通が即座に否定する。

「馬鹿な！　こんなものを晒すと世の不安を醸成してしまうではありませんか。この死体は、都で検分を行い、祓わせた上で、首は箱に封じて宇治の宝蔵に収めさせることとします。あの宝蔵は元々そのために作ったものなのですから……。誰か、これを運びなさい。京へ戻ります！」

闇夜に響いた命令に、控えていた兵士の数名が「はっ」と応じる。兵士たちが阿久路童子の死体を持ち上げると、忠通は頼政や泰親に向き直り、抑えた声を投げかけた。

「では、くれぐれも今宵のことは内密に――」

「あの。都へ戻られるのであれば、私もご一緒してよろしいですか、関白様？」

泰親の慇懃な問いかけが関白の言葉を不意に断ち切る。その意外な申し出に、忠通のみならず頼政もが「何？」と驚く中、安倍家を継ぐ若き陰陽師は軽く肩をすくめた。

「阿久路童子殿の首が敬意を持って扱われるか、この目で見届けたいのです。それに、頼政様にはお伝えしておりましたが、私は近々京へ戻らねばならない身。念願の月蝕も無二の友とともに見ることが出来ましたし、もう思い残すことはございません」

「そ、そうなのか……？　いやしかし、都に戻るということは、お主は――」

あれだけ嫌がっていた立場を受け入れる決心をしたということか。

そう口に出して聞くことは頼政にはできなかった。だが、その思いはしっかり伝わったようで、泰親は寂しそうに微笑んだ。

「……人はいつまでも子供のままではいられませんし、いつかどこかで切りを付ける時が来ます。私にとってのその時が、今宵だったということですよ」

「泰親……」

「そんな悲しい顔をしないでください、頼政様。私が疎んじていた占術や迷信も、使い方次第で役に立つということは、宇治でさんざん教わりました。これからは、騙しだまし、できることをやっていくつもりです」

堂々と胸を張って泰親が言う。月蝕がそろそろ終わるのだろう、赤黒い影に覆われていたはずの月には、いつの間にか白い光が戻りつつあった。泰親はその様を眺めると、「冬の夜道は危険ですが、関白様ご一行と一緒なら安心ですしね」と言い足した。呆れた様子で忠通が応じる。

「人を乗り合いの牛車か何かのように……。貴方は朝廷にしてみれば、知らなくて良いことを知ってしまった危険人物なのですよ。口を封じられるとは思わないのですか」

「全く思いませんね。英雄の物語で格を保ちたい朝廷としては、晴明の五代目たる天才児の存在は貴重なはずですから」

朝廷の最高権力者の冷ややかな視線をしれっと受け流し、泰親は改めて頼政へと向き直った。姿勢を正した幼い友人を前に、頼政は胸を思わず押さえ、眩しそうに目を細めた。

「……お主はいつも、先へ先へと行くのだなあ。拙者にはとても追いつけぬ」

「先も後もございませんよ。それに、私のような小器用な人間にできるのは、今に合わせて現状を保つことくらい。これからの歴史を作るのは、むしろ頼政様のようなお方です」

「大それたことを言ってくれる。それは占いで得たものか？」

「まさか。友人への信頼です」

この上なくきっぱりとした笑みが泰親の顔にはっきり浮かぶ。

泰親は「では、いずれまたどこかでお会いできれば」と頭を下げ、忠通の一行とともに真冬の夜道を去っていった。

白い月光に照らされながら宇治橋の上を遠ざかっていく小さな影を、頼政はいつまでも見送っていた。


弥三郎とともに宇治川に消えた大獄丸の首は回収されることはなかったが、大獄丸なる鬼の王の首が宇治の宝蔵に収蔵されているという伝説は、いつの頃からかまことしやかに語られるようになった。宝蔵内でこの首の存在を確かめた記録は残っておらず、宝蔵も南北朝時代の戦乱により焼失したため、そこに収められていた他の宝物同様、大獄丸の首が実在したかどうかを確かめる術はない。

　しかし、平安時代からはるか後の寛文四年（一六六四年）、常陸国（茨城県）の鹿島神宮に、「悪路王」と称される首だけの木像が奉納された。大嶽丸と同一視される鬼神の名がなぜその像に冠されているのか、どこから持ちこまれたものなのか、その来歴は一切不明だが、この首は今もなお神宮の宝物館に保管され続けている。


　また、主人公たちのその後についても記しておく。

　都に戻った安倍泰親は、晴明以来の優秀な陰陽師として朝廷に仕え、内裏や都の人々の不安の払拭に努める一方で、安倍家と陰陽道の立て直しに尽力しながら生涯を送った。その占いの精度は若い頃から群を抜いており、いかなる難題に対しても正確な答を指し示したことから、世の人は泰親を「指御子（さしのみこ）」と呼んで讃えたと記録にある。

　一方、源頼政は、青年期にこそ目立った功績を挙げなかったものの、やがて歌人としても武人としても名を馳せるようになり、当時の源氏の武将としては最高位を得るに至った。身分や性別を問わず多くの人と交流を深め、大勢の歌人に慕われた頼政のことを、時の最高権力者である平清盛は「第一に正直な人物」と評したという。さらに最晩年には、平家の支配に対して反乱を起こし、長らく続いた貴族の時代の終わりと武士の時代の始まりの契機を作ることになるのだが、それは別の物語である。

終章

鬼やらいが滞りなく終わり、年が明けたばかりのある日の夕暮れ時のこと。

冬風の吹く宇治川べりで、頼政は一人、網代漁を眺めていた。

先日の大嶽丸の首を巡る一件は表沙汰にはなっていなかったが、「朝廷の密使の前に鬼が出たらしい」という発祥不明の噂が、じわじわと市中に広がっていた。その噂は、いつの間にか姿を消してしまった阿久路童子の記憶と相まって人々の不安を掻き立て、朝廷や藤原氏の権威をゆっくりだが着実に損ないつつあった。

もう朝廷は信用できないんじゃないか。藤原家も頼りにならないのではないか。これまでずっと続いてきた仕組みはそろそろ限界で、後は瓦解するだけなのではないか……。

今の街に漂うそんな空気こそが阿久路童子や弥三郎の求めたものだったのであれば、自分や泰親のやったことは結局何だったのだろうか。

川辺の岩に腰かけた頼政はそんなことをぼんやりと考えていたが、ふと、「しっかりしなさいよ、お武家様」と叱る懐かしい声が聞こえた気がして腰を上げた。

「……そうだな」

誰に言うともなくうなずき、頼政はぐんと背筋を伸ばして深呼吸した。

泰親も玉藻もいない宇治はやはり寂しく、つい気が抜けてしまうが、自分のやるべきことがなくなったわけではないのだ。実際問題、宇治での揉め事や事件は減るどころか増えている。

　それに、同じく朝廷に仕える者同士、泰親とはまた顔を合わせる機会もあるかもしれない。そうでなくともお互いの噂が耳に入ることもあるだろう。であれば、泰親に——自分を無二の友と呼んでくれたあの少年に——恥ずかしいところは見せられないし、見せたくもない。

　——なあ、拙者も頑張るからお主も頑張れよ、泰親。

　頼政は心の中でそう声を掛け、刀の柄に手を当て、歩き出した。

あとがき

この作品はフィクションです。史実を参考にしてはいますが、物語の都合に合わせて改変している部分もあります。源頼政や安倍泰親が若い頃に宇治にいたという記録は私の知る限り存在しませんし（頼政のお墓は平等院にあるので、頼政に宇治との縁があるのは確かですが）、作中で登場人物たちが語る伝説の中には、まだこの時代には語られていなかった可能性が高いものもありますので、そのまま信じられませんようお願いいたします。

さて、妖怪ものや伝奇ものには、よく使われるお馴染みのネタが存在します。本作で言えば九尾の狐や鵺あたりは定番ですが、妖怪好きとしては、そういう有名な伝説の内容自体だけでなく、その作られ方や定着の仕方にも興味があったりするわけです。お馴染みと言えば安倍晴明もですが、実はこの人の存命中には凄い逸話は全然なくて、没後しばらく経ってから伝説的な話が盛られた、というのは一部では有名な話かと思います。

では晴明伝説が定着した時代に何があったのか。その時代にいた子孫（安倍泰親）が「この人の先祖だったら凄かろう」と思わせた人だったのではないか。安倍泰親と言えば九尾の狐との対決で、同じ時代には鵺退治で有名な源頼政がいたはずで、どちらも高名な英雄の五代目だし、「お互い先祖が有名だと大変ですな」とか愚痴り合ったりしたのかも……等々と想像を膨らませて生まれたのが本作「今昔ばけもの奇譚」となります。

タイトルの「今昔」は、作中の時代に成立した説話集「今昔物語集」から取っていることは言うまでもないですが、作中人物にしてみれば「今」と「昔」の話なんですよ、というニュアンスも込めています。「昔」から続いている仕組みが終わりそうな「今」を舞台に、先祖という「昔」に振り回される「今」の若者たちの話なんですよ、という。

本作は千年近く昔の貴族階級の話で、しかも妖怪がいるかもしれない非現実的な世界が舞台です。ですが、先が見えない世界の中、自分の生き方を定めなければいけないと考え、あがく人たちの姿は、いつの時代でも通じるものだと思いますし、通じるように書いたつもりです。作者としては、頼政も泰親もそして玉藻も気持ちのいいキャラクターになってくれたと思っていますので、少しでも親しみや共感を覚えていただければ何よりです。

この本を作る上でも多くの方のお世話になりました。カバーイラストを描いてくださったアオジマイコ様、ムードのある素敵な絵をありがとうございます。クールで上品な絵を描かれるなあと前から思っていた身としては、今回担当いただけてとても光栄です。担当編集者の鈴木様にもいつも大変お世話になっております。そして取材の際に訪れた宇治市源氏物語ミュージアムならびに宇治市歴史資料館では、貴重なお話をお聞かせいただいたのみならず、有用な資料を幾つもご教示いただきました。また、本作の執筆にあたっては、朝日カルチャーセンター中之島教室で開催された連続講義「怪異学入門」で聴講した内容を大いに参考にしています。知の蓄積と公開に日々尽力されている研究者および専門施設の皆様に、この場をお借りして改めてお礼を申し上げます。

では、ご縁があればまたいずれ。お相手は峰守ひろかずでした。良き青空を！

主要参考文献

源頼政（多賀宗隼著、吉川弘文館、一九七三）
鎌倉期官人陰陽師の研究（赤澤春彦著、吉川弘文館、二〇一一）
外法と愛法の中世（田中貴子著、砂子屋書房、一九九三）
摂関政治（古瀬奈津子著、岩波書店、二〇一一）
中世社会のはじまり（五味文彦著、岩波書店、二〇一六）
王朝文化を学ぶ人のために（秋澤亙・川村裕子編、世界思想社、二〇一〇）
絵巻物に見る日本庶民生活誌（宮本常一著、中央公論社、一九八一）
平安京の災害史　都市の危機と再生（北村優季著、吉川弘文館、二〇一二）
日本文学発掘（矢野貫一編、象山社、一九八五）
日本建築史研究　続編（福山敏男著、墨水書房、一九七一）
あやかし考　不思議の中世へ（田中貴子著、平凡社、二〇〇四）
安倍晴明の一千年「晴明現象」を読む（田中貴子著、講談社、二〇〇三）
源氏物語の伝説（伊井春樹著、昭和出版、一九七六）
宇治市史　１（林屋辰三郎・藤岡謙二郎編集責任、宇治市役所、一九七四）
宇治市史　２（林屋辰三郎・藤岡謙二郎編集責任、宇治市役所、一九七四）
宇治市史年表（林屋辰三郎編集責任、宇治市役所、一九八三）
平安時代の宇治　王朝文化の語り部たち（宇治市歴史資料館企画編集、宇治市教育委員会、一九九〇）
発掘ものがたり宇治（宇治市歴史資料館編、宇治市歴史資料館、一九九六）
やさしい宇治の歴史（岡本望著、文理閣、二〇〇六）
王朝人の浄土（宇治市歴史資料館編、宇治市歴史資料館、一九九七）
宇治市源氏物語ミュージアム常設展示案内（朧谷壽・京樂真帆子・福嶋昭治・山本淳子監修、宇治市源氏物語ミュージアム、二〇一九）
日本怪異妖怪大事典（小松和彦監修、小松和彦・常光徹・山田奨治・飯倉義之編集委員、東京堂出版、二〇一三）
妖怪事典（村上健司編著、毎日新聞社、二〇〇〇）
47都道府県・妖怪伝承百科（小松和彦・常光徹監修、香川雅信・飯倉義之編、丸善出版、二〇一七）
日本伝奇伝説大事典（乾克己・小池正胤・志村有弘・高橋貢・鳥越文蔵編、角川書店、一九八六）
歴史人物怪異談事典（朝里樹著、幻冬舎、二〇一九）

図説日本呪術全書（豊島泰国著、原書房、一九九八）
京都魔界案内　出かけよう、「発見の旅」へ（小松和彦著、光文社、二〇〇二）
酒呑童子の誕生　もうひとつの日本文化（高橋昌明著、中央公論新社、二〇〇五）
鬼力話伝45［第2版］（日本の鬼の交流博物館編、福知山市教育委員会、二〇一三）
日本の「人魚」像『日本書紀』からヨーロッパの「人魚」像の受容まで（九頭見和夫著、和泉書院、二〇一二）
玉藻前アンソロジー　殺之巻（朝里樹編著、文学通信、二〇二一）
近江の竜骨　湖国に象を追って（松岡長一郎著、サンライズ印刷出版部、一九九七）
妖怪手品の時代（横山泰子著、青弓社、二〇一二）
手妻のはなし　失われた日本の奇術（藤山新太郎著、新潮社、二〇〇九）
古生物学者、妖怪を掘る　鵺の正体、鬼の真実（荻野慎諧著、NHK出版、二〇一八）
企画展示大ニセモノ博覧会　贋造と模倣の文化史（大学共同利用機関法人・人間文化研究機構国立歴史民俗博物館編、歴史民俗博物館振興会、二〇一五）
図解日本の装束（池上良太著、新紀元社編集部編、新紀元社、二〇〇八）
身近にある毒植物たち　〝知らなかった〟ではすまされない雑草、野菜、草花の恐るべき仕組み（森昭彦著、SBクリエイティブ、二〇一六）
脳はすすんでだまされたがる　マジックが解き明かす錯覚の不思議（スティーヴン・L・マクニック、スサナ・マルティネス＝コンデ、サンドラ・ブレイクスリー著、鍛原多惠子訳、角川書店、二〇一二）
国史大辞典　第一巻（国史大辞典編集委員会編、吉川弘文館、一九七九）
国史大辞典　第三巻（国史大辞典編集委員会編、吉川弘文館、一九八三）
国史大辞典　第十三巻（国史大辞典編集委員会編、吉川弘文館、一九九二）
続群書類従　第8輯　上（塙保己一編、続群書類従完成会、一九七八）
ひらかな聖徳太子伝暦（出雲路敬和編、桜橘書院、一九四三）
日本古典文学大系　32　平家物語（高木市之助・小澤正夫・渥美かをる・金田一春彦校注、岩波書店、一九五九）
日本思想大系　7　往生伝　法華験記（井上光貞・大曾根章介校注、岩波書店、一九七四）
新訂増補国史大系　第八巻　日本書紀私記　釋日本紀　日本逸史（黑板勝美編、吉川弘文館、一九九九）
絵本三国妖婦伝（高井蘭山著、門戸平吉、一八八九）
室町時代物語集　第一（横山重編、井上書房、一九六二）

この他、多くの書籍、雑誌記事、ウェブサイトを参考にさせていただきました。

本書は書き下ろしです。

今昔ばけもの奇譚

五代目晴明と五代目頼光、宇治にて怪事変事に挑むこと

峰守ひろかず

2022年3月5日初版発行

発行者……………千葉 均
発行所……………株式会社ポプラ社
〒102-8519 東京都千代田区麹町4-2-6

フォーマットデザイン 荻窪裕司(design clopper)
組版・校閲 株式会社鷗来堂
印刷・製本 中央精版印刷株式会社

落丁・乱丁本はお取り替えいたします。

電話(0120-666-553)または、ホームページ(www.poplar.co.jp)のお問い合わせ一覧よりご連絡ください。
※電話の受付時間は、月〜金曜日、10時〜17時です(祝日・休日は除く)。

ポプラ文庫ピュアフル

ホームページ www.poplar.co.jp

N.D.C.913/306p/15cm
ISBN978-4-591-17238-4
P8111327

アルバイト先は妖怪の古道具屋さん!?
取り扱うのは不思議なモノばかり――。

峰守ひろかず
『金沢古妖具屋くらがり堂』

装画：鳥羽雨

金沢に転校してきた高校一年生の葛城汀一。街を散策しているときに古道具屋の店先にあった壺を壊してしまい、そこでアルバイトをすることに。……実はこの店は、妖怪たちの道具〝妖具〟を扱う店だった！　主をはじめ、そこで働くクラスメートの時雨も妖怪で、人間たちにまじって暮らしているという。様々な妖怪や妖具と接するうちに、最初は汀一を邪険に扱っていた時雨とも次第に打ち解けていくが……。お人好し転校生×クールな美形妖怪コンビが古都を舞台に大活躍！

おひとよし転校生とクールな美形妖怪のバディ・ストーリー第二弾！

峰守ひろかず『金沢古妖具屋くらがり堂　冬来たりなば』

装画：鳥羽雨

妖怪たちの古道具――古〝妖〟具を取り扱う不思議なお店「蔵借堂（くらがり）」。このお店は、店主を始め、店員も皆妖怪だった。金沢に引っ越してきた男子高校生の葛城汀一は、普通の人間ながらそこでアルバイトすることに。妖怪である時雨や亜香里たちとともに驚きの毎日を過ごしていた。人と妖がともに暮らす古都を舞台に、出会いと別れを繰り返しながら、汀一と時雨は友情を育んでいく。しかしある日、妖怪祓いをしている少年・小春木祐が現れて、くらがり堂にピンチが訪れる……!?

ポプラ文庫ピュアフルの好評既刊

人間×妖怪の高校生コンビが大活躍！
古都で起こる不思議な事件簿、第三弾。

峰守ひろかず
『金沢古妖具屋くらがり堂　夏きにけらし』

装画：鳥羽雨

金沢・暗がり坂にある古道具屋・蔵借(くらがり)堂は、妖怪たちの古道具——古〝妖〟具を取り扱う不思議なお店。店主を始め、店員も実はみんな妖怪だ。転校生の葛城汀一は、普通の人間ながらそこでアルバイトしている。ある日、さすらいの妖具職人・鰤子が店にやってきた！　やんちゃなカワウソの妖怪も登場し、恐怖のひな人形、学校にあらわれる怪異など、妖怪がらみの事件に巻き込まれていく。そして、汀一と時雨の凸凹コンビに別れが——？

舞台にかける夢と友情を描いた、
熱い感動の青春演劇バディ・ストーリー！

辻村七子
『僕たちの幕が上がる』

装画：TCB

ある事件をきっかけに芝居ができなくなってしまったアクション俳優の二藤勝は、今をときめく天才演出家・鏡谷カイトから新たな劇の主役に抜擢される。勝は俳優生命をかけて、初めての舞台に挑むことに。さまざまな困難を乗り越えて、勝は劇を成功させることができるのか？　鏡谷カイトが勝を選んだ理由とは――？　飄々とした実力派俳優、可愛い子役の少年、不真面目な大御所舞台俳優など、個性的な脇役たちも物語に彩を添える！